Melissa Foster

Für die Liebe bestimmt

Die Bradens (Weston, Colorado)

DIE AUTORIN

Melissa Foster ist eine preisgekrönte *New-York-Times-* und *USA-Today*-Bestsellerautorin. Ihre Bücher werden vom *USA-Today-Bücherblog,* vom *Hagerstown Magazin,* von *The Patriot* und vielen anderen Printmedien empfohlen. Sie ist Gründerin von *Women's Nest,* einer Gemeinschaft von Frauen für Frauen, und des *World Literary Cafés.* Wenn sie nicht selbst schreibt, hilft Melissa mit der *Fostering-Success*-Plattform aufstrebenden Autoren und Autorinnen dabei, sich in der Welt der Buchveröffentlichungen zurechtzufinden und zu positionieren. Darüber hinaus veranstaltet Melissa Schreibwettbewerbe für Kinder und hat mehrere Wandgemälde für das *Hospital for Sick Children,* eine Kinderklinik in Washington, D. C., gemalt.

Besuchen Sie Melissa auf ihrer Website, chatten Sie mit ihr auf *The Women's Nest* oder in den sozialen Medien. Sie diskutiert gern mit Lesezirkeln und Bücherclubs über ihre Romane und freut sich über Einladungen. Melissas Bücher sind bei den meisten Online-Buchverkäufern als Taschenbuch oder in digitaler Form erhältlich.

www.MelissaFoster.com

Melissa Foster

Für die Liebe bestimmt

DIE BRADENS

LOVE IN BLOOM – HERZEN IM AUFBRUCH

Aus dem Amerikanischen von Rita Kloosterziel

Die Originalausgabe erschien erstmals 2013 unter dem Titel
»Destined For Love – The Bradens« bei World Literary Press, MD, USA.

Deutsche Erstveröffentlichung
2017 bei World Literary Press, MD, USA
© 2013 der Originalausgabe: Melissa Foster
© 2017 der deutschsprachigen Ausgabe: Melissa Foster
Lektorat: Judith Zimmer, Hamburg
Umschlaggestaltung: Natasha Brown

ISBN: 978-1-941480-80-9

Für alle Frauen, die von attraktiven Cowboys träumen.

Vorwort

Für die Liebe bestimmt ist der zweite Band über die Bradens in Weston, Colorado. Rex Braden haben Sie in Band eins *Im Herzen eins* schon kennengelernt und auch Jade Johnson ist Ihnen dort bereits ganz kurz begegnet. Jetzt ist sie dabei, sein beschauliches Rancher-Leben gründlich auf den Kopf zu stellen.

Wie alle Bücher aus der Reihe *Love in Bloom – Herzen im Aufbruch* kann diese Geschichte für sich allein gelesen werden. Für noch mehr Lesevergnügen und ein Wiedersehen mit den Helden und Heldinnen lesen Sie auch die anderen Bände der Reihe.

Melissa Foster

Rex Braden wachte noch vor dem Morgengrauen auf, wie an jedem Sonntag in den letzten sechsundzwanzig Jahren – seit dem Sonntag, an dem seine Mutter gestorben war. Damals war er acht Jahre alt. Er wusste nicht, was ihn am ersten Sonntag nach ihrem Tod geweckt hatte, aber er hätte schwören können, dass es ihre flüsternde Stimme war, die ihn in den Stall geführt hatte. Dort hatte er Hope gesattelt, das Pferd, das sein Vater für die Mutter gekauft hatte, als sie krank wurde. Hope war stark und gesund geblieben, seine Mutter dagegen hatte nicht so viel Glück gehabt.

In den grauen Stunden vor Sonnenaufgang war die Luft immer noch richtig kalt, was für Colorado im Mai nicht ungewöhnlich war. Bis zum Nachmittag würden die Temperaturen angenehme zwanzig Grad erreichen. Rex zog sich den Stetson tief in die Stirn und wappnete sich gegen die Kälte, als er zum Stall ging.

Als er an den Boxen vorbeiging, scharrten die Pferde mit den Hufen. Sie wollten ins Freie, doch am Sonntagmorgen galt Rex' Aufmerksamkeit allein Hope.

»Wie geht es dir, mein Mädchen?«, fragte er mit tiefer, weicher Stimme. Er sattelte Hope gewissenhaft und fuhr ihr mit der Hand über das dichte Fell. Das Rot war inzwischen verblasst, mittlerweile zeigten sich weiße Flecken an Kopf und Schultern.

Hope drückte ihm die Nase an die breite Brust und wieherte leise. So begrüßte sie ihn jedes Mal und daher hatten fast alle seine T-Shirts schon einen Fleck von diesem vertrauten Stups davongetragen. Rex hatte seinem Vater auf der Ranch geholfen, seit er ein Junge war. Nach dem College war er auf die Ranch zurückgekehrt, um hier zu leben und zu arbeiten und den Laden zu schmeißen – jedenfalls so gut jemand einen Laden schmeißen konnte, wenn Hal Braden mit seinem eisernen Willen in der Nähe war.

»Wir machen unsere übliche Runde, okay, Hope?« Er sah ihr in die großen braunen Augen und nicht zum ersten Mal war er sich sicher, darin das schöne Gesicht seiner Mutter zu erkennen. Es war das Gesicht, an das er sich erinnerte, bevor die Krankheit ihr die Farbe raubte und das Strahlen in ihren Augen erlosch. Rex legte Hope die Hände an den kräftigen Kiefer und gab ihr einen Kuss auf den weichen Fleck zwischen den Nüstern. Dann nahm er den Hut ab, lehnte die Stirn an diese Stelle und schloss die Augen.

Sie trabten über den ausgetretenen Weg durch den dichten Wald, der die fünfhundert Morgen große Ranch seiner Familie begrenzte. In diesem Wald hatte Rex früher zusammen mit seinen fünf Geschwistern gespielt. Er kannte jeden Stock und jeden Stein und hätte jeden der Wege hier mit verbundenen Augen entlangreiten können. Dann kamen sie zu der Stelle, wo der Weg am angrenzenden Grundstück abrupt endete. Für die meisten Menschen war die Grenze zwischen der Ranch der Bradens und dem unbewohnten Nachbargrundstück unsichtbar. Das Gras und die Bäume sahen auf beiden Seiten identisch aus. Für Rex jedoch war diese Grenze so deutlich sichtbar, als hätte sie jemand mit einem Zaun markiert. Auf der Seite der Bradens war Lebendigkeit, während das Land auf der anderen Seite ein Gefühl von Sehnsucht und Verlassenheit zu verströmen schien.

Hope machte kehrt, weil sie immer an dieser Stelle umdrehten. Heute ließ Rex sie anhalten und atmete tief ein. Seine Brust zog sich zusammen beim Anblick der unberührten dreihundert Morgen besten Ackerlandes, das für immer leer bleiben würde. Fünfundvierzig Jahre zuvor hatten sein Vater und Earl Johnson, ihr Nachbar und der Freund seines Vaters seit Kindheitstagen, diese Anbaufläche zwischen ihren Grundstücken gemeinsam erstanden, in der Hoffnung, sie eines Tages gewinnbringend zu verkaufen. Fünf Jahre lang hatten sie sich über alles gestritten. Sie konnten sich nicht einigen, wer für die Teilung bezahlen sollte, oder an wen sie das Land verkaufen sollten, und schließlich weigerten sich sowohl Hal als auch Earl, jemals zu verkaufen. Die Kluft zwischen den Familien klaffte immer noch. Die legendäre Fehde zwischen den Hartfields und den McCoys und ihre Entschlossenheit, ihre Familienehre zu verteidigen, war ein Kinderspiel im Vergleich zu der Loyalität, die durch die Adern der Bradens rann. Die Bradens wussten von klein auf, dass die Familie über alles ging. Rex betrachtete das Land, und nicht zum ersten Mal wünschte er, er könnte es sein eigen nennen.

Er trieb Hope sanft an und zupfte an dem Zügel in seiner rechten Hand. Hope verließ den Pfad und trabte an der Grundstückslinie entlang auf den Bach zu. Rex hatte den Kiefer angespannt und seine Armmuskeln wölbten sich unter seinem T-Shirt, als sie den steilen Hügel zur Schlucht hinunterstiegen. Schließlich erreichten sie das felsige Ufer. Das Wasser war still wie Glas. Rex blickte zum Himmel empor. Allmählich wich das Grau der Dämmerung den pudrigen Blau- und Rosatönen der Morgenröte. In all den Jahren, seitdem er diese Morgenstunden hier draußen verbrachte, war ihm noch nie eine Menschenseele begegnet, und so gefiel es ihm.

Am Wasser entlang machten sie sich auf den Weg nach Süden in Richtung Devil's Bend. Der Hohlweg wand sich in beängstigend engen Kurven um den Hügel. Ein Stück voraus weitete der Bach sich zu einem natürlichen Becken, bevor das Wasser über eine Felszunge zwanzig Fuß in die Tiefe stürzte. Rex verlangsamte das Tempo, als er ein Platschen hörte. Vermutlich ein Biber, dachte er. Er sah sich um, konnte aber keinen der typischen Biberdämme entdecken.

Hinter der nächsten Wegbiegung brachte Rex das Pferd abrupt zum Stehen. Am Ufer stand Jade Johnson. Ihre abgeschnittenen Jeans endeten knapp über der Vertiefung, wo ihr Oberschenkel anfing. Er hatte sie in den vergangenen Jahren nur einmal gesehen, und zwar vor ein paar Wochen, als sie mit ihrem Hengst auf der Straße unterwegs gewesen war und an der Zufahrt zur Ranch der Bradens angehalten hatte. Rex ließ den Blick über ihren Körper schweifen und schluckte. Unter ihrem cremefarbenen T-Shirt ließ sich jeder Zentimeter ihrer köstlichen Kurven erahnen. Ihr pechschwarzes Haar reichte ihr fast bis zur Taille. Rex fiel auf, dass ihre Haare genau die gleiche Farbe hatten wie ihr Hengst, der ganz entspannt neben ihr stand.

Jade hatte ihn noch nicht bemerkt. Er wusste, dass er Hope wenden und davonreiten sollte, solange es noch ging. Aber sie war so verdammt schön, dass er sich nicht losreißen konnte. Sein Körper reagierte in einer Weise, die ihn leise fluchen ließ. Jade Johnson war die kratzbürstige Tochter von Earl Johnson.

Sie war absolut tabu – war es immer gewesen und würde es immer sein. Trotzdem raste sein Puls und ein Pochen durchzuckte seine Lenden. Fünfzehn Jahre hatte er sich gezwungen, nicht an sie zu denken, und als er jetzt sah, wie sich ihre Schultern mit jedem Atemzug hoben und senkten, konnte er nicht anders. Er fragte sich, wie es wäre, die Finger in ihrer dichten Mähne zu vergraben, oder wie sich ihre Brüste an seiner nackten Haut anfühlen würden. Eine verlockende Vorstellung. Aber sie quälte ihn, denn im Widerstreit zwischen der Verlockung des Verbotenen und der tief sitzenden Loyalität seinem Vater gegenüber fühlte er sich machtlos.

Jade Johnson wusste, dass sie Flame nicht in die Schlucht hätte reiten sollen, aber sie war noch vor Sonnenaufgang aus einem rastlosen erotischen Traum aufgewacht und brauchte ein Ventil für die sexuellen Bedürfnisse, die sie schon viel zu lange unterdrückte. *Verdammtes Weston, Colorado.* Wie zum Teufel sollte eine einunddreißigjährige Frau hier irgendeine Beziehung zu einem Mann aufbauen? In einer Stadt, in der jeder jeden kannte und in der es keine Geheimnisse gab? Dabei hatte sie gedacht, sie hätte ihr Leben im Griff. Nachdem sie an der Veterinärschule in Oklahoma ihren Abschluss gemacht hatte, hatte sie die Prüfungen für tierärztliche Akupunktur abgelegt und gleichzeitig eine Fortbildung in Shiatsu für Pferde absolviert. Dann hatte sie eine volle Stelle in der großen Tierpraxis angenommen, wo sie während des Studiums stundenweise gearbeitet hatte. Sie und der Sohn des Besitzers, Kane Law, waren ein Paar gewesen, und als sie ein Jahr später ihre eigene Praxis eröffnete, hatte sie sich eine gemeinsame Zukunft mit ihm vorgestellt. Wie hätte sie wissen sollen, dass er ihren Erfolg als Bedrohung auffassen würde – oder dass er so besitzergreifend werden würde, dass sie die Beziehung beenden musste? Sie hatte keine andere Wahl als nach Hause zurückzukehren. Er hatte ihr beharrlich nachgestellt und sie unaufhörlich belästigt. Doch nun war sie seit ein paar Monaten wieder hier und fragte sich allmählich, ob die Rückkehr in die kleine Stadt Weston nicht ein Fehler gewesen war. Eine Veterinärlizenz für Colorado zu bekommen war gar kein Problem gewesen, aber statt wieder eine richtige Praxis aufzubauen, arbeitete sie eher nach Bedarf. Sie fuhr zu den Farmen in der Umgebung und half aus, wo es nötig war, ging jedoch keine langfristige Verpflichtung ein, während sie überlegte, wo sie Wurzeln schlagen und noch einmal von vorn anfangen wollte.

Wütend warf sie einen dicken Stein ins Wasser. Sie war sauer, weil sie das Risiko eingegangen war, mit Flame den steilen Hügel hinunterzuklettern. Sie hätte es besser wissen müssen, aber Flame war ein robuster Araber und mit seinen gut eins fünfzig Stockmaß hatte er die kräftigste Hinterhand, die sie je gesehen hatte. Flame konnte sich schneller um die eigene Achse drehen, wenden und sprinten als jedes Pferd, das sie jemals geritten hatte, und er reagierte ohne Verzug auf seinen Reiter. Sein kurzer Rücken, der starke Knochenbau und die unglaublich muskulösen Lenden ließen ihn unverwüstlich erscheinen. Als Flame stolperte, hatte Jades Herz fast einen Schlag ausgesetzt. Er hatte sich gleich wieder gefangen, aber sein Gang hatte sich verändert, und als sie abgestiegen war, schonte er sein linkes Vorderbein. Jetzt saß sie hier fest und hatte keine Möglichkeit, ihn nach Hause zu bringen, ohne die Verletzung noch schlimmer zu machen.

Verdammt. Sie beugte sich vor und wuchtete einen weiteren

schweren Stein hoch, um damit noch mehr von ihrem Frust ins Wasser zu schleudern. Das Haar fiel ihr wie ein Vorhang über das Gesicht und sie warf es mit einer staubigen Hand über die Schulter zurück. Dann nahm sie den Stein und – *Mist!* Sie ließ den Stein fallen und verengte die Augen, als sie Rex Braden auf seiner Stute sah.

Was erlaubt er sich! Starrt mich an, als sei ich ein Stück Fleisch. Auch wenn er so aussah, wie sich jede Frau einen Cowboy zusammenfantasierte, in seiner eng anliegenden Jeans, unter der sich seine Schenkel oh so verführerisch wölbten. Sie ließ den Blick zu seinem dunklen Hemd schweifen, das über der Brust spannte, und verfluchte sich leise, weil sie sich unwillkürlich die Lippen leckte. Sie versuchte, ihm nicht ins gebräunte Gesicht zu starren, das mit seinen Bartstoppeln so sexy aussah, dass sie am liebsten die Hand ausgestreckt und sein markantes Kinn gestreichelt hätte. Aber ihre Augen gehorchten ihr nicht.

»Was starrst du so?«, fauchte sie den Sohn des Mannes an, über den sich ihr Vater seit Jahrzehnten aufregte. Als sie in die Stadt zurückgekehrt war, hatte sie gehofft, dass sich alles eingerenkt hätte. Sie war auf Flame an der Ranch der Bradens vorbeigeritten. Rex und seine Familie hatten an der Zufahrt gestanden und zwei zerbeulte Autos begutachtet, die gerade zusammengerasselt waren. Sie hatte ihnen Hilfe angeboten, ungeachtet der Fehde, die schon vor ihrer Geburt begonnen hatte. Doch während sein Bruder Hugh wenigstens mit ihr gesprochen hatte, hatte Rex nur die schwelenden dunklen Augen verengt und den Kiefer angespannt. Solch ein Verhalten würde sie sich von niemandem bieten lassen. Und schon gar nicht von Rex Braden. Sie hatte sich alle Mühe gegeben, sein hübsches Gesicht zu vergessen, doch er war jahrelang der Mann gewesen, an den sie tief in der Nacht dachte, wenn die Einsamkeit einsetzte und ihr Körper sich nach menschlicher Berührung sehnte. Immer war es sein Gesicht, das ihr vorschwebte, wenn sie zwischen den Laken dahinschmolz.

»Dich starre ich jedenfalls nicht an«, antwortete er und reckte das Kinn.

Jade baute sich in ihren neuen Rogue-Stiefeln zu voller Größe auf und stemmte die Hände in die Hüften. »Komisch. Mir kommt es vor, als würdest du mich anstarren.«

Rex verzog das Gesicht zu einem schiefen Lächeln und deutete mit dem Kopf auf das Wasser. »Willst du die Schlucht neu dekorieren?«

»Nein!« Sie ging zu Flame und fuhr mit der Hand über seine Flanke. *Wieso er? Von allen Männern, die angeritten kommen könnten, musste es ausgerechnet der sein, der mein Herz wie das eines Schulmädchens flattern lässt?*

»Wir machen nur eine Pause, das ist alles.« Sie konnte den Blick nicht von seinen beeindruckenden Oberarmmuskeln wenden. Schon als Teenager hatte er die nervöse Angewohnheit gehabt, gleichzeitig den Kiefer und die Arme anzuspannen – und Jade wurde klar, dass es immer noch die gleiche Wirkung auf sie hatte wie früher.

»Lahmer Hengst?«, fragte er. Seine Stimme war tief und kräftig.

Alles, was er sagte, klang sinnlich. »Nein.« *Lieber Himmel, ich bin doch sonst nicht so einsilbig.* Sie war in der Schule drei Klassen unter Rex gewesen, und in all den Jahren, die sie ihn kannte, hatte er wahrscheinlich kaum mehr als ein Dutzend Worte mit ihr geredet. Sie verengte die Augen und erinnerte sich, wie sie über jede seiner mürrisch gemurmelten Silben geschmachtet hatte, obwohl ihnen gewöhnlich ein abweisendes

Grunzen vorausging, das sie immer der Fehde zwischen ihren Familien zugeschrieben hatte.

»Okay, alles klar.« Er drehte sein Pferd um und ritt langsam davon.

Jade starrte auf seinen breiten Rücken, während er sich immer weiter entfernte. *Verdammt. Was, wenn sonst niemand kommt?* Sie sah zum Himmel. Die Sonne stieg langsam immer höher. Wahrscheinlich war es erst halb sieben oder sieben Uhr. Niemand würde zur Schlucht kommen. Sie verfluchte sich, weil sie ohne Handy losgeritten war. Sie gehörte nicht zu den Frauen, die rund um die Uhr erreichbar sein mussten. Tagsüber hatte sie es immer dabei, aber heute Morgen hatte sie nur ausreiten wollen, ohne jede Ablenkung. Jetzt saß sie fest und er war ihre einzige Hoffnung. Flame nach Hause zu bringen war wichtiger als jede Familienfehde. Und wichtiger als ihre eigenen widersprüchlichen hasserfüllten und lustvollen Gedanken zu dem eingebildeten Mann, der im Begriff war zu verschwinden.

Sie schüttelte den Kopf, stampfte mit dem Fuß auf und wünschte, sie hätte ihre Reitstiefel getragen. Die Spitzen ihrer neuen Rogues waren zerschrammt und schmutzig. Konnte der Tag eigentlich noch schlimmer werden?

»Hey!«, rief sie ihm nach. Als er nicht stehen blieb, dachte sie, er hätte sie nicht gehört. »Hey, hörst du nicht?«

Er brachte seine Stute langsam zum Stehen, drehte sich aber nicht um. »Redest du mit mir? Ich dachte, du redest mit deinem lahmen Pferd.« Er warf einen Blick über die Schulter zurück.

Idiot. »Er heißt Flame und er ist verdammt noch mal das beste Pferd weit und breit, also pass auf, was du sagst.«

Sein Pferd setzte sich träge in Bewegung.

»Warte!« *Verdammt noch mal!* Sie biss die Zähne zusammen und widerstand dem Wunsch, ihm genau zu sagen, was sie von ihm hielt. Sie warf Flame einen raschen Blick zu. Er schonte immer noch sein Bein, und ihr Entschluss stand fest.

»Warte bitte.«

Sein Pferd blieb wieder stehen.

»Ich muss ihn nach Hause bringen, aber alleine schaffe ich es nicht.« Wieder stampfte sie mit dem Fuß auf, als er sein Pferd wendete und zurückkam. Er sah Jade mit durchdringenden dunklen Augen an.

»Kannst du mir helfen, ihn hier rauszuholen?« Aus der Nähe betrachtet waren seine Muskeln noch praller, malten sich unter dem Hemd noch deutlicher ab, als sie gedacht hatte. Sein Hals war auch kräftiger. Alles an ihm strahlte Männlichkeit aus. Sie verschränkte die Arme, um ihre Nerven zu beruhigen, als er sich mit seiner Antwort ein wenig zu lange Zeit ließ. »Hör zu, wenn du nicht kannst …«

»Reg dich nicht auf«, sagte er ruhig.

»Kein Grund, unhöflich zu werden.«

»Ich muss dir überhaupt nicht helfen«, sagte er und äffte sie nach, indem er ebenfalls die Arme verschränkte.

»Gut. Du hast recht. Tut mir leid. Kannst du mir bitte helfen, ihn hier rauszuholen? Er schafft die Steigung nicht.«

»Und wie meinst du soll das gehen?« Er blickte zu dem steilen Abhang, der nur ein paar Meter vor ihnen lag, dann den Hohlweg am felsigen Ufer hinauf. »Du hättest ihn nicht hierher bringen sollen. Warum reitest du überhaupt einen Hengst? Hengste sind furchtbar launisch. Was hast du dir dabei gedacht? Ein Mädchen wie du kann in diesem Gelände nicht mit einem solchen Pferd umgehen.«

»Ein Mädchen wie ich? Nimm bitte zur Kenntnis, dass ich Tierärztin bin. Außerdem habe ich mein ganzes Leben mit Pferden gearbeitet.« Sie spürte, wie ihr das Blut in die Wangen stieg. Trotzig schob sie die Hüfte vor, wie sie es als Teenager immer gemacht hatte.

»Hab ich auch schon gehört.« Er senkte das Kinn, hob den Blick und sah sie unter dem Rand seines Stetsons hervor an. »Allerdings scheint dir diese ganze Tierarztausbildung nicht viel gebracht zu haben, nicht wahr?«

Verdammt! Es war zum Verrücktwerden! Jade schürzte die Lippen und stapfte beleidigt davon. »Vergiss es. Ich schaffe es auch allein.«

»Klar«, murmelte er.

Sie spürte seinen Blick im Rücken, als sie Flames Zügel nahm und versuchte, ihn den steilen Abhang hochzuführen. Das muskulöse Pferd machte drei Schritte, dann blieb es stehen und rührte sich nicht mehr von der Stelle. Sie stöhnte und redete ihm gut zu, aber Flame war verletzt und hatte offenbar nicht vor, ihr zu gehorchen. Sie lief rot an.

»Mach du nur weiter so. Ich bin in einer Stunde zurück und hole dich und dein lahmes Pferd.«

In einer Stunde, na prima. Am liebsten hätte sie ihm gesagt, dass er sich beeilen sollte, aber sie wusste, wie lange es zurück zur Braden-Ranch dauerte, und sie hatte keine Ahnung, wie er den Pferdeanhänger in die Schlucht bekommen wollte. Sie sah ihm nach, als er davonritt, und kam sich entsetzlich dumm vor. Das Ganze war ihr furchtbar peinlich. Sie war wütend und fühlte sich gleichzeitig wahnsinnig angezogen von diesem störrischen Idioten von Mann.

Zwei

»Wo willst du denn hin?«, rief Treat, der älteste der Brüder, als Rex den Pferdeanhänger ankuppelte.

Treat besaß erstklassige Hotelanlagen auf der ganzen Welt und bis vor einem halben Jahr war er fast nur unterwegs gewesen, hatte Verträge ausgehandelt und die Konkurrenz das Fürchten gelehrt. Dann hatte er bei der Hochzeit von Cousin Blake auf den Bahamas Max Armstrong kennengelernt, und Rex hatte mitbekommen, wie sich Treat seitdem verändert und sein Leben an seine neue Liebe angepasst hatte. Innerhalb von ein paar kurzen Wochen hatte er Leute eingestellt, die ihm nun einen großen Teil der Geschäftsreisen abnahmen, und war nach Weston zurückgekehrt, wo er Rex und ihrem Vater auf der Ranch half.

Rex war froh über die Hilfe und außerdem schätzte er Treat sehr. Nach dem College war Treat in die Welt gezogen, um sein Hotelimperium aufzubauen, während Rex zu Hause die Stellung halten musste. Damals hatte ihn die Aussicht mit Panik erfüllt und es war nicht immer leicht gewesen zwischen den beiden Brüdern, doch dieses Stadium hatte er mittlerweile hinter sich gelassen. Und obwohl sie sich im Laufe der Jahre so manches anvertraut hatten, hielt Rex nun den Mund und erzählte seinem Bruder nicht, wem er an diesem kühlen Vormittag helfen wollte. Er war nicht stolz darauf, einem Johnson unter die Arme zu greifen – selbst wenn es sich dabei um die schöne und kratzbürstige Jade handelte –, aber schließlich konnte er sie nicht einfach ihrem Schicksal überlassen, oder? Ach verdammt, wem machte er denn etwas vor? Seit ihrer kurzen Begegnung war sein Körper wie elektrisiert. Er würde ihr nicht den Rücken zukehren – und er würde seiner Familie keinen Anlass geben, an seiner Ehre zu zweifeln.

»Nur einem Kumpel helfen. In einer Stunde bin ich zurück«, antwortete Rex und kletterte in den kleinsten Pick-up, den sie besaßen. Wahrscheinlich würde er zwanzig Minuten bis zu der Straße brauchen, die in die Schlucht führte, und dann noch einmal zwanzig, um sich am felsigen Ufer zu Jade vorzuarbeiten – wenn er es mit dem Pick-up und dem Anhänger überhaupt schaffte. *Vielleicht sollte ich ihre eigene verdammte Familie anrufen und ihnen sagen, dass sie sie holen sollen.* Er wurde das Gefühl nicht los, dass er im Begriff war, etwas Gefährliches zu tun. Aber er konnte sie nicht einfach sich selbst überlassen. Wenn eine Frau Hilfe brauchte, war Rex Braden zur Stelle. Auch, wenn diese Frau Jade Johnson hieß.

»Soll ich mitkommen?«, fragte Treat.

»Nein!«, sagte er heftiger, als er es eigentlich gewollt hatte. »Tut mir leid, es ist noch früh. Fang schon mal mit der Morgenrunde an. Kannst du Hope auch etwas Wasser geben? Ich bin vorhin mit ihr ausgeritten.«

»Klar, mach ich.«

Der Grassaum am Ufer war zu schmal, um mit dem Hänger

den ganzen Weg hinunter zu Devil's Bend zu fahren, aber er kam ziemlich nah heran. Den Rest der Strecke ging er zu Fuß. Dass er Treat angelogen hatte, nagte an ihm. Lügen war nicht seine Art, aber wenn sein Vater herausfand, dass er einem Johnson geholfen hatte, würde die Hölle los sein. Vor Jahren hatte Rex den Fehler gemacht, Jades Bruder Steve zu erwähnen. Er hatte Steve verhauen, nachdem der eine blöde Bemerkung über Rex' jüngere Schwester Savannah losgelassen hatte. Er würde nie vergessen, wie sich die Augen seines Vaters verdunkelten, und auch den rauen, wütenden Klang seiner Stimme hatte er immer noch im Ohr, als er sagte, dass niemand in seinem Haus es jemals wagen sollte, den Namen Johnson in den Mund zu nehmen – *und wenn ich das sage, dann meine ich es auch.*

Er erreichte Devil's Bend und verlangsamte seine Schritte vor der letzten Kurve. Jade weckte einen Hunger in ihm, den er noch nie bei einer anderen Frau gespürt hatte. Er spielte ein riskantes Spiel, wenn er allein mit ihr in den Pick-up stieg. Jahrelang hatte er ihrer Anziehungskraft widerstanden, indem er ihr aus dem Weg ging – und jetzt war er kurz davor, der Frau, nach der er sich schon so lange heimlich verzehrte, näherzukommen als je zuvor. Er fragte sich, wie er es schaffen sollte, sich zu benehmen.

Er hörte Jades Stimme, noch bevor er die letzte Kurve umrundet hatte. »Du bist so ein prachtvoller Bursche. Du weißt, ich würde alles für dich tun, sogar mit diesem unausstehlichen Kerl fahren, so gut er auch aussehen mag.«

Rex' Muskeln spannten sich unwillkürlich an. *Unausstehlich?* Nun ja, sie hatte recht, er konnte tatsächlich unausstehlich sein. Dass sie ihn gut aussehend fand, jagte ihm einen heißen Schauer durch den Leib.

»Was für ein Mann behandelt eine Frau so? Hm, Flame? Er ist arrogant und egozentrisch – und wahrscheinlich ist er unten herum nicht sonderlich gut bestückt und lässt seine Muskeln spielen, um davon abzulenken.«

Was zum Teufel machte er hier bloß? *Nicht gut bestückt? Wenn du wüsstest …!* Er überlegte, ob er einfach umkehren sollte, doch damit würde er ihrem Gerede nur neue Nahrung geben.

Er atmete tief ein und ging entschlossen um die letzte Wegbiegung. »Lass uns gehen«, sagte er knapp.

Jade warf ihm ein triumphierendes Lächeln zu. Sie hatte die ganze Zeit gewusst, dass er da war.

Sie sah sich suchend um. »Wo ist dein Trailer?«

Im hellen Sonnenlicht wirkten ihre blauen Augen fast durchscheinend und er konnte den Blick nicht von ihr losreißen. Warum musste sie so verdammt hübsch sein? Warum konnte sie nicht schrecklich hässlich sein? Stattdessen war sie ein zierliches Ding mit einem schönen Mund, den er unbedingt küssen wollte. Selbst mit diesen schicken Stiefeln an den Füßen musste sie mindestens einen Kopf kleiner sein als er mit seinen eins neunzig.

Sie verengte die Augen und er kämpfte gegen den Drang an, sich hinunterzubeugen und ihren Mund mit seinem zu bedecken, diese Lippen zu schmecken, ihre Zunge zu spüren und seine Hände um ihre festen Brüste zu wölben.

»Hallo«, sagte sie und wedelte ärgerlich mit der Hand. »Könntest du vielleicht aufhören, mich anzugaffen, und mir stattdessen mit meinem Pferd helfen?«

Mist. Was war denn bloß los mit ihm? Er schüttelte den Kopf, um die Fantasiebilder aus seinen Gedanken zu verbannen, und packte die Zügel des Pferdes. »Dann komm«, sagte er rauer, als er wollte, und marschierte mit ihrem Pferd davon, als sei Flame sein Leben lang hinter ihm hergelaufen. Jade musste sich beeilen, um mit den beiden Schritt zu halten.

»Wie weit ist es?«, fragte sie.

Er starrte stumm vor sich auf den Boden und merkte, wie das arme Pferd hinter ihm hinkte. Was zum Teufel hatte sie sich bloß dabei gedacht? Zierlich wie sie war, sollte sie nicht alleine hier draußen sein. Nicht auszudenken, was ihr alles hätte zustoßen können.

»Wie hast du den Trailer hier heruntergekriegt? War es schwierig, den Hügel hinunterzumanövrieren?«

Er war so damit beschäftigt, seine wachsende Erregung im Zaum zu halten, dass seine Antwort schnippischer klang als gewollt. »Lieber Himmel, geh einfach.« *Ich bin ein Esel.*

Wütend stapfte sie an ihm vorbei und ging den Rest des Weges vor ihm her. Am Pick-up angekommen, half sie ihm wortlos, das Pferd in den Anhänger zu bringen, und setzte sich dann in die enge Fahrerkabine. Offenbar musste er nicht mehr befürchten, dass sie ihn mit Fragen belästigen würde.

Er wollte eigentlich nicht so unfreundlich sein, aber verdammt noch mal, wie sollte er reagieren? Sie war so verdammt sexy und so verdammt nervig. Die meisten Frauen bekamen weiche Knie, wenn sie Rex sahen, aber diese Frau hier ... die war einfach nur nervtötend. Und ihr süßer Duft drang in seine Sinne. Er drehte sein Fenster herunter, als sie auf dem schmalen, gewundenen Schotterweg aus der Schlucht fuhren. Rex hatte alle Mühe, den großen Schlaglöchern auszuweichen. Er fuhr so vorsichtig wie möglich, um das Pferd zu schonen.

Verstohlen warf er ihr einen Blick zu, während sie wie ein mürrisches Kind aus dem Fenster starrte. Sie hatte eine zierliche Stupsnase, hohe Wangenknochen wie seine Mutter und einen langen, schlanken Hals.

Plötzlich sackte das linke Rad in ein Schlagloch und sie wurde gegen ihn geschleudert, als er den Pick-up mit einem Ruck zum Stehen brachte. Sie stützte sich mit der rechten Hand am Armaturenbrett ab und umklammerte mit der Linken seinen Unterarm. Für den Bruchteil einer Sekunde trafen sich ihre Blicke und er hätte schwören können, dass in ihren Augen der gleiche Hunger glomm, den er verspürte. Wie gut würde es sich anfühlen, sich zu ihr zu beugen und seinen Mund auf ihre sinnlichen Lippen zu legen?

Im nächsten Moment hatte sie sich schon wieder aufgerichtet und funkelte ihn wütend an, während sie sich daran machte, aus dem Führerhaus zu klettern. Sie strich ihre Shorts glatt, stampfte nach hinten zum Anhänger und riss die Tür auf.

»Wenn ihm etwas passiert ist, bringe ich dich um.«

Tja, alles nur Einbildung. Ruhig stieg Rex aus und ging nach hinten. Das Pferd war unversehrt.

Jade schloss die Türen des Anhängers und hob drohend den Zeigefinger. »Wage es nicht, diesem Pferd etwas anzutun, verstanden? Wo hast du überhaupt fahren gelernt?«

Er lächelte. Er konnte einfach nicht anders. Sie sah zu süß aus, wie sie da stand und Drohungen ausstieß, als könnte sie ihm irgendetwas anhaben. Er musste endlich aufhören, sie süß und sexy zu finden. Sie war eine Johnson, Schluss, aus. Er wandte sich ab und ging zum Wagen zurück.

»Lachst du mich etwa aus?« Beleidigt ging sie nach vorn und kletterte auf den Beifahrersitz.

Für den Rest des Weges brütete sie stumm vor sich hin. Schließlich hielt er unter den Bäumen an der Zufahrt zu ihrer Ranch. Ohne ein Wort stieg er aus und ging zum Anhänger. Er wagte nicht, den Mund aufzumachen, weil er befürchtete, er könnte etwas sagen, was er später bereuen würde.

»Bringst du ihn nicht runter bis zum Stall?«, fragte sie und kletterte hastig vom Beifahrersitz.

Er ließ die Rampe herunter und führte das Pferd rückwärts aus dem Anhänger.

»Nein«, sagte er.

»Was? Und du willst ein Gentleman sein?« Sie riss ihm Flames Zügel aus der Hand.

»Jedenfalls bin ich nicht so dumm, einen Fuß auf das Grundstück eines Johnson zu setzen.« Er tippte an seinen Hut und lächelte. »Bitte sehr.« Er wünschte sich nichts sehnlicher, als mit ihr zusammen die Zufahrt hinunterzufahren, weil er gerne noch länger mit ihr zusammen sein wollte. Doch es war schon riskant genug, sie bis zur Zufahrt zu bringen. Er würde Earl Johnson keinen Grund liefern, sich mit seinem Vater anzulegen. Er sollte so schnell wie möglich verschwinden. Außerdem musste er dringend duschen. Und zwar mit eiskaltem Wasser.

Drei

Jade stand an der Straße und sah dem Pick-up nach. Rex Braden hatte sich offenbar überhaupt nicht verändert. Er war immer noch genauso mürrisch, eingebildet und attraktiv wie früher. *Zum Teufel mit ihm.* Allerdings musste sie zugeben, dass die Tatsache, dass er mit ihr gesprochen und ihr geholfen hatte, ihr Pferd aus der Schlucht zu holen, weit mehr war, als sie jemals zwischen einem Johnson und einem Braden für möglich gehalten hätte.

Sie führte Flame die lange Auffahrt hinunter in den Stall. Der vertraute Duft von Mist und Heu empfing sie wie eine wohlige Umarmung. Die meisten Leute fanden den Geruch zu durchdringend, aber Jade verband ihm mit Zuhause und mit allem, was sie je gekannt und geliebt hatte. Sie lächelte, als sie die anderen Pferde mit den Hufen scharren hörte. Sie würde sie bald nach draußen auf die Weide bringen. Sie streichelte Rudys Kopf, als sie an seiner Box vorbeikam. Rudy war eines ihrer Lieblingspferde, ein leuchtend roter Fuchs mit weißen Strümpfen und weißer Blesse. Er war jedoch nicht nur prächtig anzusehen. Mit seiner ungestümen Art kam er ihrem eigenen Charakter ziemlich nahe. Sie war nicht gerade eine Rebellin, aber auch keine Konformistin, und ihre Familie und Freunde und nicht zuletzt sie selbst fragten sich oft genug, was sie wohl als Nächstes tun würde.

Sie war erleichtert, als sie sah, dass Flame sein Bein nicht mehr schonte. Sie stellte besänftigende Musik an und atmete ein paarmal tief durch, um sich zu beruhigen, bevor sie zu dem Hengst in die Box ging. Für einen Moment schloss sie die Augen, um die Gedanken an Rex wegzuschieben, konzentrierte sich dann auf Flame und fand den Rhythmus seines Atems und seines Herzschlags. Sie fuhr ihm sanft über Rücken und Flanken und spürte, wie sie sich entspannte. Durch die Musik und die Nähe zu ihrem Pferd kam sie ebenso zur Ruhe wie Flame. Jade war immer schon von der Heilkraft der Berührung überzeugt gewesen, und obwohl sie sich in erster Linie als Tierärztin im herkömmlichen Sinne verstand, glaubte sie an eine ganzheitlichere Herangehensweise. Sie hatte sich eingehend mit der Wirkung von Berührungen beschäftigt und versuchte meist, sie als Teil ihrer Behandlungen einzubauen.

Sie fragte sich, wie Rex wohl wäre, wenn sich jemand die Zeit nähme, ihn durch Berührungen zu beruhigen. Er erinnerte sie an ein verletztes Tier. Auf den ersten Blick weckten solche Tiere den Beschützerinstinkt, man wollte sie auf den Arm nehmen und streicheln, aber wenn man ihnen zu nahe kam, zeigten sie sofort die Zähne. Jade wusste aber, dass sie sanft und zutraulich wurden, wenn man es schaffte, diese Drohgebärden zu überwinden und ihre Verletzungen zu lindern.

Sie wusste nicht, was sie von Rex halten sollte. Mal war er garstig wie eine Schlange und dann wieder überschlug er sich fast, um ihr zu helfen. Als sie wegen des Schlaglochs beinahe auf seinem Schoß gelandet war, hatte sie das Gefühl, dass da etwas zwischen ihnen aufblitzte. Sie hatte den überwältigenden Drang verspürt, ihn zu küssen, aber als sie in diese dunklen Augen geblickt hatte, die so typisch für die Bradens waren, war sie zurückgezuckt: Sie sah dort etwas Gefährliches aufleuchten, das sie in seinen Bann zu ziehen drohte. Außerdem benahm er sich so widersprüchlich, dass er sie wahrscheinlich nur an sich herankommen lassen würde, um sie ihm nächsten Moment wegzustoßen. Und sie hatte nicht vor, als die Frau zu enden, die von Rex fallengelassen worden war. Das war das Letzte, was sie brauchen konnte. Besonders in dieser kleinen Stadt.

Sie fuhr mit der Hand über Flames gesunde Beine und massierte jeden Muskel, bevor sie sich dem verletzten Bein zuwandte. Vorsichtig tastete sie den Bereich hinter seinem Karpalgelenk ab. Mittlerweile glaubte sie nicht mehr, dass er eine Bänder- oder Sehnenverletzung haben könnte. Wahrscheinlich war er einfach falsch aufgetreten. Sie ließ die Finger am Gelenk entlanggleiten und war erleichtert, dass sie keine Schwellung ertastete und er bei der Berührung offenbar keine Schmerzen hatte.

Nachdem sie das Bein mit Eisspray behandelt hatte, ging sie in das Haus ihres Vaters, um sich ihren Einsatzplan für den Tag anzusehen. Sie wollte sich die Zeit so einteilen, dass sie Flames Bein noch ein paarmal kühlen konnte.

»Hallo, Schatz«, rief ihr Vater aus seinem Büro.

Sie nahm ihren Kalender vom Tisch an der Tür und ging in sein kleines Büro.

»Hallo, Dad.« Sie gab ihm einen Kuss auf die Wange. Earl Johnson war ein stattlicher Mann, er wog fast hundertvierzig Kilo. Er war zwar auch eins achtzig groß, aber ein guter Teil seines Gewichts konzentrierte sich auf seinen ansehnlichen Bauch. Ihr Vater hatte schon vor ein paar Jahren seinen Job als Agraringenieur aufgegeben. Solange sie denken konnte, hatte er die Arbeit auf der Ranch zusätzlich zu seinem Beruf erledigt. An den meisten Tagen hatte er bis spät in die Nacht geschuftet. Und trotz all der schweren Arbeit war er immer schon so übergewichtig gewesen wie jetzt. Er arbeitete hart und aß gerne und reichlich, und diese Kombination war für Jade Grund genug, sich um seine Gesundheit zu sorgen.

»Dein Bruder hat angerufen«, sagte ihr Vater. »Er kommt am nächsten Wochenende. Deine Mutter hatte überlegt, dass wir am Sonntag zusammen zu Mittag essen könnten.«

»Sicher«, sagte Jade und notierte es in ihrem Kalender. Sie hatte zwar versucht, den elektronischen Kalender auf ihrem Handy zu benutzen, aber das Ding machte sie verrückt. Sie verließ sich immer noch auf ihren Taschenkalender und vermutlich würde sich das auch nicht mehr ändern.

»Fährst du heute zu den Marlows hinaus?«, fragte er.

»Ja, ich wollte nach ihrer Stute sehen, bevor ich mich zu meinen anderen Patienten aufmache.« Sie warf sich auf den gepolsterten Stuhl neben seinem Schreibtisch und blätterte ihren Kalender durch.

»Alles in Ordnung, Schätzchen?«

Sie nickte. »Na ja, ich war mit Flame unterwegs und er hat sich das Bein vertreten. Es scheint nichts Schlimmes zu sein, aber es war leichtsinnig von mir, das Risiko einzugehen.«

»Ich hatte mich schon gefragt, wo du so früh hinwolltest.«

Sie sah die Sorge in den blauen Augen ihres Vaters. Rex' Worte gingen ihr durch den Kopf. *Jedenfalls bin ich nicht so dumm, einen Fuß auf das Eigentum eines Johnson zu setzen.* Vielleicht konnte sie bei ihrem Vater ein bisschen nachbohren und herausfinden, ob die alte Fehde unter der Oberfläche immer noch so brodelte, wie sie es in Erinnerung hatte.

»Ich habe Rex Braden gesehen, als ich mit Flame unterwegs war.«

Ihr Vater sah von der Tabelle auf, mit der er beschäftigt war, und sagte ruhig: »Tatsächlich?« Er presste die Lippen zusammen und zwischen seinen dichten Brauen bildete sich eine tiefe Falte.

Jade spürte, wie ihr ein Schauder über den Rücken lief. Sie kannte diesen düsteren Schatten in seinem Blick. Sie hatte die Stimmungen ihres Vaters ausgelotet, seit sie ein kleines Mädchen war, spürte den Rhythmus seiner Atmung, beobachtete seine Körpersprache und erforschte die Intensität, mit der er vor sich hinstarrte. So machte sie es auch bei den Tieren, die sie behandelte. Jetzt sah sie, wie sich ein Sturm hinter seiner Stirn zusammenbraute, und erkannte, dass sich an den negativen Gefühlen den Bradens gegenüber nichts, aber auch gar nichts geändert hatte. Ihr Vater war kein aggressiver Mann. Normalerweise reichte ein einziger Blick, um sie oder ihren Bruder Steve von etwas abzubringen, was er nicht gerne sah.

»Ich mache mich besser auf den Weg, sonst wird es zu spät.« Sie stand auf.

Als sie an seinem Schreibtisch vorbeikam, griff ihr Vater mit seinen großen, warmen Fingern nach ihrer Hand. »Schätzchen, du wirst ja wohl nichts tun, was unsere Familie blamiert, nicht wahr?«

Da war wieder dieser Blick.

»Dad, ich bin über dreißig Jahre alt. Habe ich dich jemals blamiert?« Sie schenkte ihm ihr bestes Daddys-kleines-Mädchen-Lächeln, damit er nicht mitbekam, wie sich ihr Magen zusammenzog.

»Stimmt, hast du nicht. Halte dich nur von diesen Bradens fern.« Mit einem knappen Nicken wandte er sich wieder der Tabelle auf seinem Schreibtisch zu.

Jade seufzte. *Hal Braden war jahrelang dein bester Freund. Ist es nicht Zeit, das Kriegsbeil zu begraben?* Sie verließ sein Büro und wusste, dass sie niemals den Mut aufbringen würde, ihm das zu sagen. In einer kleinen Stadt wie dieser herrschten eben Kleinstadtwerte: Loyalität der Familie gegenüber und harte Arbeit. Und sie hatte nicht das Recht, diese unselige Kombination zu durchbrechen, so sehr sie es sich auch wünschte.

Als Rex und Treat die allmorgendlich anfallenden Arbeiten auf der Ranch erledigt hatten, war bei Rex die nächste eiskalte Dusche fällig. Jade ging ihm nicht aus dem Sinn. Ständig hatte er vor Augen, wie sie in dieser engen Shorts aussah, die kaum die Rundung ihres Hinterns bedeckte, und wie ihre schlanken Beine in diesen schicken Lederstiefeln verschwanden. Sie hatte nichts mit den Frauen gemeinsam, mit denen sich Rex normalerweise traf. Er neigte zu groß gewachsenen Blondinen und bevorzugte zurückhaltendere, femininere Frauen, die nicht bei jeder Kleinigkeit explodierten. Er hatte nie Schwierigkeiten gehabt, solche Frauen zu finden. In den umliegenden Städten konnte er problemlos auftauchen und wieder verschwinden, wenn ihm nach einem Quickie zumute war, und es gab genügend Frauen, die offenbar nicht mehr wollten, als er zu geben bereit war: eine schnelle Nummer, ein paarmal im Monat, ohne Anrufe oder andere Verpflichtungen. Bis jetzt war ihm die Frau noch nicht begegnet, die denselben Beschützerinstinkt in ihm weckte wie seine Schwester. Und wenn er sie doch eines Tages treffen sollte ... nun, dann würde er vielleicht doch mehr wollen. In der letzten Zeit hatte er gesehen, was sich zwischen Treat und seiner Verlobten entwickelte, und das hatte in ihm den Wunsch nach mehr geweckt. Aber das, was Treat und Max zusammen hatten, war so rein und so natürlich, dass Rex kaum zu hoffen wagte, jemals etwas Ähnliches zu erleben. Er fragte sich, ob er überhaupt zu solch tiefer Liebe fähig war.

Er striegelte Hope und dachte gerade an Jades blaue Augen, als er plötzlich die große Hand seines Vaters auf der Schulter spürte. Einen flüchtigen Moment lang befürchtete Rex, er könnte irgendwie erfahren haben, dass er Jade geholfen hatte, aber als er sich umdrehte, erkannte er in den Augen seines Vaters die altbekannte Sehnsucht. Er dachte an ihre Mutter. So ging es ihnen allen, wenn sie Hope sahen. Schließlich war sie ihr Pferd gewesen.

»Na, mein Sohn, wie geht es ihr?« Die Männer in der Familie hatten nicht nur ihre Haarfarbe, sondern auch ihre Körpergröße vom Vater geerbt, der mit seinen eins achtundneunzig genauso groß war wie Treat. Ihre Schwester Savannah mit ihrem dichten kastanienbraunen Haar und den grünen Augen kam dagegen nach ihrer Mutter.

»Es geht ihr gut. Ich bin heute früh mit ihr ausgeritten. Alles in Ordnung.« Rex war mit dem Striegeln fertig und brachte Hope zurück in ihre Box. »Hannah kommt später, um mit ihr für das Turnier am kommenden Freitag zu trainieren.« Hannah Prices Vater hatte im Laufe der Jahre mehrere Pferde von Hal Braden gekauft, und die Begeisterung seiner vierzehnjährigen Tochter für Pferde – vor allem für Hope – ließ Hals Augen leuchten. Als Hannah gefragt hatte, ob sie mit Hope in der Jugend-Halfterklasse antreten könne, hätten sie alle fast Luftsprünge vor Freude gemacht. Sie trainierte schon seit Wochen und Rex wusste, dass sie ihre Sache sehr gut machen würde.

»Prima. Ich werde ihr helfen. Und du hast heute Abend

dieses Treffen?«

Mist. Er hatte das Treffen vergessen, bei dem die freiwilligen Helfer der Weston-Horse-Show zusammenkamen, dem alljährlichen Turnier, das am folgenden Freitag und Samstag stattfand. Er war in den letzten Jahren immer dabei gewesen, aber der Vormittag hatte ihn derart durcheinandergebracht, dass er den Termin komplett ausgeblendet hatte. Allerdings nahm er seine Verpflichtungen ernst: Er hatte sich gemeldet, also würde er hingehen.

»Ja, ich werde da sein«, sagte Rex mit einem Nicken.

»Gut, dann pass auf, dass du nicht bei irgendwelchem Westernkitsch mitmachst. So einen Unfug wollen die ja schon seit Jahren veranstalten.«

Rex lachte. »Kein Unfug. Versprochen, Dad.« Als er davonging, um nach den anderen Pferden zu sehen, hörte er, wie sein Vater mit Hope sprach.

Rex und seine Geschwister waren in einer sehr liebevollen Familie aufgewachsen, in der Umarmungen und Schulterklopfen und Bemerkungen wie *Ich liebe dich* zur Tagesordnung gehörten, egal, ob sie in der Öffentlichkeit oder unter sich waren. Trotzdem hatte Rex mit keiner der Frauen, mit denen er im Lauf der Jahre zusammen gewesen war, diese Nähe und tiefe emotionale Verbundenheit empfunden wie zu seiner Familie. Und allmählich fragte er sich, ob er jemals solche Gefühle für einen anderen Menschen entwickeln würde. Sofort fiel ihm Jade wieder ein. Er verspürte den Drang, sie zu berühren, das konnte er nicht leugnen, aber wenn seine Hormone zu brodeln begannen, sobald er sie nur sah, steckte wohl kaum mehr dahinter als schlichtes Verlangen. Trotzdem überlegte er …

»Wie geht es Brownie?«, unterbrach sein Vater seine Gedanken. Hal war auf einer Ranch aufgewachsen, auf der niederländische Warmblüter als Sportpferde gezüchtet wurden, und hatte die Tradition auf seiner eigenen Ranch fortgesetzt. Brownie war der Name, den Rex allen Fohlen mit braunem oder rötlichem Fell gab. Der aktuelle Brownie sollte bald zu den Tates übersiedeln. Er war fast acht Monate alt und hatte inzwischen nicht mehr die blassen Haare der Kleinsten an den Beinen, sondern war bereits bis zu den Sprunggelenken fast schwarz. Er war eine Schönheit, und obwohl sich Rex immer freute, wenn eine Familie ein neues Familienmitglied begeistert willkommen hieß, war er doch auch traurig, wieder ein Pferd ziehen zu sehen.

»Brownie ist ein Prachtkerl«, antwortete Rex und Hal nickte zufrieden, während er Hope streichelte. »Du hältst dich großartig, mein Mädchen. Adriana wäre stolz auf dich.«

Sein Vater schwor Stein und Bein, dass ihre Mutter Adriana nach all den Jahren immer noch mit ihm sprach. Rex wusste nicht, was er von diesen Beteuerungen seines Vaters halten sollte. Allerdings hatte er erlebt, wie sein Vater vor ein paar Monaten einen Anfall von Stress-Kardiomyopathie, auch als Broken-Heart-Syndrom bekannt, erlitten hatte, und zwar in dem Moment, als er eine hitzige Debatte über Treat und Max führte – dabei war er damals allein im Stall gewesen. Er hatte sich dabei so aufgeregt, dass er alle Symptome eines Herzinfarktes zeigte und seiner ganzen Familie einen Höllenschrecken einjagte. Hal war stark wie ein Ochse und hatte sich seitdem vollständig erholt. Rex konnte sich ein Leben ohne seinen Vater nicht vorstellen, und als er ihn jetzt beobachtete, war er froh, dass es nur ein gebrochenes Herz gewesen war und nichts Schlimmeres.

Jade hatte bei Zusammenkünften noch nie Nervosität verspürt. Als praktizierende Tierärztin traf sie schließlich auf die unterschiedlichsten Menschen. Als sie jedoch sah, wie Rex Braden den Hof von Harvey und Ester Gesalt betrat, auf dem das Treffen der Freiwilligen stattfinden sollte, schnellte ihr Puls in die Höhe und jeder Nerv in ihrem Körper schien Feuer zu fangen. Er trug schwarze Reitstiefel, eng anliegende Jeans und ein schwarzes Hemd. Jade wandte unwillkürlich den Blick ab.

Das ist albern. Er ist nur ein Mann, obendrein ein ziemlich unsympathischer.

Jade hatte ihre beste Freundin Riley Banks den ganzen Nachmittag über Rex ausgefragt. Sie bekam ihn einfach nicht aus dem Kopf. Riley war die Augen und Ohren von Weston. Wenn es etwas zu tratschen gab, war sie zur Stelle, noch bevor die anderen überhaupt mitbekamen, dass etwas Tratschwürdiges passiert war. Überraschenderweise hatte sie nur zwei Dinge über Rex herausgefunden: Er hatte seit der Highschool mit keiner Frau aus Weston eine Beziehung gehabt und er arbeitete ununterbrochen. Wie konnte ein Mann abgesehen von seiner Zeit am College vierunddreißig Jahre lang in einer Stadt leben und dann gab es nur zwei Dinge, die man über ihn sagen konnte? Zwei, mehr nicht! Jeder hatte doch seine Geheimnisse und Leichen im Keller. Sie hatte jede Menge davon, so viel war klar. Allmählich fragte sie sich, was sich hinter seiner attraktiven Fassade verbarg.

Während er sich einen Weg durch die kleine Truppe von Freiwilligen bahnte, die bei der Weston-Horse-Show aushelfen würden, den Männern die Hände schüttelte und den Frauen zunickte, betrachtete sie ihn verstohlen. Sein dichtes, dunkles Haar reichte ihm bis auf den Hemdkragen. Er trug es länger, als es derzeit Mode war, was darauf hindeutete, dass er sich nicht darum scherte, was die Leute von ihm hielten. Das überraschte sie nicht, es passte zu der Art, wie er sie am Vormittag behandelt hatte. Allerdings musste sie zugeben, dass er ein nettes, etwas schiefes Lächeln hatte, während er so von einem zum anderen ging.

»Will!« Er schlug Will Prather auf den Rücken.

Widerwillig gestand sie sich ein, dass seine Stimme wahnsinnig sexy klang und er mehr Muskeln pro Quadratzentimeter Körperfläche hatte als jeder andere Mann, dem sie jemals begegnet war.

Er lachte über etwas, was Will sagte, und machte einen Schritt in ihre Richtung.

Jade hielt den Atem an, als sich ihre Blicke trafen. Rex erstarrte einen Moment, sein Lächeln verblasste, seine Miene verfinsterte sich. Mit hocherhobenem Kopf wandte er ihr den Rücken zu.

Mistkerl. Sie beschloss, nicht weiter über ihn nachzudenken. Höchste Zeit, denn der unfreundliche Blick, den er ihr gerade zugeworfen hatte, hatte ihr einen schmerzhaften Stich versetzt.

»So, Leute, lasst uns anfangen. Wir müssen entscheiden, wer für welches Event und welchen Stand eingeteilt wird.« Harvey Gesalt und seine Frau Ester waren die Besitzer des Weston Riding Ring, einer weitläufigen Reitanlage, und bei ihnen hatte die Pferdeschau in den letzten sieben Jahre stattgefunden. Harvey und Ester waren eines jener Paare, das einander erschreckend ähnlich sah. Beide waren um die siebzig, etwa eins sechzig groß und hatten kurze graue Haare und lederne Haut. In ihrem Wesen hätten sie jedoch nicht unterschiedlicher sein können. Harvey war hart, fordernd und unnachgiebig, während seine Frau freundlich, gutwillig und geduldig war.

Jade versuchte sich auf das zu konzentrieren, was Harvey

sagte, aber die Tatsache, dass Rex ganz in ihrer Nähe stand, wirbelte ihre Gedanken völlig durcheinander. Sie wünschte, sie hätte sich vor dem Treffen noch umziehen können, aber sie war so beschäftigt gewesen mit ihren vierbeinigen Patienten, und außerdem hatte sie noch Flames Bein massieren wollen. Zum Umziehen war überhaupt keine Zeit geblieben, überhaupt hatte sie es nur mit Mühe geschafft, rechtzeitig zum Treffen zu kommen.

Ein Paar wollte an ihr vorbei, und sie musste einen Schritt zurücktreten, um ihnen Platz zu machen. Als die beiden sich für alle vernehmlich bei ihr bedankten, drehte Rex sich um, schüttelte den Kopf und warf ihr einen missbilligenden Blick zu, weil sie eine Störung verursacht hatte. Statt sich wieder umzudrehen und Harvey anzusehen, blieb er halb abgewandt stehen. Sie bettelte insgeheim, dass er sich wieder umdrehen möge.

Dreh dich um. Bitte, schau weg.

Die Luft um sie herum schien von Sekunde zu Sekunde heißer zu werden, und Jade fing an, wie ein Kind zu zappeln, das in der Kirche zu lange hatte stillsitzen müssen. *Verdammt, alles wegen Rex.* Sie versuchte, nicht auf sein dichtes, glänzendes Haar und die kräftigen Oberarme zu starren, um die sich die Hemdsärmel spannten, aber er verströmte eine unwiderstehliche Sinnlichkeit. Und Jade, die seit Monaten nicht mehr mit einem Mann zusammen gewesen war, hatte Mühe, seine offenkundige Männlichkeit zu ignorieren.

Konzentrier dich! Verdammt, jetzt sie hatte die Informationen für die freiwilligen Helfer verpasst, und genau deshalb war sie doch gekommen.

»Das Konzert ist für acht Uhr Freitagabend geplant. Die Band kommt aus Allure. Sie wurde uns wärmstens empfohlen«, sagte Ester.

Ein Konzert wäre bestimmt nett. Sie fragte sich, ob Rex tanzen konnte. *Ach, Quatsch! Ich gehe mit Riley zum Konzert und tanze diese ganze Sehnsucht weg.*

»Wir legen die Namenslisten auf den Tisch neben den Erfrischungen aus und bei unserem nächsten Treffen verteilen wir die Aufgaben.«

Jade ging zu dem Tisch mit den Listen. Je früher sie sich eintrug, desto eher konnte sie verschwinden.

»Dr. Johnson, wie geht es Ihnen?« Caroline Mills besaß einen achtjährigen Wallach, Jasper, der verhaltensauffällig geworden war. Als Jade ihn untersucht hatte, stellte sie fest, dass er einen schweren Muskelkrampf an Rücken und Kruppe hatte. Nach nur zwei Akupunktursitzungen und einigen Massagen war er wiederhergestellt.

»Caroline, bitte, ich heiße Jade, das wissen Sie doch.« Jade mochte es nicht, wenn die Leute sie so förmlich mit »Doktor« anredeten. Jedes Mal, wenn sie das hörte, dachte sie an Dr. Baker, der seit Ewigkeiten der Tierarzt in der Stadt war. »Wie geht es Jasper?« Sie sah zum Tisch mit der Liste hinüber und stellte fest, dass sich eine Schlange gebildet hatte.

»Er macht sich prima. Sie haben wirklich magische Hände.«

Jade suchte die Schlange nach Rex ab. Er war nirgendwo zu sehen. Jetzt war ihre Chance, sich anzumelden und nach Hause zu fahren.

»Vielen Dank. Halten Sie mich bitte nicht für unhöflich, aber ich sollte mich besser in die Warteschlange stellen«, sagte sie und eilte zum Tisch. So schrecklich lange konnte es ja nicht dauern, seinen Namen einzutragen, oder? Jade klopfte ungeduldig mit dem Fuß und wünschte, die Leute würden sich ein bisschen beeilen. Zumindest hatte sie eine weitere Begegnung mit Rex umgangen. Sie stieß einen erleichterten Seufzer aus. Zu früh, wie sie gleich darauf merkte, denn in diesem Moment stellte er sich hinter sie in die Reihe. Sie machte den Fehler, sich umzudrehen, und er wandte rasch den Blick ab.

Abwehrend verschränkte er die Arme. Jade sah weg und versuchte, den vertrauten holzigen, ledrigen Duft zu ignorieren, den er verströmte und der sie an den Stall daheim erinnerte. Ihr Magen zog sich zusammen. Sie war sich mit jeder Faser ihres Körpers bewusst, dass er unmittelbar hinter ihr stand.

Warum war sie so verdammt nervös, wenn er in der Nähe war? Und warum war er so verdammt unhöflich und wandte so angestrengt den Blick ab? Als sich die Schlange endlich vorwärts bewegte, kritzelte sie ihren Namen auf das ausgelegte Blatt, ohne zu sehen, wofür sie sich da eingetragen hatte. Darum konnte sie sich später kümmern. Sie hielt ihm wortlos den Stift hin. Wenn er dieses Spielchen spielen wollte, bitte sehr.

»Wie geht es Flame?« Sein Blick war ernst.

Sie war überrascht, dass er das wissen wollte. »Er hatte Schwierigkeiten, zum Stall zu kommen, was wir dir zu verdanken haben.« *Warum bin ich bloß so unfreundlich?*

Rex sah Jade nach, als sie davonstapfte, und atmete tief aus. Er hatte gar nicht gemerkt, dass er die Luft angehalten hatte. Als sie sich über den Tisch gebeugt hatte, um sich in die Liste einzutragen, waren ihre Shorts ein Stückchen hochgerutscht und die zarte Haut war zum Vorschein gekommen, dort, wo die hinreißende Rundung ihres Hinterns begann. Der Anblick hatte ihn fast umgehauen. Er war mit vielen schönen Frauen zusammengewesen, aber da war etwas an Jade, das sein Herz anschwellen ließ. Er hatte es zum ersten Mal bemerkt, als sie noch ein sorgloser Teenager war, immer lächelte, vor Lebenslust nur so sprudelte und sich mit Feuereifer in alles stürzte, was sie tat. Selbst damals sah schon sie hinreißend aus. Jetzt war sie härter und lauter und ihr Körper war auf eine Weise gereift, die sein Blut in Wallung brachte.

Warum war sie bloß hierher zurückgekehrt? Er hatte es so gut geschafft, nicht mehr an sie zu denken, als sie Weston verlassen hatte, um ihre Ausbildung zur Tierärztin zu absolvieren. Und jetzt reagierte sein Körper jedes Mal, wenn er sie sah, mit einer Lust, die er kaum unter Kontrolle bekam. Als sie davonstürmte, fragte er sich, warum die einzige Frau, die seine Leidenschaft entfachte, ausgerechnet die Tochter des einzigen Feindes seines Vaters sein musste.

Fünf

Jade wachte früh am Montagmorgen auf und ging als Erstes zum Stall, um nach Flame zu sehen. Sie hatte ihn akupunktiert, als sie von dem Treffen bei den Gesalts nach Hause kam, weil sie hoffte, auf diese Weise die letzten Beschwerden zu beseitigen. Sie holte ihn aus dem Stall und führte ihn ein paar Minuten lang herum, beobachtete seinen Gang und war erleichtert, weil er wieder völlig normal zu sein schien. Sie wollte jedoch kein weiteres Risiko eingehen. Flame konnte launisch sein und außerdem war er ein ziemlich stattlicher Bursche. *Rex ist auch launisch. Und stattlich.* Falls Flame doch eine leichte Verletzung davongetragen haben sollte, würde ein einziger Galopp sie wieder schlimmer machen. Sie beschloss, ihn im Laufe des Tages immer wieder zu massieren und das Gelenk mit Eisspray zu behandeln, für alle Fälle.

Während sie Flames Bein versorgte, dachte sie an Rex und fragte sich wieder, ob er weicher werden würde, wenn sich jemand seiner annahm. Sie ließ ihre Gedanken weiter treiben und fragte sich, ob er seine Hilfe auch angeboten hätte, wenn er in der Schlucht auf ihren Vater oder ihren Bruder gestoßen wäre. Hatte er ihr geholfen, nur weil es sie war? Obwohl sie wusste, dass sie es nicht sollte, wollte Jade mehr über ihn wissen.

Sie war eine intuitive Frau. Sie nahm wahr, wie er sie ansah, und fragte sich, ob er vielleicht auch an sie dachte. Sie wusste, dass sie mit ihrem nächsten Gedanken vielleicht an die Grenzen des Möglichen ging, und sie wusste, dass sie sich alles schönredete, wenn sie dachte, dass er ebenso an sie dachte wie sie an ihn. Aber es war egal. Sie hatte das Gefühl, dass sie ihm ein Friedensangebot unterbreiten und abwarten sollte, ob er es annahm.

Als sie sah, wie ihre Eltern zum Auto gingen, lief sie zum Haus zurück.

»Mom, Dad!«, rief sie. »Wo wollt ihr hin?«

Ihre Mutter sah hübsch aus in ihrem taillierten blauen Kleid. Jade hatte die Augen ihres Vaters, aber das dunkle Haar und die schmale Gestalt ihrer Mutter.

»Wir wollen nur schnell zur Bank. Wir sind bald wieder da. Wie sieht dein Zeitplan heute aus?«, fragte Jane Johnson ihre Tochter lächelnd.

»Ich habe nur ein paar Patienten, also nicht so schlimm. Ich werde Flames Bein später nochmal behandeln. Er scheint okay zu sein, aber ich will nichts riskieren, bevor ich ihn laufen lasse.«

»Gut, Schatz. Du hast doch nichts von Kane gehört, oder?«

Jade wusste, dass ihre Mutter sich wegen Kane Sorgen machte, und sie wusste, wie oft sie sich lieber auf die Zunge biss, als ihn zu erwähnen. Jade hatte ihren Eltern ehrlich erzählt, wie Kane sie verfolgt hatte, nachdem sie die Beziehung beendet hatte. In den ersten paar Wochen nach ihrer Rückkehr war ihr Vater immer sehr besorgt gewesen, wenn sie das Haus verließ. Kane war jedoch nicht wieder aufgetaucht und mittlerweile sprachen ihre Eltern kaum noch von ihm.

»Nein, Mom. Ich glaube auch nicht, dass er bis hierher nach Weston fahren würde, um mich zu suchen«, beruhigte Jade ihre

Mutter. Nach ihrem Umzug hatte Kane sie mehrmals angerufen und ihr eine SMS nach der anderen geschickt. Irgendwann hatte sie seine Nummer gesperrt und nun hatte sie Ruhe.

Ihre Mutter gab ihr einen Kuss, dann stieg sie in den Wagen.

Jade ging ins Haus und begann, die Zutaten für die berühmten Brownies ihrer Mutter zu mischen. Sie fühlte sich wohl in der Küche ihrer Eltern, aber sie sehnte sich danach, etwas eigenes zu haben. Sie würde lieber heute als morgen in eine eigene Wohnung ziehen, aber sie war sich immer noch nicht sicher, ob sie wirklich in Weston bleiben wollte.

Jade hatte seit Wochen nichts anderes getan, als zu arbeiten, und konnte ein bisschen Ablenkung brauchen, um auf andere Gedanken zu kommen. Sie hatte alle Hände voll damit zu tun, Geld zu verdienen und die Kredite abzubezahlen, die sie für die Ausbildung am College aufgenommen hatte. Und nun kam die Sorge um Flames Bein dazu. Auch wenn man Rex Braden nicht gerade als die beste Ablenkung bezeichnen konnte – *du wirst ja wohl nichts tun, was unsere Familie blamiert* –, wanderten ihre Gedanken unweigerlich zu dem Moment im Pick-up, als sie sich den Teig von den Fingern leckte. Rex so nahe zu sein hatte alle möglichen Stellen an ihrem Körper zum Kribbeln gebracht, an die sie in den letzten Monaten gar nicht mehr hatte denken wollen. Wie Rex' Mund wohl schmeckte? War er ein aggressiver Küsser? Oder würde er seine Zunge langsam und liebevoll über ihre gleiten lassen? Schmeckte er so, wie er roch – männlich und heiß? Oder eher so süß, dass sie nicht genug von ihm bekommen könnte?

Der Ofen meldete sich und riss sie aus ihrer Träumerei. Sie musste aufhören, auf diese Art an ihn zu denken. Offensichtlich war sie schon viel zu lange ohne Mann gewesen. Vielleicht konnte sie mit Riley irgendwo hingehen, wo niemand sie kannte. Ja, das war eine gute Idee. Sie musste mal wieder raus, sonst würde sie die Familie am Ende doch blamieren. Aber erst würde sie Rex die Brownies bringen.

Sie schob das Backblech in den vorgeheizten Ofen und schrieb Riley eine SMS.

Hast du heute Abend Zeit?

Im Radio lief ein Song, den sie mochte, und Jade wiegte die Hüften im Takt der Musik. *Tanzen. Ich sollte mal wieder tanzen gehen.*

Ihr Telefon vibrierte. *Für dich immer,* schrieb Riley.

Auf Riley war Verlass. Sie waren schon ihr ganzes Leben lang beste Freundinnen. Dass sie auf unterschiedliche Colleges gegangen waren und Jade nach dem Studium in Oklahoma geblieben war, hatte nichts daran geändert. *Tanzen?,* fragte sie.

Keine dreißig Sekunden später hatte sie ihre Antwort. *Klar! Allure? Neuer Tanzclub. Fingers. 8 Uhr?*

Fingers? Was für ein seltsamer Name für einen Tanzclub. Irgendwie klang das anrüchig, fand Jade. *Perfekt,* schrieb sie zurück. Sie war schon seit Jahren nicht mehr tanzen gewesen und konnte es kaum abwarten.

Der weiße SUV bog in die Zufahrt zur Ranch ein, als Rex von den Feldern zurückkam. Er wusste nicht, wem der Wagen gehörte, der langsam auf das Haus zufuhr, doch dann erkannte er Jade auf dem Fahrersitz.

»Oh Scheiße«, sagte er laut. *Genau das, was ich brauche.* Treat war drinnen mit seinen Hotelangelegenheiten beschäftigt und ihr Vater war zum Glück in die Stadt gefahren. Er ging auf den Wagen zu und versuchte, die Tatsache zu ignorieren, dass jeder Nerv in seinem Körper zu kribbeln begann.

Als sie aus dem Auto stieg, stand die Welt still. Jade trug einen kurzen weißen Rock, der ihre schlanken Hüften eng umschloss, und ein dunkelblaues Tanktop, das ihre Brüste betonte. Rex' Beine gehorchten ihm nicht mehr und sein Gehirn war wie gelähmt. Außer ihrer unglaublichen Schönheit nahm er nichts wahr. Sie drehte sich mit einem breiten Lächeln zu ihm um und das Haar fiel ihr ins Gesicht. Das jahrelang aufgestaute Verlangen drohte, ihn in einer Bilderflut zu ertränken: seine Hände unter ihrem Haar, seine Lippen an ihrem Hals, sein –

»Hallo, Rex!«, rief sie und winkte.

Er schüttelte die schmutzigen Gedanken ab und ging ihr entgegen. »Jade.« Er versuchte, gelassen und ruhig zu klingen, doch selbst er hörte die Panik in seiner Stimme, als sie einen verstohlenen Blick Richtung Haus warf.

»Tja, hallo. Ich habe dir etwas mitgebracht«, sagte sie fröhlich.

Sie beugte sich in ihr Auto und all ihre bezaubernden Rundungen waren so nah, dass er nur die Hand hätte ausstrecken müssen. Ein Stöhnen entfuhr seinen Lippen und er versuchte, es hinter einem gekünstelten Husten zu verbergen.

Sie holte einen Teller mit Brownies aus dem Auto und schloss die Beifahrertür mit einem gezielten Tritt, der ihren Rock noch ein Stückchen höher rutschen ließ. »Alles okay?«, fragte sie und runzelte die Stirn.

»Ja.« Wieder hustete er. *Mist. Ich kann sie nicht einmal ansehen, ohne hart zu werden.*

»Ich habe dir Brownies mitgebracht.«

Er konnte nichts weiter tun, als sie wortlos anzustarren.

»Als Dankeschön? Für gestern?« Sie lächelte und hielt den Teller mit Brownies hoch.

Sie war absolut tabu. »Brownies? Das wäre doch nicht nötig gewesen. Wirklich nicht. War doch selbstverständlich.«

Sie fuhr sich mit der Zunge über die Lippen und fast hätte er wieder aufgestöhnt. Es war höchste Zeit, dass er mal wieder eine der umliegenden Städte anfuhr. Er musste hier weg, bevor er etwas sagte oder tat, das er bereuen würde. Oder besser gesagt: das er bereuen sollte.

»Selbstverständlich? Nein, das glaube ich nicht.« Sie hielt ihm den Teller hin. »Ich weiß, dass ich schnellstens wieder verschwinden sollte, schließlich sind unsere Familien heillos zerstritten. Aber ich wollte mich wenigstens bedanken. Hier.« Wieder hielt sie ihm den Teller entgegen und diesmal nahm er ihn.

»Vielen Dank. Das ist nett von dir, aber du solltest jetzt wirklich gehen.« Er öffnete ihr die Wagentür und hoffte, dass sie sich einfach ins Auto setzen und wegfahren würde.

»Rex, ich weiß, dass unsere Familien nicht miteinander auskommen, aber müssen wir deshalb so unfreundlich zueinander sein?«

»Ich bin ein Braden, du bist eine Johnson. Wir sollten nicht einmal miteinander reden.« *Und ich sollte nicht davon träumen, dich an Ort und Stelle zu vernaschen.*

Ihr Lächeln verblasste und sie runzelte enttäuscht die Stirn. Sie verengte ihre Augen. »Bist du wirklich so kalt, wie du tust, Rex Braden?«

Sein Puls raste. *Ich kann dir gerne zeigen, wie heiß ich sein kann.* Er machte einen Schritt auf sie zu und ballte die Fäuste, um seine Finger unter Kontrolle zu halten. Er hatte von diesem Körper, von diesem üppigen Mund geträumt, hatte sich vorgestellt, wie sie ihm die Beine um die Taille schlang. Seit er sie in der Schlucht gesehen hatte, hatte er dreimal kalt geduscht. Er war sich sicher, dass Treat das Testosteron riechen konnte, das er verströmte.

»Ich glaube, du gehst jetzt besser«, sagte er mit einem Blick auf die offene Autotür.

Sie setzte sich wortlos hinters Steuer, doch bevor sie die Tür schloss, sagte sie: »Und ich dachte, du wärst mehr als ein ganz gewöhnlicher arroganter, egozentrischer Braden. Lass dir die Brownies schmecken.«

Er sah ihr nach, als sie die Zufahrt hinunterfuhr, und fluchte leise. Warum zum Teufel war er überhaupt in dieser Situation? Was hatte er sich dabei gedacht? Alles war prima gewesen, bevor er ihr zu Hilfe kam. Am besten hätte er sich umgedreht und wäre davongeritten, sobald er sie in der Schlucht entdeckt hatte. Er sollte einen großen Bogen um alles machen, was Johnson hieß, vor allem um die schöne Jade Johnson, die sein Herz zum Singen brachte.

»Wer war das?«, rief Treat von der Haustür aus.

Rex sah auf den Teller mit Brownies, völlig unfähig, auch nur einen klaren Gedanken zu fassen. Treat kam auf die Veranda und nahm ihm den Teller ab.

»Brownies, lecker.« Er nahm einen und biss hinein. »Wow, die sind unglaublich. Wer hat sie gemacht?«

Rex stürmte an ihm vorbei in die Küche und ließ das Wasser in die Spüle laufen, bis es eiskalt war. Dann spritzte er es sich ins Gesicht, während Treat am Küchentresen lehnte und lachte.

»Wie heißt sie?«

Ihr ganzes Leben lang hatten sie sich gegenseitig ihre Frauengeschichten anvertraut. Rex wusste, dass er Treat nichts vormachen konnte. Außerdem hatte er mitbekommen, wie sich sein Bruder in den letzten Monaten verändert hatte, und er wusste, dass er derjenige unter seinen Geschwistern war, bei dem er am ehesten auf Verständnis hoffen konnte. Treat hatte die Hotelkette, die er aufgebaut hatte, in den Hintergrund geschoben, um sich sein Leben aufzubauen, seine eigene Familie. Seit er sich auf die Beziehung zu Max eingelassen hatte, richtete er seine ganze Aufmerksamkeit auf ihre Bedürfnisse. Ihre Gefühle kamen für ihn an erster Stelle, er war mit ihr zusammen, wann immer es möglich war, und liebte sie, egal, ob sie glücklich oder traurig war. Wenn sie zusammen waren, konnten sie die Hände nicht voneinander lassen, sie berührten sich, kuschelten sich aneinander und lachten über Dinge, die nur sie beide verstanden. Rex musste zugeben, dass er ein bisschen eifersüchtig war.

Nun sah er seinen ältesten Bruder an und wusste, dass er seine Gefühle und seine Sorgen mit ihm teilen wollte.

»Versprich mir, dass du Dad nichts davon erzählst«, sagte Rex und trocknete sich das Gesicht an einem Handtuch ab.

»He, wir sind doch keine zwölf mehr.« Er fuhr sich mit der Hand durch das dichte, dunkle Haar. Mittlerweile rasierte er sich an ein, zwei Tagen in der Woche nicht mehr und der Bartschatten an seinem Kinn ließ ihn rau und wild aussehen. Mit seiner Größe von eins achtundneunzig erinnerte er Rex an den Marlboro-Mann aus der alten Zigarettenwerbung. »Erstens: Warum sollte ich Dad etwas über dein Liebesleben erzählen, und zweitens: Warum sollte Dad sich darum scheren, in wen du verschossen bist?«

Rex seufzte und fuhr sich mit der Hand durch die Haare. »Ungefähr so groß«, sagte er und hielt sich die Hand ans Kinn. »Langes dunkles Haar, wunderschön. Ist vor ein paar Monaten nach Weston zurückgekehrt.«

Treat runzelte verwirrt die Stirn. Als ihm dämmerte, was Rex da sagte, schüttelte er ungläubig den Kopf.

»Nein«, sagte er. »Auf keinen Fall.«

Rex zuckte die Achseln. »Es ist nicht so, als hätte ich es darauf angelegt.«

»Jade Johnson, Rex? Was hast du dir dabei gedacht?«

»Das ist es ja. Ich denke überhaupt nicht. Immer wenn ich sie sehe, stelle ich mir vor, wie es wäre …«

Wieder schüttelte Treat den Kopf, dann brach ein tiefes, herzliches Lachen aus ihm hervor.

»Was gibt's zu lachen?«, fragte Rex.

»Da hast du dich ganz schön in die Grütze geritten.« Sein Handy vibrierte. Immer noch lachend las er die SMS und antwortete.

»Hast du nicht das Gefühl, als hättest du eine Leine um den Hals, wenn du das verdammte Ding die ganze Zeit mit dir herumschleppst?«

»Machst du Witze? Ich liebe es, von Max zu hören.« Die nächste SMS ließ sein Handy erneut vibrieren. Er las sie, dann sagte er zu Rex: »Das Beste, was ich für dich tun kann, ist, dich abzulenken, damit du auf andere Gedanken kommst. Max und ich treffen uns heute Abend auf ein paar Drinks. Komm doch einfach mit.«

Sechs

»Mädel, du siehst heiß aus«, sagte Riley. »Und wenn wir das nächste Mal ausgehen, habe ich genau das richtige Kleid für dich. Ich habe diesen wunderschönen weißen, rückenfreien Fummel geschneidert. Passt perfekt.« Riley hatte einen Abschluss in Modedesign, aber nach dem College hatte sie es nicht geschafft, in der Branche Fuß zu fassen, und war ebenfalls in ihre Heimatstadt zurückgekehrt.

»Einen Stalker auf den Fersen zu haben tut dir anscheinend richtig gut«, sagte Riley auf der Fahrt zum Fingers.

Typisch Riley! Wenn jemand über eine solche Situation Witze machte, dann sie. »Er war kein Stalker. Außerdem ist es wahrscheinlich die monatelange Enthaltsamkeit, die mir gut-tut«, sagte Jade grinsend. Sie hatte sich für ihr aufreizendstes schwarzes Minikleid entschieden, in der Hoffnung, einen Mann zu einem Quickie anlocken zu können. Sie war nicht gerade stolz auf sich selbst, und wenn ihr Vater jemals davon erfahren sollte, würde sie sich in Grund und Boden schämen. Aber verdammt, manchmal musste man eben kratzen, wenn es juckte. Nachdem Rex sie erst mit Blicken verschlungen und sich dann wie ein Idiot benommen hatte, hatte sie etwas verdient, das ihrem Selbstbewusstsein Auftrieb geben würde.

»Monatelange Enthaltsamkeit? Im Ernst? Warum habe ich das nicht gewusst?« Riley hatte sich seit dem College kaum verändert. Sie hatte eine wohlgerundete Figur und glattes, braunes Haar, das ihr bis auf die Schultern reichte. Neuerdings trug sie ihren Pony lang, was ihr ein spielerisches Aussehen gab, egal wie sie angezogen war. Heute Abend hatte sie eng anliegende Jeans und ein schwarzes Top mit tiefem Ausschnitt an und sah hinreißend aus.

»Natürlich wusstest du es. Mit wem hätte ich mich denn verabreden sollen, seit ich wieder hier bin?«, fragte Jade.

»Hmmm.« Riley runzelte die Stirn, als würde sie ernsthaft überlegen. »Ich glaube, du hast recht«, sagte sie schließlich.

»Ich weiß, dass ich recht habe.« Jade lachte.

Riley bog auf den Parkplatz vom Fingers ein und Jades Nerven begannen zu flattern. Es war lange her, seit sie sich auf die Suche nach einem Mann für eine Nacht gemacht hatte. Streng genommen war es das erste Mal.

»Bist du sicher, dass ich okay aussehe?«, fragte sie.

»Aber ja doch. Besser als okay. Was ist los mit dir? Du machst dir doch normalerweise keine Gedanken, wie du aussiehst. Und du weißt, dass du sexy aussiehst«, sagte Riley.

Jade atmete tief aus. »Ich bin mir einfach nicht mehr sicher. Ich habe in letzter Zeit widersprüchliche Botschaften bekommen.«

»Von wem? Soll ich mal ein Wörtchen mit dem Herrn reden?« Sie packte ihre Handtasche und bevor Jade antworten konnte, sagte sie: »Na, komm schon. Lass uns hineingehen und Spaß haben.«

Ein Neonschriftzug leuchtete auf: *Ladies Night, montags 18– 22 Uhr.*

Jade schnaubte verächtlich. »Das hättest du mir doch wohl

sagen können.«

»Wärst du mitgekommen, wenn ich es dir gesagt hätte?«

Jade überlegte. »Vielleicht. Ich meine, ich will heute Abend nichts anderes, als jemanden abzuschleppen, also ...«

Riley war einen Kopf größer als Jade. Sie legte ihr den Arm um die Schultern. »Meinen Segen hast du, Schwester. Ich bin heute Abend die Fahrerin, also werden wir dich ordentlich abfüllen. Allerdings werde ich den Auserwählten auf seinen Alkoholpegel überprüfen – ich lasse dich nicht zu einem Betrunkenen ins Auto steigen. Außerdem will ich mir seinen Führerschein ansehen und Namen und Adresse notieren – falls du nicht wieder auftauchen solltest. Und wenn du heute Abend kein Glück hast, fahre ich dich nach Hause und bringe dich höchstpersönlich zu Bett.«

»Du bist einfach die Beste, Ri.«

»Ja, ich weiß.«

Rex trank einen Schluck Bier und zum ersten Mal seit einer gefühlten Ewigkeit entspannte sich sein Körper. Er hörte für sein Leben gern Musik und klopfte mit dem Fuß den Takt mit. Der Rhythmus lockte die Frauen auf die Tanzfläche, sodass es viel zu sehen gab.

»Also, Rex, Max und ich überlegen, hier in der Nähe ein Haus zu bauen«, sagte Treat.

Rex war gerne mit Max und Treat zusammen. Zuerst war er sich nicht sicher gewesen, ob sie den Ansprüchen seines ältesten Bruders genügen würde. Sie gab sich sehr lässig, an den meisten Tagen trug sie Jeans und band sich das Haar einfach zu einem Pferdeschwanz zusammen. Als er sie jedoch näher kennenlernte, erkannte er, wie klug und warmherzig sie war. Seit sie mit Treat zusammen war, hatte sie begonnen, sich weiblicher und sinnlicher zu kleiden, und Rex konnte die Bewunderung in Treats Blick sehen – wie er kaum die Augen von ihr wenden konnte. Rex wusste, dass er Jade auf dieselbe Weise betrachtete, obwohl ihm klar war, dass er es nicht tun sollte. Aber egal, wie sehr er sich bemühte – sein Körper und seine Augen gehorchten ihm nicht.

»Wird aber auch höchste Zeit«, neckte Rex. Treat hatte genug Geld, um halb Allure zu kaufen, wenn es ihm in den Sinn kam, daher wunderte es Rex, dass er immer noch im Haus des Vaters wohnte. Gerade hatte Treat letzte Details mit seinen neuen Mitarbeitern durchgesprochen und die Infrastruktur seines Hotelimperiums neu aufgestellt. Eins nach dem anderen, hatte er vor zwei Monaten zu Rex gesagt.

»Es ist ja nicht so, als würdest du darauf warten, dass ich endlich abhaue«, sagte Treat und hob sein Glas.

»Nein, es ist cool. Ich freue mich für euch. Wo wollt ihr denn bauen?«

Treat zog Max an sich und gab ihr einen Kuss auf den Scheitel. »Wo Maxy will.«

»Ich denke, wir sollten in der Nähe eures Vaters bleiben. Da trifft sich die ganze Familie, und außerdem hilft Treat auf der Ranch und leitet daneben noch seine Firma, da macht es doch Sinn, wenn alles möglichst nah beieinander liegt und er so wenig Zeit wie möglich im Auto verbringt. Für mich ist es keine große Sache, schließlich ist Weston weniger als eine halbe Stunde von Allure entfernt, und Chaz wird mich von zu Hause aus arbeiten lassen, wenn ich will.« Seit zehn Jahren arbeitete Max für Chaz Crew, den Macher des Indie-Film-Festivals, und sie hatte nicht vor, ihren Job aufzugeben, egal, wie viel Geld

Treat hatte.

»Ich bin unbedingt dafür. Je näher, desto besser. Ich finde es toll, euch in Weston zu haben.« Rex trank einen weiteren Schluck und ließ den Blick über die Tanzfläche schweifen. Das Fingers hatte erst vor ein paar Wochen geöffnet, und Rex hatte gehört, dass an den Montagabenden die schönsten Frauen aus der Umgebung hier waren. Nicht, dass er einen One-Night-Stand aufreißen würde, wenn er mit Treat und Max unterwegs war, aber es konnte trotzdem nicht schaden, sich ein bisschen umzusehen. Er betrachtete die Tanzfläche und versuchte, eine Frau zu finden, deren Anblick ihn von Jade ablenken würde, aber unter den hübschen Tänzerinnen mit ihren engen Kleidern und ihren bewundernswerten Rundungen entdeckte er keine, die ihr das Wasser reichen konnte. Allmählich ging ihm das auf die Nerven. Er musste sie sich aus dem Kopf schlagen.

Die Band stimmte eine langsame Melodie an und Max ergriff Treats Hand. »Tanz mit mir«, sagte sie mit einem koketten Lächeln.

Treat stand auf. »Die Pflicht ruft«, sagte er grinsend.

Max lehnte den Kopf an Treats Brust und Treat legte ihr die Hände um die Taille. Die Paare neben ihnen machten Platz, und dort, auf der anderen Seite der Tanzfläche, saß Jade in einem enganliegenden schwarzen Kleid, das kaum ihre Oberschenkel bedeckte. Sie hatte zwei leere Gläser vor sich und ihre Wangen hatten einen rosigen Glanz. Unwillkürlich spannte Rex seine Oberarmmuskeln an. Mit einem Ruck stellte er sein Glas ab, sodass das Bier über den Rand schwappte.

Was zum Teufel macht sie hier?

Ein großer, blonder Mann näherte sich dem Tisch, an dem Jade mit Riley Banks saß. Rex straffte die Schultern und unterzog den Neuankömmling einer kurzen Betrachtung: zu freundlich, viel zu breites Lächeln. Und dann berührte er sie auch noch, erst am Arm, dann an der Schulter, und setzte sich neben sie.

Rex trank einen Schluck Bier. Dabei ließ er das Trio nicht aus den Augen. Jade lächelte, aber ihr Blick ging kreuz und quer durch den Raum. Rex kannte sich mit Frauen aus. Eine Frau, die sich so umsah, war nicht interessiert. *Zieh Leine, Kumpel.*

»Rex, du siehst aus, als würdest du gleich auf jemanden losgehen«, sagte Treat und setzte sich. Max schob sich neben ihn.

Der Blonde stand auf und griff nach Jades Hand. Sie folgte ihm auf die Tanzfläche und legte ihm die Hände auf die Brust. Ihr Körper war viel zu nah an ihrem.

Unter dem Tisch ballte Rex die Fäuste.

»Rex«, sagte Treat, »geh zu ihr.«

»Zu wem?«, fragte Max.

Treat wies mit dem Kopf auf Jade.

»Hey, das ist doch das Mädchen auf dem Pferd. Sie hat ihre Hilfe angeboten, als ich dein Auto kaputtgefahren habe.« Sie gab Treat einen Kuss und sagte dann: »Der beste Tag meines Lebens. Der Tag, an dem du um meine Hand angehalten hast.« Sie spielte mit dem Verlobungsring an ihrem Finger.

»Ja«, sagte Rex. »Das ist sie.«

»Sie ist sehr hübsch. Und so wie sie dich damals angesehen hat, bin ich sicher, dass sie dich wirklich mag. Du solltest sie zum Tanzen auffordern. Aber vielleicht wartest du besser, bis dieser Tanz vorbei ist«, meinte Max.

»Nein«, antwortete er.

»Warum nicht? Du lebst nur einmal«, sagte sie.

»Unsere Familien sind seit Jahrzehnten zerstritten«, erklärte Treat. »Jedenfalls sind unsere Väter zerstritten, und du weißt ja, wie Rex über Familie und Loyalität denkt.«

Max trank einen Schluck. »Nun, ich bin der Ansicht, dass in der Liebe und im Krieg alle Mittel erlaubt sind. Ich bin dafür, dass er auf sie zugeht.«

Die nächste Stunde verbrachte Rex damit, Jade und den Blonden zu beobachten und darauf zu warten, dass der Kerl einen falschen Zug machte. Eigentlich wollte er nicht mitzählen, wie viel Jade trank, aber er konnte nicht anders. Vier Gläser waren es bis jetzt, zu viel für jemanden von ihrer Statur. Sie sollte nicht so viel trinken.

»Wir müssen los«, sagte Max. »Rex, ich bin wirklich froh, dass du uns begleitet hast, aber ich muss morgen früh arbeiten.«

Treat stellte sich so, dass Rex Jade nicht mehr sehen konnte. Mit fester Stimme sagte er: »Rex, lass es gut sein. Du hast deine Chance für heute verpasst. Bestimmt ergibt sich irgendwann eine neue Gelegenheit.«

Rex sah ihn kalt an. »Hast du bei Max auch so gedacht?« Als ihm klar wurde, was er da gesagt hatte, versuchte er, seine Aussage abzumildern. »Ich will sichergehen, dass sie sich nicht in Schwierigkeiten bringt.«

»Kannst du noch fahren?«, fragte Treat.

»Klar. Ich hab nur zwei Bier getrunken. Ich komme schon klar.«

»Gut. Wir sehen uns morgen früh«, verabschiedete sich Treat.

Der Blick auf die Tanzfläche war wieder frei und Rex sah, dass Riley verschwunden war und Jade allein mit dem Blonden am Tisch saß. Eine schöne Freundin war das, die sie in einer solchen Situation sich selbst überließ. Natürlich ging ihn das alles überhaupt nichts an. Als Jade jedoch wieder auf die Tanzfläche stolperte, rutschte der Saum ihres Kleides noch ein

Stückchen höher und der Blonde, der hinter ihr ging, starrte ihr unverhohlen auf den Hintern. In diesem Moment war es Rex egal, ob es ihn etwas anging oder nicht. Er saß mit angespannten Muskeln da, bereit, jeden Moment aufzuspringen.

Sieben

Vor ihren Augen schien sich alles zu drehen und das war gut so. Mindestens zwanzig Minuten lang hatte Jade nicht einen einzigen Gedanken an Rex verschwendet und dieser hübsche Blondschopf – wie hieß er noch gleich? Tom? Tray? Tim? Ja, genau, Tim – schien wirklich nett zu sein. Er hatte versprochen, Jade nach Hause zu bringen, und Riley hatte sich seinen Namen und seine Adresse notiert, bevor sie nach Hause fuhr. Aber Jade hatte noch keine Lust zu gehen. Sie wollte lieber tanzen.

Sie legte die Arme um Tims Hals und wiegte sich zur Musik. Tim hatte ihr die Hände auf den Rücken gelegt und das fühlte sich gut an. Lieber Himmel, wie sehr sie solche Berührungen vermisste. Seine Hand wanderte abwärts und plötzlich wachte Jade aus ihrem romantischen Traum auf. Sie würde mit diesem Typen nach Hause gehen. So etwas tat sie normalerweise nicht. Aber oh, seine Hand fühlte sich so angenehm warm an. Wenn sie die Augen schloss, konnte sie so tun, als wäre er Rex. Nur, um die Nacht hinter sich zu bringen und ihr Verlangen nach diesem frustrierenden Mann zu stillen. Nur eine Nacht.

»Lass uns verschwinden«, flüsterte er ihr ins Ohr.

Sie nickte, aber ihre Beine standen still, als sie sich auf sein

Gesicht konzentrierte. Er sah nicht sonderlich gut aus, aber er war nett. Zu nett. Irgendwie hatte er etwas von einem Schwächling. *Ich werde die Nacht mit einem Schwächling verbringen, dabei will ich eigentlich nach Weston zurückkehren und herausfinden, wie ich Rex dazu bekomme, mich wahrzunehmen.* Rex. Ein hundertprozentiger Mann. Ein Arschloch. *Warum will ich ihn überhaupt?* Sie erinnerte sich, wie abweisend er sie am Morgen behandelt hatte. All diese Wut, die unter seiner Haut brodelte. Die Vorstellung von seiner Haut ließ ihre Gedanken zurück zu seinem Körper schweifen, zu seinen Muskeln, seinen Geruch, so männlich und … sexy.

Tim nahm ihre Hand und führte sie zur Tür. Ihre Beine bewegten sich, aber sie wollte nicht gehen. Ihr Gehirn schrie: Nein! Halt! Aber kein Wort kam über ihre Lippen. Sie war zu betrunken und zu sehr hin- und hergerissen, um zu sprechen.

Auf dem Parkplatz legte er die Arme um sie und zog sie an sich. Sein Körper war so dürr. Zu dürr.

»Ich werde dich jetzt küssen«, sagte er und legte seine schmalen Lippen auf ihre.

Jade schob ihn weg, aber er hielt sie umschlungen. Sie war zwischen einem Schwächling von Mann und dem Auto gefangen – und er war viel zu stark für einen Schwächling. Sie versuchte, ihn wegzuschieben, beim Geruch seines Atems wurde ihr übel. »Lass mich!«, presste sie an seinen Lippen mühsam hervor.

Für einen Moment ließ er ihren Mund los und Jade schnappte nach Luft. Sie drehte sich um, wollte weglaufen, aber er packte sie und zog sie wieder an sich. Seine Augen verdunkelten sich und seine Hände hielten ihre Arme so fest umklammert, dass ihr vor Schmerz die Tränen in die Augen schossen.

»Du willst es doch auch, du Luder.«

»Nein!«, schrie sie. Im nächsten Augenblick hatte er sie gegen den Wagen geschleudert und küsste sie.

Sie schloss die Augen, weil sie seinen Anblick nicht ertragen konnte. Tränen strömten über ihre Wangen. Sie wehrte sich und versuchte, ihm zu entkommen, und plötzlich ließ er ihre Arme und Lippen los. Sie riss die Augen auf.

»Die Dame hat Nein gesagt.« Rex hatte Tim am Kragen gepackt und ließ ihn an seinem muskulösen Arm ein Stück über dem Boden baumeln.

»Okay, okay. Sie wollte es. Sie hat es doch herausgefordert«, sagte Tim.

Rex hob ihn noch ein Stückchen höher und rammte ihn gegen seinen Truck.

Jade war zu fassungslos, um sich zu rühren. Was machte er da? Warum half er ihr schon wieder? Er würde diesen Kerl umbringen. Rex hob den rechten Arm.

»Nein, Rex! Er ist es nicht wert«, schrie sie mit schriller Stimme.

Rex' Blick ging zwischen Jade und dem Blonden hin und her. Dann brachte er sein Gesicht ganz nah an das von Tim und knurrte wie ein wütender Hund: »Wenn ich noch einmal sehe, dass du eine Dame so behandelst, reiße ich dich in Fetzen.« Er warf ihn auf den Boden und packte Jade grob am Arm.

»Setz dich in den Wagen.«

Sie warf einen Blick auf Tim, der sich am Boden wand, dann kletterte sie in den Truck.

Rex ließ den Motor an und fuhr wortlos die Straße hinunter bis zu einem Parkplatz, wo er unter einer Straßenlaterne stehen blieb. Als er sich ihr zuwandte, schimmerte die Wut durch seinen sorgenvollen Blick.

Jade zitterte am ganzen Körper. Ihr tränenüberströmtes Gesicht war rot vor Scham. Wie wäre die ganze Sache ausgegangen, wenn Rex nicht aufgetaucht wäre?

Völlig unerwartet nahm Rex ihr Gesicht sanft in die Hände. Sie waren so groß, so stark und gnadenlos, wenn er wütend war. Jetzt jedoch war seine Berührung zart und weich.

»Alles okay?«, fragte er.

Sie nickte schniefend.

»Hat er dich verletzt?«

Unwillkürlich rieb sich Jade die Arme, wo Tim sie gepackt hatte, und es tat weh. Rex fuhr behutsam mit den Fingern über ihre Arme.

»Warum hast du das gemacht?«, fragte sie. »Warum hast du ihn so gepackt?«

Rex runzelte die Stirn. »Er hat dir wehgetan.«

»Aber ich wäre schon zurechtgekommen.« Sie wusste, dass das nicht stimmte, aber zweimal in zwei Tagen als hilfloses Mädchen dazustehen und von Rex Braden gerettet werden zu müssen, das war einfach zu viel. Sie war nicht schwach und sie musste nicht gerettet werden, auch wenn Rex Braden sich als Ritter in schimmernder Rüstung ganz gut machte.

»Bist du aber offensichtlich nicht«, sagte er.

Er roch nach Wärme und Alkohol. Seine Augen verengten sich und sie spürte, wie all die richtigen Stellen in ihrem Körper lebendig wurden. Plötzlich beugte sie sich vor. Oh Gott, sie würde ihn küssen. Nein, das konnte sie nicht. Noch am Vormittag hatte er sich mehr oder weniger in ihr Auto geschubst und sie weggeschickt. Sie musste verschwinden, bevor sie etwas Dummes tat. Sie schnappte sich ihre Handtasche und riss die Beifahrertür auf.

»Ich muss nicht gerettet werden.« Sie stolperte in die

Dunkelheit. Schließlich blieb sie stehen und wischte sich wütend die Tränen ab, die ihr übers Gesicht rannen. Wie zum Teufel sollte sie ihn vergessen, wenn er immer wieder auftauchte und sie rettete? *Was zum Teufel mache ich hier eigentlich?*

Sie hörte, wie sich die Fahrertür öffnete. Langsam, aber entschlossen kam er auf sie zu. Jade presste ihre Lippen fest aufeinander.

»Ich lasse dich nicht hier stehen«, sagte er mit einer tiefen, sinnlichen Stimme. Er hätte ebenso gut sagen können: *Ich will dir die Kleider vom Leib reißen und dich von oben bis unten verwöhnen.*

Er trat einen Schritt näher und sie sah, wie sich sein muskelbepackter Oberkörper mit jedem Atemzug gegen die Knöpfe an seinem Hemd wölbte.

»Bitte, steig wieder ein, Jade«, sagte er.

Ich traue mir selbst nicht über den Weg. Sie schüttelte den Kopf.

Rex seufzte laut hörbar und fuhr sich mit der Hand durch das dichte Haar. Jade verspürte das schmerzliche Verlangen, ihre Finger in seinen Haaren zu vergraben und ihn zu massieren, wollte die Spannung auflösen, die ihn umgab, und seine Muskeln zähmen.

»Jade, ein Braden überlässt eine Frau nicht sich selbst, wenn es für sie gefährlich werden könnte.« Seine Stimme klang fest, sein Blick war bittend.

Sie schüttelte wieder den Kopf.

»Ich bitte dich nicht noch einmal, wieder einzusteigen.«

Da war wieder dieser Zorn. Jade verschränkte die Arme. Wenn sie auch nur einen Fuß in diesen Truck setzte, würde sie sich nicht davon abhalten können, die Hand auszustrecken und etwas zu tun, was sie am Morgen bereuen würde, wenn sie wieder nüchtern war. Die Worte ihres Vaters klangen ihr allzu deutlich in den Ohren: *Du wirst ja wohl nichts tun, was unsere Familie blamiert.*

»Ich kann Riley anrufen, damit sie mich abholt«, sagte sie.

»Ich bin schon hier. Sie braucht zwanzig Minuten, bis sie hier ist. Und vermutlich schläft sie längst.«

»Na und? Sie würde auf jeden Fall kommen.« Sie klang wie ein verstocktes Kind, dabei wollte sie nichts lieber, als zu sagen: *Ich will mit dir fahren.* Die Warnung ihres Vaters hielt sie zurück.

Er trat einen Schritt näher. Sie spürte seinen Atem an ihrer Wange, als er sich zu ihr herunterbeugte. Jades Herz pochte so laut, dass es ihr in den Ohren dröhnte. Sie schloss die Augen und dachte, er würde sie küssen, doch mit einer einzigen Bewegung hob er sie hoch und warf sie sich über die Schulter, sodass sich seine Muskeln in ihren Magen gruben.

»He, was soll das?« Sie hämmerte ihm mit den Fäusten auf den Rücken, doch wenn er es überhaupt spürte, ließ er es sich jedenfalls nicht anmerken. Mit einer Hand öffnete er die Beifahrertür des Trucks und schob sie hinein.

»So, und da bleibst du sitzen und rührst dich nicht vom Fleck«, sagte er streng.

Acht

Jade warf sich gegen die Tür und versuchte zu entkommen. Rex war zu groß, zu stark – eine unbewegliche Mauer. Er packte ihre Handgelenke in einer Hand und hielt sie über ihrem Kopf fest. Sie wollte ihn mit den Füßen wegschieben, doch sie fiel nach hinten und zog ihn mit sich. Mit einer Hand hielt er immer noch ihre Arme fest, während er sich mit der anderen Hand neben ihrem Kopf abstützte. Sie lag unter ihm und das fühlte sich verdammt gut an. Sie spürte seinen harten Schaft an ihrem Bein und merkte, wie ihr ein Schauder durch den ganzen Körper jagte.

Sie starrten sich schwer atmend in die Augen und sagten kein Wort.

Küss mich. Nun küss mich doch endlich. Unter seinem Gewicht konnte sie kaum atmen, aber es war ihr egal. Ihr ganzer Körper schmerzte vor Sehnsucht nach ihm, ihre Hüfte drängte sich unwillkürlich an seine Erregung, ihre Brüste wölbten sich ihm entgegen. Sie musste wissen, wie sich seine Lippen auf ihren anfühlten, auch wenn es nur für einen einzigen Kuss war. Ihr Herz würde zerspringen, wenn er sie nicht bald küsste.

»Ich habe dir doch gesagt, dass du dich nicht vom Fleck rühren sollst«, sagte er schließlich. Seine Worte klangen hart und atemlos.

Jade konnte nicht antworten. Sie musste sich befehlen, ein- und auszuatmen. Dann ließ er ihre Handgelenke los, schob ihre Beine in den Truck und schloss die Tür. Während sie mit ausgestreckten Armen auf dem Sitz lag und die heiße Stelle zwischen ihren Beinen vor Verlangen pochte, ging die Fahrertür auf. Rex setzte sich hinters Steuer und ließ den Motor an. Jade richtete sich auf, ihr Puls raste, ihr Körper schmerzte, und er sah sie nicht einmal an.

Als sie vom Highway nach Weston abbogen, brachen ihr Verlangen und ihre Wut aus ihr hervor.

»Du hattest kein Recht, mich zu entführen. Es war alles in Ordnung. Vielleicht wollte ich ja mit diesem Typen zusammen sein. Du weißt ja gar nicht, was ich –«

Rex warf ihr einen raschen Blick zu. Noch drei Meilen auf der Landstraße, dann waren sie am Haus ihres Vaters. Die Bäume am Straßenrand bildeten ein dichtes Blätterdach, sodass sie wie durch einen grünen Tunnel fuhren.

»Sieh dich doch nur an. Was bist du für ein Mann, dass du eine Frau wie eine Geisel in deinen Truck wirfst? Was bist du für ein Mann, dass du nicht einmal mit ihr redest?« Jade merkte nicht, wie der Wagen allmählich langsamer wurde. Sie war viel zu sehr damit beschäftigt, Rex einen Vorwurf nach dem anderen an den Kopf zu schleudern. »Wahrscheinlich bist du auch noch stolz darauf, mich gerettet zu haben, was? Wie kommst du überhaupt darauf, dass ich gerettet werden wollte?«

Rex brachte keinen Laut hervor. Er traute sich nicht, auch nur ein einziges Wort zu sagen. Sie war außer sich vor Zorn, ihre

Brüste hoben und senkten sich mit jedem Atemzug, während sie ihn beschimpfte. Als sie unter ihm gelegen hatte, hatte er alle Beherrschung aufbieten müssen, um dem Locken und Bitten ihrer Hüften zu widerstehen. Sie roch so süß und fast hätte er aufgestöhnt, als sich ihre Brüste an ihn drückten.

Jede ihrer Sticheleien ließ das Verlangen ins Unermessliche wachsen, das sich den ganzen Abend über in ihm aufgebaut hatte, während sie sich auf der Tanzfläche an diesen blonden Kerl schmiegte und dessen Hand über ihren Hintern glitt. Noch ein Wort über seine Männlichkeit und er würde nicht mehr an sich halten können. Dann war die Grenze dessen erreicht, was ein Mann ertragen konnte, bevor er dem Drängen von Adrenalin und Testosteron nachgab.

»Welch ein Mann schleppt eine Frau über der Schulter wie einen Sack Futter? Ehrlich, Rex Braden, es ist kein Wunder, dass mein Vater deine Familie hasst.«

Urplötzlich schwenkte Rex an den Straßenrand und brachten den Wagen mit einem Ruck zum Stehen. Jade flog über den Sitz in seine Arme. Er konnte den süßen Alkohol in ihrem Atem schmecken. Ihre Hüften drängten sich an ihn und jeder Nerv in seinem Körper fing Feuer. Er versuchte, seine Wut im Zaum zu halten, und als er sie an sich zog und ihr in die verführerischen meerblauen Augen schaute, erkannte er, was sich wirklich hinter der brodelnden Hitze verbarg, und senkte seinen Mund auf ihre Lippen. Einen Moment war sie wie erstarrt, doch dann erwiderte sie seinen Kuss. Seine Erregung wuchs mit jeder Bewegung ihrer Zunge. Heiliger Strohsack, sie schmeckte so gut. Er erforschte ihren Mund, ertastete jeden Winkel, knabberte an ihrer Unterlippe, bevor er sich von ihr löste. Sie leckte sich über die empfindliche Stelle und sofort senkte er seine Lippen wieder auf ihre, als wollte er sie nie mehr loslassen. Er schob seine Hand unter ihre seidigen Haare, um ihren Mund noch fester an seinen ziehen zu können. Sie stöhnte, als er seine Hand auf ihre Taille gleiten ließ. Sie war so klein in seinen Händen, so feminin und süß. Beinahe fünfzehn Jahre lang hatte er darauf gewartet, ihre Lippen zu spüren, und sie waren so, wie er sie sich erträumt hatte, und noch viel mehr.

Sie schlang ihm die Arme um den Hals, winkelte die Beine an und zog sich auf die Knie, bevor sie sich an ihn lehnte und ihm seinen tiefen Kuss mit gleicher Münze heimzahlte.

Ihr Kleid hatte sich hochgeschoben und gab ihre geöffneten Schenkel frei. Der Blick ihrer blauen Augen peitschte sein Verlangen in ungeahnte Höhen.

»Himmel, du bist hinreißend. Ich will das schon seit Jahren tun.«

»Dann hör jetzt nicht auf«, sagte sie und zog seinen Mund an ihren. Sie nahm seine Hand und schob sie auf ihren Oberschenkel.

Rex ließ die Finger unter den Saum ihres Kleides gleiten und fühlte die feuchte Hitze durch den dünnen Schleier ihres Höschen. Sie ermunterte ihn, drängte sich ihm entgegen, bis seine Fingerspitzen ebenfalls feucht waren. Irgendwo in Rex' Kopf läutete eine Alarmglocke und ermahnte ihn, aufzuhören. Sein Vater würde ihm nie verzeihen, wenn er herausfand, dass sein Sohn ihn auf diese Weise entehrt hatte. Als er jedoch mit der Fingerspitze unter den Rand ihres Slips fuhr und die nassen, empfindlichen Hautfalten ertastete, wusste er, dass er ein Gebiet betreten hatte, von dem es kein Zurück gab.

»Rex«, hauchte sie atemlos und strich mit den Lippen von seinem Hals bis zur Schulter und saugte daran, bis er glaubte, er würde kommen.

Sie schnappte nach Luft, als er mit den Fingern in sie

eintauchte. Er küsste sie tief und gierig. Sein Daumen rieb und neckte sie, während seine Finger ihre süße, samtige Mitte streichelte. Er schob den Gedanken an seinen Vater beiseite und legte den Arm um Jades Taille. Mit einer raschen Bewegung war sie unter ihm, während er tastete und liebkoste und verstohlen nach der Stelle suchte, der sie auf den Höhepunkt treiben würde. Sie nestelte an seinem Hemd, und er zog es sich über den Kopf und warf es auf den Boden.

Sie reckte sich hoch und nahm seine Brustwarze in den Mund. Er stöhnte, als sie sie mit der Zunge umschmeichelte. Er bekam keine Luft mehr, er musste einfach mehr von ihr haben. Mit der freien Hand zog er ihr das Kleid über den Kopf. Lieber Himmel, sie war so schön, wie sie da lag in ihrem schwarzen Höschen und dem Spitzen-BH. Sie nahm seinen Kopf und zog ihn an ihre Brust. Er leckte sie durch den Stoff, bis sie sich ihm stöhnend entgegenwölbte, dann hakte sie den BH auf und gab ihre Brüste frei, zwei perfekte Hügel. Sie erbebte, als er langsam mit der Zunge über ihre harten Brustwarzen strich.

Ihre Haut schimmerte in der Dunkelheit, als er sich langsam an ihrem Bauch herunterküsste und immer wieder an ihrer Haut saugte und leckte. Er spürte, wie die Muskeln in ihrem Innern um seine Finger pulsierten, und stieß tiefer und härter in sie hinein, bis sie sein Handgelenk packte und sich gegen seine Hand wölbte. Sie stöhnte lustvoll auf, während er sie weiter und weiter trieb und ihr Orgasmus um ihn vibrierte. Sie rief seinen Namen, als sie den Höhepunkt erreichte. Seine Finger waren immer noch in ihr vergraben, als die letzten Nachbeben verebbten und sie ermattet dalag.

»Lieber Gott, du bist so wunderschön«, sagte Rex, als er seine Finger zwischen ihren Beinen hervorzog und sie langsam zwischen seine Lippen gleiten ließ.

Neun

Ich sterbe. Das muss es sein. Jade lag auf dem Rücken unter Rex, noch immer wie berauscht von dem Orgasmus, den er ihr gerade mit nichts anderem als seinen Fingern beschert hatte. Nicht auszudenken, was er mit dem Ungetüm anstellen würde, das in seiner Jeans eingesperrt war. Sie konnte kaum atmen. Ihre Beine waren taub, und ihre Haut war so aufgeheizt, dass sie wahrscheinlich bei der leisesten Berührung den nächsten Orgasmus bekommen würde.

Mit Hunger in den Augen zog Rex seine Finger einen nach dem anderen aus dem Mund und Jades Körper reagierte sofort mit einem sanften Zucken ihrer Mitte. *Aha, hinter dem Cowboy verbirgt sich also ein ganz unanständiger Junge.* Eine Woge der Erregung durchlief sie, als er den Blick über ihren Körper und ihre gespreizten Beine gleiten ließ.

»Jade«, sagte er mit wackliger Stimme.

Allein seine Stimme weckte in ihr das Verlangen nach mehr.

»Das geht nicht«, sagte er und zog sich ein Stück zurück.

Jade stockte der Atem. Was zum Teufel redete er da?

»Rex?«

Er beugte sich über sie, schnappte sich sein Hemd vom Boden und zerrte es sich über den Kopf.

Jade setzte sich auf und legte ihm die Hand auf den Arm. »Was ist los? Habe ich irgendwas falsch verstanden?« *Als deine Finger in mir steckten? Oder vielleicht, als du dir meinen Saft abgeleckt hast?*

»Es war ein Fehler«, sagte er und starrte in die Nacht.

»Ein Fehler?«, fauchte sie. »Das war ein Fehler? Ich war ein Fehler? Ist es das, was du damit sagen willst?« Sie zerrte an ihrem Kleid. »Sieh mich an«, sagte sie und schaffte es kaum, die Bedürftigkeit und Wut in ihrer Stimme zu beherrschen.

Rex senkte den Blick.

»Rex Braden, was ist bloß los mit dir? Willst du, dass ich mich wie eine billige Hure fühle? Ist es das, was du die ganze Zeit beabsichtigt hast? Mich nehmen, damit kein anderer mich kriegt? Und mich dann wegwerfen, als sei es nur darum gegangen, mich zu erobern?«

Rex begegnete dem wütenden Funkeln in ihren Augen mit einem traurigen Blick. »Jade, wenn ich dich hätte erobern wollen, habe ich es nicht sehr geschickt angestellt, oder?«

Die Traurigkeit in seiner Stimme war wie ein Schlag in ihr wütendes Gesicht. »Warum dann? Bin ich das Problem? Kann es sein, dass du mich nicht so magst, wie ich bin?« Sie blickte aus dem Fenster, damit er die Tränen nicht sah, die ihr in die Augen stiegen. »Nein, das ergibt keinen Sinn«, sagte sie und versuchte ein Lachen. »Wenn das der Fall wäre, hättest du mir nicht geholfen.«

Er zog sie an sich und strich ihr das Haar aus dem Gesicht. »Du bist es nicht. Es sind unsere Familien. Das würde nie funktionieren. Auch, wenn wir es uns noch so sehr wünschen mögen: Unsere Väter werden nach vierzig Jahren nicht einfach das Kriegsbeil begraben und so tun, als sei nie etwas gewesen. Das ist reine Träumerei. Du bist die sprichwörtliche verbotene

Frucht.«

Unsere Familien. Du wirst ja wohl nichts tun, was unsere Familie blamiert, nicht wahr?

»Das ist doch lächerlich. Lieber Himmel, wir sind erwachsen. Das alles ist doch längst Geschichte. Warum sollte es noch eine Rolle spielen?« Sie schob ihn von sich weg. »Warum können wir nicht einfach ein Paar sein wie jedes andere? Herumknutschen? Zusammen ausgehen? Wir sagen unseren Vätern, was los ist. Wie sie damit zurechtkommen, ist ihre Sache. Sei ein Mann, steh auf und melde dein Recht auf dein eigenes Leben an.«

»Wir wissen nicht einmal, was das zwischen uns ist«, erwiderte er gereizt. »Und wenn du meine Männlichkeit noch einmal infrage stellst, Jade Johnson, dann werde ich ...« Er rieb sich mit den Händen übers Gesicht und atmete tief durch. Etwas ruhiger fuhr er fort: »Sieh mal, du bist erst seit ein paar Wochen wieder in Weston. Meine Familie macht gerade einige Veränderungen durch. Vielleicht ist das alles nur ... situationsbedingt.«

Jade wirbelte herum und sah ihn wütend an. »Situationsbedingt? Meinst du das ernst?«

Er zuckte mit den Schultern.

»Mehr fällt dir dazu nicht ein? Ein Schulterzucken? Ehrlich, Rex! Du hast mir gerade gesagt, dass du mich seit Jahren gewollt hast. Das klingt für mich nicht nach *situationsbedingt.*«

Sein Schweigen durchbohrte ihr Herz wie ein Speer. Sie hatte nicht vor, hier zu sitzen und ihm einzureden, dass sie erkunden sollten, was zwischen ihnen entstanden war, was immer es war. Sie mochte ihn – sehr sogar – und wenn sie ihn ansah, sehnte sie sich danach, dass er sie berührte. Und nachdem sie nun einen kleinen Vorgeschmack von ihm bekommen hatte, war die Sehnsucht nur noch größer. Aber sie hatte ihn falsch eingeschätzt. Wenn sie es nicht wert war, dass er sich gegen die unsinnige Familientradition auflehnte, dann konnte er von ihr aus zum Teufel gehen.

Sie öffnete die Beifahrertür, packte ihre Handtasche und sprang aus dem Truck. »Danke fürs Nachhausebringen«, sagte sie, schlug die Tür zu und stapfte die Straße hinunter zu der Auffahrt der Johnsons.

Frustriert hieb Rex mit der Faust auf das Lenkrad. *Mist. Mist. Mist.* Was für ein Chaos. Zum ersten Mal brachte er einer Frau echte Gefühle entgegen – und dann verbockte er es. Als er sie mit diesem blonden Kerl gesehen hatte, war sein Beschützerinstinkt erwacht, von dem er bisher gedacht hatte, dass er nur Familienmitgliedern vorbehalten war. Als er sie küsste und ihre süße Zunge seine Gedanken einen nach dem anderen auslöschte, schien sich alles in Nichts aufzulösen. Er wollte sie anfassen, sie schmecken, sie verschlingen und sie gleichzeitig beschützen, sie lieben und heilen. Und als er nun sah, wie sie im Mondschein zum Stall hinunterstapfte, versetzten ihm all diese Empfindungen kleine Nadelstiche. Das wunderbare Gefühl, ihr so nahe gewesen zu sein, verschmolz mit Schuldgefühlen, und so saß er einfach nur da und ließ die einzige Frau, die er wollte, in die Nacht entschwinden.

Zehn

Als Jade am nächsten Morgen aufwachte, kam sie sich ausgesprochen dämlich vor. Am Abend zuvor war sie geradewegs in den Stall gegangen, hatte das Licht eingeschaltet und sich vor Flames Box gesetzt. Die Vorstellung, wie Rex' raue, kräftige Hände sie berührt und erregt hatten, jagte einen Schauder durch ihren Körper. Einen Augenblick gab sie der köstlichen Erinnerung nach, dann ließ sie den Tränen freien Lauf, die ihr das Herz so schwer machten. Vor dem Zubettgehen hatte sie geduscht und versucht, alle Gedanken an Rex wegzuschrubben. Lange stand sie unter dem kalten Wasserstrahl, bis sich ihre Haut ganz taub anfühlte.

Auch jetzt noch, Stunden später, spürte sie, wie ihr ganzer Körper zu neuem Leben erwacht war, als sich seine Lippen auf ihre legten. Seine Finger hatten sie zu ungeahnten Höhen getrieben. Das war ihr bisher mit keinem Mann passiert. Es musste einfach etwas bedeuten.

Sie sah in den Spiegel, während sie sich die Haare trocknete. »Und?«, fragte sie ihr Spiegelbild. Sie war zweiunddreißig Jahre alt und wusste, wie diese Dinge funktionierten. Die Chancen, dass sie und Rex jemals wieder zusammenkamen, gingen gegen Null, und vielleicht war es das Beste so. Sie wollte ihren Vater nicht verletzen. Ihr war klar, wie sehr es ihn treffen würde, wenn er herausfand, wie nahe sie und Rex sich gekommen waren. Sie würde den vergangenen Abend einfach als Fehler verbuchen. Die Hitze des Augenblicks, mehr nicht. Nun musste sie nur noch ihr Herz davon überzeugen.

Sie behandelte Flames Bein mit Eisspray und massierte es. Es schien alles in Ordnung zu sein, wie sie erleichtert feststellte. Eigentlich war sie sich sicher, dass er ganz wiederhergestellt war und bei ihrem Ausflug in die Schlucht einen kurzen Schmerz gespürt, aber keine wirkliche Verletzung davongetragen hatte. Trotzdem würde sie ihn noch einen Tag lang schonen, obwohl sie wusste, dass er es leid war, im Stall zu stehen.

Dann ging sie ins Haus und sah sich gerade ihren Zeitplan für den Rest der Woche an, als ihre Mutter in die Küche kam.

»Ich dachte, du wolltest heute die neuen Vorhänge für Daddys Büro nähen.« Jades Mutter war eine begnadete Schneiderin und ihr Vater gab ihr immer neue Aufträge: Vorhänge, Decken, sogar Hemden wollte er von ihr genäht haben. Um ihre kreativen Kräfte sprudeln zu lassen, wie er sagte.

»Stimmt, das werde ich auch. Ich wollte nur einen Moment mit meiner Tochter reden.«

Ihre Mutter setzte sich neben sie auf die Bank. »Jade«, sagte sie mit einer Stimme, die Jade aufblicken ließ. »Wie sehen deine Pläne aus?«

»Meine Pläne, Mom?«

Ihre Mutter legte ihr die Hand aufs Bein. »Schatz, du weißt, ich liebe dich, aber du bist jetzt fast acht Monate wieder hier. Ich möchte nur wissen, was du vorhast.«

Jade lächelte. »Ah, ich verstehe. Du willst, dass ich verschwinde. Du und Daddy seid es gewohnt, das Haus für euch zu haben, und jetzt bin ich im Weg, nicht wahr?« Der Gedanke verletzte sie nicht, sie war nur ein wenig überrascht, dass ihre Mutter sie darauf ansprach.

»Nein, nein, das ist es nicht. Oder vielleicht doch, aber nur ein bisschen. Kinder müssen erwachsen werden und ihr Leben selbst in die Hand nehmen. Leider hast du mit Kane eine schlechte Erfahrung gemacht, aber das darf dich nicht davon abhalten, dich auf etwas Neues einzulassen.« Sie faltete die Hände im Schoß und sah Jade erwartungsvoll an.

»Das mache ich doch schon. Ich habe eine ganze Reihe von Patienten. Außerdem versuche ich herauszufinden, was ich will. Ich meine, will ich hier in Colorado bleiben oder irgendwo anders hingehen?« *Eigentlich keine schlechte Idee. Vielleicht hätte ich dann eine Chance, Rex und seine charmante Art zu vergessen.*

Ihre Mutter nickte, aber Jade merkte, dass sie noch nicht fertig war.

»Mom, was ist los? Habe ich etwas getan? Möchtest du, dass ich Miete zahle? Was hast du auf dem Herzen?«

Jane schürzte die Lippen und runzelte die Stirn, warf Jade einen kurzen Blick zu und sah dann angestrengt auf ihre Hände.

»Mom, was auch immer es ist, spuck es einfach aus.« Jade spürte, wie sich in ihrer Brust alles angstvoll zusammenzog.

»Komm, wir machen einen Spaziergang.« Stumm wies Jane mit dem Kopf auf Earls Büro.

»Okay.« Jade folgte ihrer Mutter nach draußen. Die Entschlossenheit in ihrem Gang zurrte den Knoten in ihrer Brust noch fester zusammen. Sie konnte sich an ähnliche Spaziergänge mit ihrer Mutter erinnern und fast immer war der Anlass alles andere als erfreulich gewesen.

Sie überquerten den Hof und erst, als sie bei der Viehweide angekommen waren, entspannten sich die Schultern ihrer

Mutter und sie verlangsamte ihren Schritt.

»Mom, was ist los? Ich bekomme allmächlich Angst.«

»Schatz, bitte lass dein Vater nicht wissen, dass ich etwas gesagt habe. Normalerweise rede ich nicht über Familienangelegenheiten, aber du bist inzwischen erwachsen, und ich denke, du solltest dir darüber im Klaren sein –«

Jade legte ihrer Mutter die Hand auf den Arm. Sie atmete tief aus und Jade sagte: »Mom, sag mir einfach, was los ist. Ich werde Daddy nichts erzählen, keine Sorge. Ist er krank? Bist du krank?«

»Nein, das ist es nicht.« Ihre Mutter sah sie an und seufzte. »Vielleicht müssen wir die Ranch verkaufen.« Das letzte Wort brachte sie nur mit Mühe heraus. In ihren Augen schimmerten Tränen.

»Verkaufen? Aber warum? Ich dachte, die Geschäfte gehen gut.« Ihr Zuhause verkaufen? Die Ranch war das einzige Zuhause, das sie je gekannt hatte. Sie und ihr Bruder waren hier aufgewachsen, das Land gehörte ihrem Vater seit mehr als vierzig Jahren. *Die Fehde.* Ob sich die Tatsache, dass sie das Land, das sie zusammen mit den Bradens besaßen, nicht verkaufen konnten, auf ihre Finanzen auswirkte?

»Dein Vater hat sehr hart gearbeitet, um uns alle zu versorgen. Er ist ein guter und ehrlicher Mann. Es würde ihn umbringen, wenn er wüsste, dass ich es dir erzählt habe, bevor er dir etwas sagen konnte.«

»Okay, von mir erfährt er nichts, versprochen.« *Die Ranch verkaufen?*

»Er dachte, es würde bald wieder aufwärts gehen, aber leider hat sich das nicht bewahrheitet. Die Bank war bisher sehr großzügig und hat uns drei Jahre lang das Geld vorgestreckt, um weiterzumachen, aber jetzt ...« Sie ließ den Blick über die

Felder, das Vieh und das Haus schweifen.

»Mom, wenn das Land, das Dad mit den Bradens gekauft hat, verkauft würde und er die Hälfte des Verkaufserlöses bekäme, könnte er die Ranch dann halten?« Ihre Mutter sah sie nachdenklich an.

»Bei den Preisen, die mit Grund und Boden zur Zeit zu erzielen sind, wäre das gut möglich, aber dein Vater hat seinen Stolz. Dieses Stück Land existiert für ihn einfach nicht.«

Aber für mich.

»Was zum Teufel machst du da?«, brüllte Rex, als er sah, wie Treat Zaunmaterial auf den Pick-up lud.

»Das Tier, das sich im Winter am Zaun zu schaffen gemacht hat, war wieder da. An der unteren Weide ist ein guter halber Meter herausgerissen.« Treat warf eine Drahtrolle auf die Ladefläche. »Ist alles okay? Du wirkst gereizt.«

»Ja, ja.« In Wahrheit war nichts okay. Rex hatte die ganze Nacht darüber nachgegrübelt, wie der Abend mit Jade geendet hatte. Dass er sich nur allzu deutlich erinnerte, wie sie duftete, wie sie schmeckte, wie sie sich unter seinen Berührungen vor Lust wand, machte alles noch schlimmer. Er war verwirrt, wütend und erregt – eine gefährliche Mischung. Er schäumte innerlich und schaffte es nicht, seinen Zorn unter Kontrolle zu bekommen.

»Hilfst du mir?«, fragte Treat.

Treat scheute harte körperliche Arbeit nicht und dank seines Verhandlungsgeschicks hatten sie in wenigen Monaten Tausende sparen können. Er war Geschäftsmann durch und durch. Aber jetzt stand er genau in Rex' Schusslinie.

»Lass es. Ich erledige es später«, erwiderte Rex kurz angebunden.

»Nein, ich mach das schon.«

Rex war auf Krawall gebürstet. Irgendwie musste er seinen aufgestauten Frust loswerden. »Ich hab gesagt, du sollst es sein lassen«, sagte er drohend.

Treat schloss die Heckklappe des Pick-ups und lehnte sich dagegen. »Welche Laus ist dir denn über die Leber gelaufen?«

Rex machte einen Schritt auf ihn zu und ballte die Fäuste. Er biss die Zähne derart fest aufeinander, dass er sie fast zermalmte, aber das war ihm egal.

»Immer mit der Ruhe, Rex.«

Treat wollte zur Fahrertür gehen, doch Rex ergriff seinen Arm und riss ihn zurück.

»Was zum Teufel soll das? Wir sind zu alt für diesen Unfug, Rex. Wenn du ein Problem hast, dann versuch, es zu lösen.« Treat schüttelte ihn ab und stieg in den Pick-up.

Rex packte ihn am Kragen und zerrte ihn aus dem Wagen.

»Was ist verdammt nochmal los mit dir?« Treat baute sich herausfordernd vor ihm auf. »Sollen wir uns wegen eines Zauns prügeln? Nur zu!« Er warf seine Arbeitshandschuhe auf den Boden und ballte seine riesigen Hände zu Fäusten. »Na mach schon, hau mir eine rein. Ich könnte mal wieder eine zünftige Schlägerei gebrauchen, die letzte ist bestimmt zwanzig Jahre her.«

Dass sein Bruder bereit war, sich mit ihm prügeln, nur um ihn zu besänftigen, brachte Rex zur Weißglut. Er knallte die Tür des Pick-ups zu und fluchte: »Fuck! Fuck, fuck, fuck.«

»Das ist schon besser«, sagte Treat und schlug ihm mit seiner gewaltigen Pranke auf den Rücken. »Spuck es aus, sonst erstickst du noch daran.«

Treat lehnte sich gegen den Lastwagen, während Rex in der heißen Nachmittagssonne auf und ab ging.

»Willst du darüber reden?«, fragte Treat.

Rex blieb stehen und starrte seinen Bruder an. »Du würdest es sowieso nicht verstehen. Du hast die Frau, die du willst, und sie liebt dich offensichtlich. Du hast noch nie irgendwelche Hindernisse überwinden müssen, die eine Nummer zu groß für dich waren. Du bist ein Glückskind.«

Treat lachte. »Ein Glückskind? Ich? Schön wär's! Was Max und ich sieben Monate lang durchgemacht haben, war die Hölle, Rex. Es gibt keine Glückskinder. Dass die anderen immer auf die Füße fallen, redet man sich nur ein, wenn man selber bis zum Hals in der Grütze steckt.«

»Ach, komm schon, Treat. Du hast doch immer getan, was du wolltest, wenn du es wolltest. Die Frauen haben Schlange gestanden, um mit dir zusammen zu sein.«

»Das haben sie bei uns allen gemacht, so wie die Männer bei Savannah Schlange stehen. Du weißt doch selbst, dass es dir noch nie an Damenbekanntschaften gemangelt hat. Sie fallen reihenweise in Ohnmacht, wenn sie deine Muskelpakete sehen.«

»Ja klar«, schnaubte Rex. Er stützte sich mit der Hand am Pick-up ab und sah seinen Bruder an. »Ich habe mein ganzes Leben in diese Ranch gestreckt, in diese Familie. Alles, was ich je gemacht habe, war für diese Familie.« Er fuhr sich mit der Hand durch die Haare und nahm seine ruhelose Wanderung wieder auf. »Weißt du, warum ich nicht mit den Frauen in unserer Stadt schlafe?« Bevor Treat etwas erwidern konnte, sagte er: »Weil ich Dad nicht in Verlegenheit bringen will. Weil ich nicht will, dass er meint, er könnte hier niemandem mehr in die Augen sehen, weil sein Sohn ein Idiot ist, der mal mit der einen, mal mit der anderen Frau ins Bett steigt und dann auf

Nimmerwiedersehen verschwindet, deshalb.«

»Rex –« Treat schüttelte den Kopf.

»Es ist wahr, Bruder. Mich verbindet nichts mit den Frauen, mit denen ich schlafe.«

»Und?«, fragte Treat.

Rex sah ihn kalt an.

»Das machen wir doch alle so, Rex. Gut, für mich gehört das der Vergangenheit an, aber sieh dir Hugh an. Er hat jeden Abend eine andere Frau am Arm und er kann sich nicht einmal an ihre Namen erinnern. Dane hat Frauen auf der ganzen Welt, und Josh? Verdammt, wir wissen nicht einmal, mit wie vielen Frauen er schläft – es könnte eine oder hundert sein. In jeder Illustrierten findest du ein Foto von ihm, umringt von den heißesten Schauspielerinnen und Models. Ich bezweifle, dass es ihm jemals in den Sinn gekommen ist, eine ernsthafte Beziehung einzugehen. Jedenfalls hat er nie eine seiner Frauen mit nach Hause gebracht.«

»Ja, und? Nun, selbst wenn ich mich auf eine echte Beziehung einlassen wollte, könnte ich es nicht.«

Treat schüttelte den Kopf. »Sprichst du von Jade?«

Rex spannte den Kiefer an. Er wollte Treat erzählen, was in der Nacht zuvor passiert war, aber er schämte sich, dass er es so weit hatte kommen lassen, bevor er die Notbremse gezogen hatte. Sie waren einander so nah gewesen und er wollte so viel mehr, aber nicht so. Nicht in einem Truck. Jade war nicht irgendeine Frau aus einer anderen Stadt. Sie war überhaupt nicht irgendeine Frau. Er würde nicht mit ihr schlafen und sich dann umdrehen und gehen. Und er konnte nicht mit ihr zusammen sein, ohne seinen Vater zu verletzen. Die ganze Situation war wirklich mies.

»Ich hätte zwei und zwei zusammenzählen sollen«, sagte

Treat mit einem verständnisvollen Lächeln. »Du bist ein guter Mann und du bist loyal. Also hör auf, dein Licht unter den Scheffel zu stellen, und hör auf, um den heißen Brei herumzureden. Entweder erzähl mir, wie es zwischen ihr und dir steht – oder was du dir mit ihr wünschst –, oder lass mich wieder an die Arbeit gehen.«

Rex wusste nicht, was er wollte. Er wusste nur, was er brauchte, und was er brauchte, war klein und zierlich, hatte ein freches Mundwerk und wohnte ein paar Meilen die Straße hinunter.

Elf

»Es ist gerade mal zwei Tage her, dass wir uns gesehen haben, aber es fühlt sich an wie ein ganzes Jahr.« Jade biss ein Stück von ihrer Pizza ab. Sie fegte die Krümel von ihrer Shorts und seufzte. »Nein, weißt du, wie es sich anfühlt, Ri? Es fühlt sich an wie damals auf der Highschool, als wir in die Daniels-Zwillinge verschossen waren, erinnerst du dich? Weißt du noch, wie wir davon geträumt haben, dass sie uns anrufen? Was sie natürlich nicht getan haben. Jetzt ist es genau dasselbe.«

Jade und Riley saßen mitten im Weston Town Park unter einem Sonnenschirm und teilten sich eine Pizza. Es war ein schöner Donnerstagnachmittag und der Ausflug in den Park war Rileys Versuch, ihre Freundin aus ihrer »Männerdepression« zu holen, wie sie es nannte. Jade hatte in letzter Zeit viel zu viele Sorgen. Die Sache mit Rex machte ihr ebenso zu schaffen wie die Überlegungen ihres Vaters, die Ranch zu verkaufen. Sie schob die kummervollen Gedanken beiseite und konzentrierte sich auf Riley.

Riley sah lustig aus. Sie hatte sich die Haare zu zwei Zöpfen gebunden, die ihr seitlich vom Kopf abstanden, und Jade wusste, dass sie sie mit dieser albernen Frisur zum Lachen bringen wollte – und es hatte funktioniert. Jetzt schüttelte Riley den Kopf, dass die Zöpfe flogen. »Wie kannst du Rex mit den Zwilligen vergleichen? Ich glaube nicht, dass die Daniels-Jungs jemals gesagt haben, sie hätten seit Jahren darauf gewartet, dich zu küssen, oder?«

Jade stöhnte. »Ich darf dir wirklich nicht alles erzählen.«

»Als ob du mir etwas verschweigen könntest. Du hast noch nie ein Geheimnis für dich behalten können. Und was ich noch sagen wollte: Wenn wir uns das nächste Mal auf die Suche nach einem One-Night-Stand für dich machen, sagst du mir bitte, bevor ich gehe, dass dir der Typ nicht passt, okay? Ich habe ein furchtbar schlechtes Gewissen, weil ich dich mit diesem Kerl allein gelassen habe.«

»Ich habe dich doch weggeschickt. Du hast nichts falsch gemacht. Es war nur … als er mich anfasste, da …« Sie erschauderte. »Er hat mich an einen zu groß geratenen Jungen erinnert, nicht an einen Mann. Und dann kam plötzlich eine ganz andere Seite an ihm zum Vorschein und er wurde gemein und aggressiv. Wirklich unangenehm.« Sie schüttelte sich.

»Oh, und wir wollen echte Männer, keine zu groß geratenen Jungen, nicht wahr?« Riley schob sich das letzte Stück Pizza in den Mund, sprang vom Stuhl auf und strich ihren Rock glatt.

»Warum ziehst du nie die Kleider an, die du entwirfst?«, fragte Jade.

»Hier in Weston? Das meinst du doch wohl nicht ernst?« Riley lachte. »Wo arbeitest du heute Nachmittag?«

»Ich habe einen Patienten auf der anderen Seite der Stadt, dann eine Massage bei einem Wallach, Richtung State Street«, antwortete Jade. »Aber viel wichtiger ist die Frage, was ich mit meinem Cowboy machen soll.«

»Deinem oral fixierten Cowboy?«, sagte Riley mit einem Augenzwinkern.

»Psst«, zischte Jade, als ein älteres Ehepaar vorüberging. »Von einer oralen Fixierung habe ich aber nichts gesagt.«

»Nein, aber wo er doch …« Sie saugte an ihren Fingern und sah Jade vielsagend an, die am liebsten im Boden versunken wäre. »Ich würde sagen, deine Chancen auf guten Sex stehen nicht schlecht.«

»Du bist wirklich schlimm«, sagte Jade und schubste Riley, als sie zu ihren Autos gingen. »Ich muss wissen, was ich tun soll. Schließlich kann ich ihn nicht anrufen oder bei ihm vorbeischauen.«

»Stimmt. Das würde Rex vermutlich nicht überleben. Dein Vater würde sich auf der Stelle eine Schrotflinte schnappen, um sein süßes kleines Mädchen vor dem bösen Braden zu retten.«

»Na, du machst mir Mut.«

Riley legte ihren Arm um Jade. »Wozu sind Freundinnen da? Okay, lass mich nachdenken. Du hast dich als Freiwillige bei der Horse Show gemeldet, nicht wahr? Also wirst du ihm zwangsläufig begegnen.«

»Ja, schon, aber da sind wir beide beschäftigt.«

Riley blieb stehen. »Sag mir, was du willst. Ich meine, du wusstest doch, worauf du dich einlässt, als du angefangen hast, von seinen Kronjuwelen zu träumen. Du wusstet, dass dein Vater alle Bradens hasst.«

Jade zuckte die Achseln. »Ich dachte … ach, ich weiß es nicht. Ich glaube, ich hätte nie gedacht, dass wir zusammenkommen würden, also habe ich nicht so weit gedacht.«

Sie gingen den Fußweg zum Futterhandel hinunter.

»Nun, Frau Doktor, entweder braust du dir ein Mittelchen gegen Herzschmerz zusammen oder überzeugst den Mann deiner Träume, mit dir durchzubrennen, dich zu heiraten und in einer anderen Stadt bis zum Ende eurer Tage glücklich und zufrieden zu leben.«

»Du bist wirklich eine große Hilfe«, fauchte Jade. *Was habe ich mir denn vorgestellt? Es gibt keine Lösung für dieses Chaos.*

»Oh, ich glaube, das bin ich tatsächlich. Wessen Idee war es, einen Ausflug in den Park zu machen?«

»Deine?« Jade runzelte die Stirn.

Riley legte Jade den Finger auf die Wange und drehte ihr Gesicht in Richtung Futterhandel. Jade riss die Augen auf, als sie sah, wie Rex aus seinem Truck stieg und sich reckte. Rasch versteckte sie sich hinter Riley.

»Riley! Woher wusstest du, dass er hier sein würde«

»Zwei Tage lang habe ich mir dein Gejammer angehört. Irgendwann reicht es.« Sie verdrehte die Augen. »Wenn du lange genug hier lebst, kriegst du zwangsläufig mit, was deine Nachbarn wann machen. Rex holt hier jeden Donnerstag etwas für Hope. Du kannst die Uhr danach stellen.« Riley zog Jade hinter ihrem Rücken hervor.

»Hope?«

»Ja. Lieber Himmel, wo bist du denn aufgewachsen? Hope ist das Pferd, das sein Vater für seine Mutter gekauft hat, als sie krank wurde. Ehrlich, sie behandeln dieses Pferd, als sei es wirklich ihre Mutter.«

»Ach, wie traurig.« Jade kannte diesen Schmerz in ihrem Herzen. Sie hatte gehört, dass Rex' Mutter gestorben war, als er noch ein Kind war, aber seitdem sich ihre Gefühle für ihn verändert hatten, war der Schmerz tiefer.

»Ja. Und jetzt sieh dir dieses Prachtexemplar von Mann genau an.« Sie lehnte sich an Jades Schulter und flüsterte ihr ins Ohr: »Breiter Rücken, fester Hintern, kräftige Oberschenkel, gut für ... na ja, du weißt schon.«

Jade schluckte. Sie wusste genau, wie kräftig seine Oberschenkel waren. Sie schüttelte den Kopf, um die heißen Fantasien zu verscheuchen, die sich sofort in ihre Gedanken drängten. »Also hast du mich hierher gebracht, damit ich ihn angaffen kann?«

»Angaffen ist doch nett, nicht wahr? Aber nein. Ich dachte, du könntest hinuntergehen und mit ihm reden.«

Jade schüttelte den Kopf. Sie wollte sich umdrehen und weggehen, aber Riley versperrte ihr den Weg. »Nein, das ist keine gute Idee«, sagte Jade. »Die ganze Stadt weiß von dieser Fehde, und mein Vater wird es auf der Stelle erfahren, wenn ich mit ihm rede. Außerdem weiß ich nicht, ob er in der Öffentlichkeit überhaupt mit mir spricht.«

»Beim Treffen der Freiwilligen hat er doch auch mit dir geredet, wie du mir erzählt hast.«

»Ich muss mir künftig wirklich ganz genau überlegen, was ich dir erzähle.« Die Schmetterlinge in ihrem Bauch wirbelten wild durcheinander, als sie Rex in den Futterladen gehen sah.

»Rede mit ihm. Ich muss sowieso wieder zur Arbeit.« Riley gab Jade zum Abschied einen Kuss auf die Wange, dann hastete sie davon. »Ruf mich an!«, rief sie und machte mit abgespreiztem Daumen und kleinem Finger die entsprechende Geste.

Ich könnte einfach gehen und so tun, als wäre ich nie hier gewesen. Ich muss nicht tun, was Riley mir sagt, obwohl sie in der Vergangenheit oft genug recht hatte. Sie hat mir gesagt, ich sollte Kane verlassen, noch bevor ich meine Praxis eröffnet hatte. Jade überlegte immer noch, ob sie verschwinden sollte, als die Tür zum Futterhandel aufging und Rex mit einem Sack über der Schulter und einer Papiertüte unterm Arm herauskam. Er hielt einer Frau und ihrer Tochter die Tür auf, und als er den Hügel hinaufblickte, wandte Jade ihm den Rücken zu und hoffte, dass er sie nicht gesehen hatte.

Als sie sich umdrehte, stieg Rex den Hügel hinauf. Sie legte sich schützend die Hände vor den Bauch, als er mit der Tüte im Arm näherkam. Die Schmetterlinge übertrieben aber wirklich!

»Jade.« Sein Gesicht war ausdruckslos.

»Hallo«, sagte sie und spürte, wie ihr das Blut in die Wangen stieg.

Sein Schweigen umgab sie wie eine Blase, in der es nichts gab außer ihnen beiden. Sie wollte die Hand ausstrecken und berühren, überall, um sicherzugehen, dass er wirklich existierte. Ob es ihm genauso ging?

Die Stille war ohrenbetäubend. Vielleicht hat sie ihn falsch verstanden. *Oh Gott, wie peinlich.* Sie musste sich in Erinnerung rufen, was er gesagt hatte: Es sei ein Fehler gewesen, dass sie zusammen gewesen waren. Und wenn sie nicht einen riesigen Keil zwischen sich und Rex treiben wollte, richtete sie sich am besten danach. Es wäre besser, ab und zu mit ihm reden zu können, als ihm ganz aus dem Weg gehen zu müssen. Schließlich war es nur ein Abend gewesen, ein atemberaubender Orgasmus. *Oh Gott, bloß nicht mehr daran denken. Freunde. Ich schaffe das. Freunde, sonst nichts. Auch wenn nicht einmal das erlaubt war.*

Jade stand in ihren sexy Stiefeln auf dem Hügel. Die Sonne beleuchtete sie von hinten wie einen Engel. Rex nahm es als Zeichen. Seit zwei Tagen hielt er sich nur mit kalten Duschen und Kaffee über Wasser. Die ganze Zeit überlegte er hin und her, wie er die Situation mit Jade anpacken sollte. Manche Dinge sollten vielleicht einfach sein, so wie bei seiner Mutter und seinem Vater und bei Treat und Max. Vielleicht sollte er mit Jade zusammen sein, auch wenn sie sich nur heimlich treffen konnten … jedenfalls im Moment.

Sie lächelte nicht, als er näherkam. Er erinnerte sich, wie der Abend mit ihr geendet war, und plötzlich hatte er einen dicken Kloß im Hals. Lieber Himmel, sie sah so süß aus in ihrem eng anliegenden Rüschen-T-Shirt. Sein Körper erinnerte sich nur zu deutlich daran, wie sie unter ihm lag. Unauffällig ließ er die Papiertüte ein wenig sinken, damit sie nicht sah, was hinter seinem Reißverschluss vor sich ging.

Er wollte mit ihr reden, reinen Tisch machen. Doch dann sagte sie seinen Namen und er verspürte nur noch den Wunsch, sie in die Arme zu schließen, sich bei ihr zu entschuldigen, alle Vorsicht fahren zu lassen und sich dem zu stellen, was dann passierte. Er konnte es einstecken. Er würde alles für sie tun.

»Du hast recht,« sagte Jade. »Was passiert ist, war ein Fehler, und es sollte nicht wieder vorkommen.«

Er hatte das Gefühl, als hätte sie ihm einen Schlag in die Magengrube versetzt. Ein Fehler? Ein Fehler. Genau das hatte er gesagt. Allein ihre Nähe ließ sein Herz noch heftiger schlagen. Er brauchte nicht mit ihr zu schlafen. Er wollte nur mit ihr zusammen sein, um sie besser kennenzulernen. Ein Fehler? Er konnte sowieso nicht mit ihr zusammen sein. Es war ein Traum, eine Fantasie. Er hatte einen Abend mit ihr verbracht, mit der Frau, nach der er sich Jahr um Jahr gesehnt hatte. Und das war's. Mehr würde es nicht geben. Aber es war immerhin besser als gar nichts.

»Ich bin froh, dass du es verstehst.« Die Lüge brannte ihm wie Säure auf der Zunge.

»Ja, ich verstehe es.« Sie nickte. »Unsere Väter … sie würden sich nie damit abfinden« – sie zeigte mit dem Finger abwechselnd auf ihn und sich – »damit.«

Am liebsten hätte er ihre Hand genommen und sie an sich

gezogen, nur um ihren Herzschlag an seinem zu spüren.

»Genau.« Er schaute weg, damit sie die Traurigkeit nicht sah, die ihm ins Gesicht geschrieben stand. Er hatte seine Gefühle noch nie verbergen können und gerade jetzt umtosten sie ihn wie ein Wintersturm.

»Was hast du im Futterhandel gekauft?«, fragte sie.

Er sah auf die Tüte in seiner Hand. Er hatte ganz vergessen, dass er sie dabei hatte. »Melassekekse.« Seine Stimme klang, als sei alle Energie aus ihm herausgeflossen, und er sah, wie Jade ihm einen prüfenden Blick zuwarf. Er räusperte sich und sagte dann: »Ich komme regelmäßig her und kaufe Spezialfutter und Melassekekse für das Pferd meiner Mutter.«

Sie nickte und sah ihm weiterhin unverwandt an. »Pferde lieben das.«

Wie konnte sie so ruhig und kühl da stehen, während es ihm das Herz zerriss?

»Ist das Pferd schon älter?«

»Wie bitte?«

»Das Pferd deiner Mutter. Ist es ein älteres Pferd?«

»Oh, ja. Man merkt Hope das Alter allmählich an, sie wird ein bisschen langsamer.« Er bemerkte den lebhaften Blick in ihren Augen, als sie über das Pferd sprachen, und fast wünschte er, er wäre selbst ein Pferd.

»Hope, das ist ein hübscher Name. Frisst sie genug? Hast du einen Gewichtsverlust bemerkt? Dreht sie den Kopf oft zur Flanke hin? Wird sie regelmäßig bewegt?«

»Stimmt, du bist Tierärztin, das hätte ich fast vergessen«, erwiderte er auf ihre gezielten Fragen. »Sie ist im vergangenen Jahr ein wenig behäbiger geworden, aber sie ist kräftig und gesund. Hope ist das Pferd, das ich letztens in der Schlucht dabei hatte.« Die Schlucht. Dort hatte alles begonnen. Er lächelte, als er daran dachte, wie sie die schweren Steinbrocken in den Fluss geschleudert hatte. Ihm kam es vor, als hätten sie seitdem Hunderte von Dates gehabt, dabei war es nicht ein einziges gewesen. »Mein Vater hat sie beim offenen Wettbewerb bei der Horse Show angemeldet.«

»Das kann wirklich stressig für ein Pferd sein, wenn es ihm nicht gut geht«, sagte Jade.

»Ja. Er weiß das, aber er sagt, unsere Mutter hätte es so gewollt. Es ist ihm egal, ob sie gewinnt oder verliert. Er will einfach …« Wie sollte er ihr sagen, dass sein Vater noch mit seiner toten Mutter sprach? Andererseits: Wie sollte er es verschweigen? »Er meinte, Mom hätte sich gewünscht, dass sie wieder an Wettbewerben teilnimmt.« Er zuckte die Achseln.

Sie lächelte. »Ich denke, er weiß, was sie gewollt hätte. Ich meine, schließlich war er derjenige, der deine Mutter am besten kannte.«

»Stimmt.« Dieses belanglose Geplauder brachte ihn um.

»Hast du es mal mit Massagen probiert? Sie können Depressionen lindern und neue Energien freisetzen.«

»Depressionen?« Wenn sie so über Tiere sprach, erinnerte sie ihn an seine Mutter. Sein Puls schnellte in die Höhe. Mit Mühe schob er den Wunsch beiseite, ihre Gedanken weiter zu erkunden und herauszufinden, ob sie noch mehr Ideen hatte, die seiner Mutter ähnlich waren. »Es ist ein Pferd, kein Mensch.«

Sie seufzte. »Seltsam, ich hätte nicht gedacht, dass du zu den Leuten gehörst, die manchen Spezies Gefühle zusprechen und manchen nicht.« Sie trat einen Schritt zurück.

»Das habe ich nicht gemeint.« *Verdammt noch mal. Jetzt habe ich es wieder verbockt.*

»Auf Gefühle zu achten ist nicht gerade deine Stärke, nehme ich an.« Sie trat einen weiteren Schritt zurück. »Ich muss los. Viel Glück mit Hope.«

Zwölf

Jade hinterließ Riley eine Nachricht, als sie bei ihrem nächsten Patienten ankam. »Ich bin's. Ich wollte dir nur sagen, dass du deinen Titel als Klatsch-und-Tratsch-Königin von Weston los bist. Erinnerst du dich, was Jennifer Aniston über Brad Pitt gesagt hat? Dass ihm ein Empfindsamkeitschip fehlt? Und jetzt rate mal: Der heiße Cowboy steht Brad Pitt in nichts nach. Ich muss los. Ich liebe dich immer noch, aber ich hab was bei dir gut.«

Sie ärgerte sich darüber, dass Rex die Gefühle von Hope als unwichtig abtat, und musste sich erst beruhigen, bevor sie den Stall der Schafers betrat. Wenn sie selbst durcheinander war, konnte sie keinem Pferd helfen, sein emotionales oder geistiges Gleichgewicht wiederzufinden. Sie lehnte sich an ihren Wagen und atmete ein paarmal tief durch. Sie musste Rex Braden aus dem Kopf kriegen, und zwar ganz, sonst ging es nicht vorwärts. Sex ist Sex. *Sex ist mit jedem gut. Aber nicht so gut.*

»Jade?« Patti Schafer kam winkend aus dem Haus herüber.

»Hallo.«

»Ich habe gehört, dass Sie beim Turnier helfen werden. Das wird in diesem Jahr bestimmt besonders toll.« Patti war ungefähr so groß wie Jade und rund wie ein Basketball. Sie trug eine kurzärmelige Bluse, die so sehr über ihrer gewaltigen Brust spannte, dass die Knöpfe bei jedem Atemzug abzuspringen drohten.

»Ja, ich freue mich schon darauf.« *Das wird sicher lustig, wenn ich sechs Stunden lang versuche, Rex Braden aus dem Weg zu gehen.*

»Meine Nichte Hannah tritt mit Hal Bradens Pferd in der Jugendklasse an. Sie ist so aufgeregt. Sie wissen ja, wie das bei kleinen Mädchen ist.«

Allein der Name Braden ließ ihr Herz höher schlagen. Das war nicht gut. Sie musste sich Rex Braden wirklich aus dem Kopf schlagen.

»Wie geht es Berle?« Vielleicht half es, schnell das Thema zu wechseln. Patti hatte ihr Pferd nach Milton Berle benannt und Jade war klug genug, den Namen eines Haustieres nicht zu kommentieren, ebenso wenig wie den Namen eines Kindes. So etwas tat sie einfach nicht.

»Es geht ihm ganz gut. Er hat keine Probleme mehr, seit Sie ihn von der Kolik geheilt haben, und ich glaube, die Massagen helfen. Er frisst gut, aber er ist immer noch nicht hundertprozentig wiederhergestellt.« Patti war mit Jades Mutter zur Schule gegangen und war eine der fürsorglichsten Pferdebesitzerinnen, die Jade kannte. Kaum war Jade nach Colorado zurückgekehrt, hatte Patti sie angerufen und gebeten, Berle als Patienten zu übernehmen. Sie war lange Jahre bei einer Tierarztpraxis außerhalb von Weston gewesen, doch dann gab der Tierarzt die Praxis aus Altersgründen an einen Nachfolger weiter, bei dem sie das Gefühl hatte, dass er keine rechte Beziehung zu ihren Pferden aufbaute. Jade hatte sie gefragt, warum sie nicht Dr. Baker, den Tierarzt von Weston, gebeten hatte, sich um ihre Pferde zu kümmern. Pattis Antwort hatte sie nicht überrascht.

Er hielt nichts davon, Pferde mit den Händen zu behandeln. Er war seit vierzig Jahren Tierarzt und betrachtete Massagen als »Unfug«. Trotz allem verstand sich Jade gut mit Dr. Baker. Sie respektierte seine Art zu praktizieren und er respektierte ihre Behandlungsmethoden, auch wenn er nicht an ihren ganzheitlichen Ansatz glaubte.

»Nun, dann wollen wir mal sehen, ob wir ihn wieder ganz gesund machen können.«

Im Stall war es ruhig und kühl. Berles Box war im Mittelgang. Er war ein gutmütiger, hübscher Quarter-Horse-Wallach, ein Fuchs mit flachsfarbener Mähne und Schweif. Er hob den Kopf, als Jade sich näherte. Sie streichelte ihm den kräftigen Hals.

»Hey, Berle. Wie geht's dir denn heute?« Wenn Jade mit Pferden zusammen war, fiel alles andere von ihr ab. Als sie in Berles vertrauensvolle Augen sah, hatte sie nur den Wunsch, dafür zu sorgen, dass es ihm wieder besser ging. Zum Glück lebte Patti ganz im Einklang mit ihren Tieren und so hatte sie es sofort gemerkt, als mit Berle etwas nicht stimmte. So konnten sie eine Kolik im frühen Stadium erkennen und behandeln, bevor die Krankheit zu weit fortgeschritten war, um sie zu kurieren. Jetzt war die Nachsorge angesagt. Jade war sicher, dass Schmerzen sowohl bei Menschen als auch bei Tieren Auswirkungen auf den mentalen und emotionalen Zustand hatten. Die Tatsache, dass Berle noch immer nicht ganz wiederhergestellt war, konnte einfach auf eine Blockade im Energiefluss hindeuten. Jade war es gewöhnt, dass Leute wie Rex sie nicht ernst nahmen, wenn sie von Tieren und ihren Gefühlen sprach. Das machte es allerdings nicht leichter, ihre Kommentare zu verdauen. Zum Glück war Patti ganz angetan von ihren Behandlungsmethoden.

»Wie ich höre, geht es dir nicht so gut.« Sie streichelte sanft über seine Seite. »Wir werden dir helfen, damit du dich besser fühlst.« Sie legte ihm beide Hände mit gespreizten Fingern auf den Körper und spürte die ruhige Bewegung seines Atems. Wenn sie den natürlichen Rhythmus der Pferde fühlte, die sie behandelte, und sich ein paar Augenblicke Zeit nahm, eine Verbindung zu ihnen aufzubauen, waren sie und das Pferd entspannt. Mit den Fingern wanderte sie an seinem Meridian entlang. Obwohl sie sich letztendlich auf den Bereich um das komplexe Kniegelenk am Hinterbein des Pferdes konzentrieren wollte, folgte sie mit ihren Massagebewegungen dem ganzen Magenmeridian, um einen Ausgleich zwischen den Elementen des Magens und der Erde herzustellen. Sie begann am Zusammenfluss der beiden vorstehenden Adern, die dicht unterhalb seines Auges verliefen. Sie waren geweitet und wölbten sich unter der Haut, was auf Berles entspannten Zustand hindeutete. Von dort aus fuhr sie über den Kiefer bis zum Hals, streichelte und tastete gleichzeitig nach knotigen oder schwammigen Muskeln und Temperaturveränderungen. Behutsam arbeitete sie sich bis zu seinem linken Vorderbein vor und ließ dann die Handflächen über die Rippen und an der Unterseite des Bauchs entlanggleiten.

Sie atmete tief ein, als sie sich seinem Kniegelenk zuwandte. Der Geruch von frischem Heu erfüllte ihre Sinne und zentrierte sie wie schon so oft. Den sechsunddreißigsten Punkt auf dem Magenmeridian konnte sie im Schlaf finden. Manche Leute nannten ihn den »probiotischen Punkt«, wegen seiner unmittelbar beruhigenden Wirkung bei Verdauungsproblemen. Sie schloss die Augen und schob die gewölbte Handfläche auf das Kniegelenk. Ihr Daumen senkte sich wie von selbst in eine Vertiefung im Knochen, dicht unter dem Schienbeinkopf.

Nach einer Massagebehandlung durchströmte sie oft ein Gefühl von Ruhe und Frieden. Ihr Körper entspannte sich genauso wie der des Tieres, die Müdigkeit ihrer Muskeln nahm sie nicht als unangenehm wahr. Stattdessen konzentrierte sie sich auf ihre Atmung und die besänftigende Stille, die sie warm und wohlig umgab.

Als sie in ihr Auto kletterte, um nach Hause zu fahren, erlaubte sie sich, an Rex zu denken. Wieder einmal fragte sie sich, wie sich beruhigende Berührungen auf ihn auswirken würden – keine hormongetriebenen, sexuellen Berührungen, sondern besänftigende, friedliche.

Als sie die Braden-Ranch passierte, fuhr sie langsamer. Sie überlegte, ob der Verlust der Mutter in solch einem jungen Alter bedeutete, dass er weniger berührt, gehalten und getröstet worden war. Sie wusste genug über die Bradens und war sich sicher, dass ihr Vater seine Kinder liebte und alles für sie tun würde. Jeder in Weston wusste das. Aber hatte es genügend Berührungen gegeben? Hatte ihnen ihr Vater über den Rücken gerieben, wenn sie krank waren, oder sich neben sie gelegt und ihnen die Haare aus der Stirn gestrichen, wenn sie traurig waren?

Die Sonne stand schon tief am Himmel und im dunstigen Licht des Spätnachmittags wirkte die Ranch heiter und freundlich. Der Wind strich über das Gras, und als sie Rex auf Hope entdeckte, konnte sie nicht anders: Sie blieb stehen und sah den beiden nach. Er schaute in die Ferne, vor dem grau-blauen Himmel wippte sein Stetson auf und ab. Im Herzen spürte sie eine tiefe Sehnsucht, und als Hope auf die Straße zu kam, brauchte sie einen Moment, bevor sie merkte, dass sie da saß und starrte. Sie fuhr weiter und stellte sich dabei Rex' Muskeln unter ihren Händen vor, wie sie die äußere Härte wegmassierte und die Verletzlichkeit zum Vorschein brachte, die darunter lag.

Kaum war sie jedoch in die Zufahrt zum Haus ihrer Eltern eingebogen, traten alle Gedanken an Rex in den Hintergrund. Stattdessen dachte sie daran, dass ihre Familie die Ranch möglicherweise bald würde verkaufen müssen. Ihr Magen zog sich angstvoll zusammen. Sie hatte selbst noch genug damit zu tun, ihre Schulden für die Collegeausbildung zurückzuzahlen, und konnte ihren Eltern nicht helfen, aber vielleicht gab es eine andere Möglichkeit. Wenn sie es schaffte, den Zwist zwischen Hal Braden und ihrem Vater aus dem Weg zu räumen …

Dreizehn

Am frühen Sonntagmorgen, nach einer weiteren kalten Dusche und einer weiteren unruhigen Nacht ging Rex in den Stall, um Hope zu satteln. Selbst in seinem dicken Flanellhemd und mit dem ledernen Stetson auf dem Kopf spürte er die Kälte, als er Hope hinaus auf den Hof führte. Heute sollte sie selbst bestimmen, wo sie herlaufen wollte. Rex hatte angenommen, dass sie den Weg nehmen würde, den sie immer gingen, aber stattdessen bog Hope auf den Pfad ein, der nach Osten führte. Plötzlich hörte er die raue Stimme seines Vaters. Rex konnte sich nicht erinnern, wann er das letzte Mal so früh aufgestanden war.

Er fand seinen Vater, der ebenfalls Flanellhemd, Hut und Jeans trug, auf dem taufeuchten Gras beim Wasserfass hinter der Scheune sitzend. Er hatte den Kopf gebeugt, die Arme auf den Knien ausgestreckt und umfasste mit der linken Hand die rechte, zur Faust geballte. Rex zog die Brauen zusammen.

»Dad?«

Hal wandte den Kopf und Rex stieg ab, als er die Anspannung im Gesicht seines Vaters sah. Tiefe Furchen zeichneten sich auf seiner wettergegerbten Haut ab.

»Dad, was ist los? Ist es dein Herz?«

Während Savannah und einige seiner anderen Geschwister

die angeblichen Gespräche seines Vaters mit seiner Mutter als Unfug abtaten, lebte Rex Tag und Nacht auf der Ranch mit ihm zusammen, und er war nicht so sicher, ob es wirklich Unfug war. Er hatte ihn viel zu oft schon mit jemandem reden hören, wo niemand außer ihm selbst war, und manchmal hatte er am Ende dieser Gespräche Tränen in den Augen. Beim Anblick seines Vaters erinnerte sich Rex jetzt an die sorgenvollen Tage, die er damals im Krankenhaus verbracht hatte.

»Nein, es ist nicht mein Herz«, erwiderte Hal barsch.

Rex sah sich um. »Mit wem sprichst du?«

»Was meinst du wohl?«

»Mom.« Rex wusste nicht recht, was er von der Situation halten sollte.

»Natürlich mit Adriana. Mit wem sonst? Sie macht mich wahnsinnig. Irgendetwas passt ihr überhaupt nicht.« Er stand auf und grummelte: »Verdammte Frau.«

Rex lächelte. Selbst, wenn sein Vater sich über sie beklagte, war die Liebe in seinen Augen nicht zu übersehen. Ihm fiel ein, dass es ihm mit Jade genauso ging. Ihr freches Mundwerk brachte ihn auf die Palme, aber gleichzeitig trieb alles, was sie sagte, einen Pflock in sein Herz.

»Soll ich lieber hierbleiben? Du weißt ja, was passiert ist, als du dich das letzte Mal so aufgeregt hast.« Niemanden respektierte Rex so sehr wie seinen Vater. Er hatte seinen Sohn gelehrt, ein Mann zu sein und sich für seine Familie einzusetzen, und er hatte ihm den Wert von Loyalität und Ehre beigebracht, die Prinzipien, die Rex wichtiger waren als alles andere. Allerdings hatte sein Vater auch eine weichere Seite. Sie kam immer dann zum Vorschein, wenn er mit Savannah sprach oder wenn eines seiner Kinder Schwierigkeiten hatte und Hilfe brauchte. Als er neben dem Mann stand, der für ihn die Welt bedeutete, wünschte er, er könnte ihm von Jade erzählen. Wenn sie irgendeine andere Frau gewesen wäre, aus irgendeiner anderen Familie, hätte sein Vater sie willkommen geheißen, ohne sie überhaupt zu kennen. Wenn sich eines seiner Kinder verliebte, teilte er diese Liebe. Das hatte er bewiesen, als Max eines Tages auf ihrer Ranch erschien. Sein Vater hatte sie unter seine Fittiche genommen und sie in die Familie aufgenommen – dabei war Treat noch nicht einmal zu Hause gewesen.

Er überlegte, ob er es ihm erzählen sollte. *Dad, ich muss mit dir über jemanden reden. Es ist Jade, Dad, Jade Johnson.* Er malte sich aus, was sein Vater antworten würde. *Junge, du weißt doch, dass der Name dieser nichtsnutzigen Familie auf meinem Grund und Boden tabu ist.* Aber da Jade eh nichts weiter als eine Freundschaft wollte, machte es keinen Sinn, ihn noch weiter aufzuregen.

»Mir geht es gut, Rex. Hope braucht dich. Reite mit dem alten Mädchen aus. Ich bleibe sowieso nicht hier draußen. Ich gehe wieder ins Bett.« Er drehte sich um, warf einen Blick in Hopes leere Box und schüttelte den Kopf. »Deine Mutter ist wirklich eine Marke!«

Rex sah seinem Vater nach. In Zeiten wie diesen wollte er nur zu gerne glauben, dass sein Vater immer noch Kontakt mit seiner Mutter hatte. Und er war ein bisschen eifersüchtig.

Der breite Pfad, der in östlicher Richtung von der Ranch wegführte, schlängelte sich parallel zur Straße durch den Wald. Die Bäume bildeten einen Puffer, doch nachmittags und abends trug der Wind den Lärm der vorbeifahrenden Lastwagen und

Pferdeanhänger herüber. In den frühen Morgenstunden des Sonntags war jedoch nur hier und da ein Rascheln zu hören, wenn der Wind durch die Blätter fuhr oder ein Tier über den Waldboden huschte. Er genoss die Stille, allerdings kam Hope der Ranch der Johnsons gefährlich nahe und Rex' Herz schlug unwillkürlich höher. Er musste an sich halten, um Hope nicht voranzutreiben. Er wollte seinen Sonntagmorgenritt verlängern, nicht verkürzen. Er versuchte, die Adrenalinwoge, die über ihn hereinbrach, unter Kontrolle zu bekommen, indem er die Lederzügel ein wenig fester packte und die Gedanken an Jade ausblendete.

Hope trottete gemächlich daher. Sie fühlte sich auf allen Wegen rings um die Ranch wohl und kannte sich bestens aus, schließlich war sie seit mehr als zwanzig Jahren hier unterwegs. Rex fühlte sich allerdings überhaupt nicht wohl, weil sie immer näher an die Grenze zum Grundstück der Johnsons kamen. Er zog den rechten Zügel an, um Hope auf die Straße zu führen. Sie ließ sich jedoch weder von ihrem Tempo noch von der Richtung abbringen, die sie eingeschlagen hatte, und steuerte geradewegs auf die Zufahrt zur Ranch der Johnsons zu.

Rex zog fester und gab ihr mit der Ferse ein Zeichen, doch sie beachtete ihn gar nicht, sondern wandte den Kopf in die andere Richtung. Welch ein Dickschädel! Da Hope eigentlich kein launisches Pferd war und Verhaltensänderungen bei Pferden oft darauf hindeuteten, dass sie sich unwohl fühlten, widmete Rex ihr besonders viel Aufmerksamkeit. Er beugte sich vor und fuhr ihr mit den Händen über den Hals.

»Es ist okay, Hope. Du machst das prima. Ich richte mich ganz nach dir, solange du nicht über das Grundstück der Johnsons läufst und Mr. Johnson uns den Garaus macht.«

Hope wieherte und nickte entschieden mit dem Kopf.

»Okay, du sagst, wo es langgeht. Ich reite einfach nur«, sagte Rex mit einem Lächeln. Sein Herz hing mit ebenso viel Liebe an Hope wie an seinen Geschwistern. Alles an Hope erinnerte ihn an seine Mutter, von ihrem lieben Wesen bis hin zu ihrer anmutigen Schönheit. Und ihrer Sturheit.

Sie kamen zur kiesbestreuten Zufahrt der Johnsons und Rex hielt die Luft an, als sie sie überquerten. Das bescheidene Backsteinhaus der Familie stand mitten auf dem Grundstück. Es war viel kleiner als das weitläufige Haus der Bradens und lag näher an der Straße. In den Fenstern brannte kein Licht und Rex fragte sich, ob Jade noch schlief und ob sie vielleicht von ihm träumte.

Als sie das Ende der Zufahrt erreichten und Hope wieder Gras unter den Hufen hatte, blieb sie stehen. Allmählich ging die Sonne auf und Rex wusste, dass die Johnsons wie alle Rancher bald aufstehen und den Tag beginnen würden.

»Nun komm, Liebes«, drängte er und trieb sie sachte an, während er gleichzeitig ihre Mähne streichelte. Hope rührte sich nicht. »Lass uns gehen. Komm, Baby.« Er zog leicht an den Zügeln, doch das Pferd zuckte nicht einmal zusammen.

Plötzlich sah er, wie jemand aus dem Haus trat und das Rasenstück zwischen Haus und Stall überquerte.

»Mist. Hope, wir müssen verschwinden. Komm schon, Mädchen«, drängte er wieder. Mit jeder Sekunde wurde er unruhiger. Er blinzelte in die aufgehende Sonne und folgte der Gestalt mit den Augen. Diese weichen, fließenden Bewegungen würde er überall erkennen. Jade wandte das Gesicht der Weide zu und reckte die Arme erst der Sonne entgegen, dann streckte sie sie zur Seite aus und ließ sie schließlich sinken. Sie sah so strahlend aus, dass ihm der Atem stockte. Im frühen Morgenlicht, vor blühenden Bäumen und weitläufigen Wiesen, wirkte sie wie der Inbegriff von Harmonie und Schönheit. Rex betrachtete sie und wünschte sich nichts sehnlicher als bei ihr sein zu können. In seinen Handflächen spürte er immer noch die Leichtigkeit ihrer seidigen Haare, doch seine Sehnsucht hatte nicht nur mit ihrem wundervollen Körper zu tun. Auf den Bildern, die vor seinem inneren Auge entstanden, sah er sie beide am Kaffeetisch, wo sie redeten und sich auf eine Weise kennenlernten, die viel persönlicher und intimer war als bloßer Sex. Verwundert betrachtete er diese fremde Sehnsucht, die ihn durchdrang, und merkte plötzlich, dass Hope langsam über das Gras in den angrenzenden Wald gewandert war. Sie folgte einem kaum sichtbaren, schmalen Pfad, tastete sich behutsam vorwärts, blieb bisweilen stehen, wie um sich zu orientieren, und ging dann unbeirrt weiter.

Rex ließ sie laufen. Sie hatte ihn dazu gebracht, etwas über sich selbst herauszufinden, das ihm sonst gar nicht in den Sinn gekommen wäre. Schließlich blieb Hope im Schutz der Bäume nahe der Stalltür stehen. Von dort aus konnte er sehen, wie Jade in den Stall zu einer Box ging. Plötzlich kam ihm der Gedanke, dass er vielleicht schon sein ganzes Leben auf der Suche nach ihr war. Vielleicht hatte er jede Frau, mit der er ins Bett gegangen war, unwillkürlich mit der Jade verglichen, die sie als Mädchen und dann als junge Frau gewesen war, während er sich aus Loyalität seinem Vater gegenüber nicht erlaubt hatte, an sie zu denken oder sie in seine Nähe zu lassen. Und als er ihre schöne Silhouette im dämmrigen Licht des Stalls betrachtete und sah, wie sie ihre Hände auf den Rücken des schwarzen Hengstes legte und den Kopf neigte, dachte er, dass es vielleicht ein Fehler gewesen war, diese Gedanken nicht zuzulassen.

Vierzehn

Hengste waren launisch und so kräftig, dass sie sich für die meisten Leute nicht als Reitpferde eigneten. Jade war jedoch nicht wie die meisten Leute. Sie hatte ihn vom ersten Augenblick an geliebt, als ihr Vater ihn vor ein paar Jahren mitgebracht hatte. Er hatte solch ein gutmütiges Wesen und einen beeindruckenden Stammbaum, dass es ihr falsch erschienen war, ihn zu isolieren, wie es sonst üblich war. Also hatte sie darauf bestanden, ihn in die Gemeinschaft der anderen Pferde zu integrieren. Heute war sie froh, dass sie sich hatte durchsetzen können. Flame war ein umgänglicher und gut sozialisierter Hengst, der die bemerkenswerte Fähigkeit besaß, trotz seiner Hormone ruhig zu bleiben.

Die anderen Pferde wieherten, als sich Jade ins Heu kniete und Flames Bein untersuchte. Sie strich über seine Rippen und ließ ihre Hand langsam über seine starken Muskeln und an den glatten Knochen entlanggleiten. Pferde hatten sie immer schon gefesselt. Als sie noch klein war, überragten sie sie und schienen nur aus Muskeln und Kraft zu bestehen. Wenn sie mit fliegender Mähne über die Felder jagten, stockte ihr der Atem, so schön sahen sie aus. Sie war mit diesen sanften Riesen aufgewachsen, hatte von Kindesbeinen an ihre Boxen ausgemistet, sie geritten, gestriegelt und geputzt, und die Faszination hielt bis heute an.

Jade gab Flame einen Kuss aufs Maul und brachte ihn wieder in seine Box. Es war eine Woche her, seit sie Rex in der Schlucht getroffen hatte, und als sie heute Morgen vor der Morgendämmerung aufgewacht war, hatte sie im Bett gelegen und an ihn gedacht. Ob er wohl auf Hope unterwegs war? Sie hatte an die Zimmerdecke gestarrt, bis sie sich jedes Detail seines Gesichts ins Gedächtnis gerufen hatte. Sie hatte die kaum sichtbare Linie vor sich gesehen, die von seinem linken Mundwinkel zu einem Grübchen neben seinem Kinn verlief. Dieses Grübchen zeigte sich nur bei einem ganz bestimmten Lächeln. Sie dachte daran, wie er die Augen geschlossen hatte, als ihre Lippen sich trafen. Sie erinnerte sich daran, wie seine Zunge über ihre Brüste geglitten war, wie kräftig sich seine Hände angefühlt und wie seine Finger ihre empfindlichste Stelle liebkost hatten. Sie hatte die Hand unter ihre Unterwäsche geschoben, war tiefer gewandert bis zu dem Ort, wo seine Finger ihren Zauber vollführt hatten, und sich vorgestellt, wie er sie berührte. Sie hatte die Augen geschlossen und sich den Klang seiner hungrigen Stimme in Erinnerung gerufen. *Ich will das schon seit Jahren tun.* Sie dachte an seinen Duft, bis sie das Gefühl hatte, ganz davon eingehüllt zu sein. Ihre Erregung steigerte sich und sie bewegte ihre Hüften unter ihrer Berührung, bis sie dieselbe Saite anschlug, die er gefunden hatte. Ihr Innerstes pulsierte um ihren Finger, während sie Rex' Namen hauchte.

Flame stieß sie mit der Nase an. *Ich muss damit aufhören.* Sie durfte nicht weiter über ihn nachdenken. Nichts an seinem Verhalten deutete darauf hin, dass sie mit ihrem Nur-Freunde-Vorschlag falsch lag. Einen flüchtigen Moment lang hatte sie gemeint, Verletztheit oder Enttäuschung in seinen Augen zu erkennen, aber im nächsten Augenblick war dieser Eindruck verschwunden, und dann hatte er diese dumme Bemerkung über Pferde und Depressionen gemacht. Sie würde sich zwingen, nicht mehr an ihn zu denken. Was auch immer an jenem Abend zwischen ihnen aufgeflammt war, musste ausgelöscht werden.

Als sie in die Sattelkammer ging, schob sie die Hände in die Taschen ihrer Jeans und fröstelte in der Kühle des frühen Morgens. Als sie die Stalltore schließen wollte, hörte sie ein Rascheln im Wald. Sie schaute zu den Bäumen hinüber und sah eine Silhouette. Sie zuckte zusammen. Dann erkannte sie die Gestalt. *Rex.*

»Himmel, hast du mich aber erschreckt«, sagte sie, als sie zu ihm trat. »Was treibst du hier? Spionierst du mir nach?«

Hope kam zwischen den Bäumen hervorgetrottet. Rex hielt ihre Zügel locker in der rechten Hand. Mit der linken nahm er den Stetson vom Kopf und drückte ihn sich an die Brust.

»Ich wollte dir nicht nachspionieren, aber ich denke, das ist letztendlich daraus geworden«, räumte er ein.

Sie lächelte, biss sich auf die Unterlippe und wäre am liebsten wie ein aufgeregtes kleines Mädchen auf- und abgehüpft und hätte gequietscht: *Er mag mich! Er mag mich!*

»Nun, zumindest versuchst du nicht, Hope die Schuld zu geben.«

Rex beugte sich vor und klopfte Hope auf den Hals. »Wie könnte ich ihr die Schuld geben, dass sie mich genau dorthin gebracht hat, wo ich sein sollte?«

»Rex Braden, du bringst mich völlig durcheinander.« Sie trat näher zu den beiden und streichelte Hope über die Wange.

»Ich bringe mich selbst völlig durcheinander«, sagte er mit

einem Kopfschütteln und einem Lächeln.

Ihr Herz schwoll an, als dieses entzückende Grübchen kurz in Erscheinung trat.

»Also, wolltest du nur mal vorbeischauen?« *Oder kann ich mich dir an den Hals werfen und mit dir herumknutschen?*

Er verengte die Augen, während er den Blick langsam über ihren ganzen Körper wandern ließ. Sie zitterte unter seinem Blick, der die Erinnerung an ihren gemeinsamen Abend weckte.

Er setzte sich den Hut auf. Jetzt, wo Jade wusste, wie es sich anfühlte, wenn seine Lippen auf ihren lagen, wenn sich ihre Hände in sein Haar schoben, konnte sie kaum an etwas anderes denken, als er nickte. *Bitte sag mir, dass du auch mehr willst.*

»Wir sind doch Freunde, genau wie du gesagt hast«, antwortete er.

Freunde? Freunde! Ihr Blut kochte. »Freunde starren sich aber nicht so an.« Sie machte kehrt, ging in den Stall und schlug das große Tor hinter sich zu.

Fünfzehn

Für den Rest des Tages hatte Jade schlechte Laune. Sie wusste nicht, auf wen sie wütender war: auf sich selbst, weil sie darauf bestanden hatte, dass sie nichts weiter als Freunde sein sollten, oder auf Rex, diesen eingebildeten Kerl, der sich damit einverstanden erklärt hatte. Sie hatte sich erlaubt, ihren Status als Freundin über Bord zu werfen, kaum dass er sie fünf Sekunden lang angestarrt hatte. Was war bloß los mit ihr? Sie wünschte sich mehr von einem Mann, der nicht mehr geben konnte oder wollte. Sie sollte wirklich aufhören, sich von Rex Braden mehr zu erhoffen und zu erträumen.

Sie knallte die Teller auf den Esstisch und stellte gerade die Gläser dazu, als ihr Vater hereinkam.

»Was ist los, Schätzchen?«, fragte er und gab ihr einen Kuss auf die Wange.

»Nichts. Nur ein verkorkster Tag.« *Ein verkorkster Monat, ein Jahr, ein Leben.*

»Probleme mit einem Patienten?« Er biss von dem Maisbrot ab, das ihre Mutter am Vormittag für Steve gebacken hatte. Maisbrot mochte ihr Bruder besonders gern, und vermutlich wollte ihre Mutter ihn gnädig stimmen, damit ihn die Neuigkeiten, die auf ihn warteten, nicht so hart trafen. Er arbeitete als Ranger in einem Nationalpark in Preston ein Stück außerhalb von Allure. Steve war zwei Jahre älter als Jade, und obwohl sie sich gut verstanden und gerne zusammen waren, ließ seine Arbeit es viel zu selten zu, dass sie sich sahen.

Sie legte ihrem Vater die Hand auf den Arm. »Dad, das ist für Steve. Du weißt, Mom macht dir die Hölle heiß, wenn du ihm etwas wegisst.«

Er grinste und leckte sich die Krümel von den Lippen. »Du musst es ihr ja nicht erzählen.« Er setzte sich an den Tisch. »Erzähl mal, warum dein Tag verkorkst ist.«

Sie ließ sich auf einen Stuhl sinken und atmete tief aus. *Es gibt da einen Mann, nach dessen Berührungen ich mich sehne. Braden heißt er. Ich liebe seine Stimme und ich streite mich gern mit ihm.* »Ach, nichts Besonderes. Ich muss einfach ein paar Entscheidungen treffen und krieg's nicht auf die Reihe.«

»Sag mir, was dir durch den Kopf geht. Vielleicht kann ich dir helfen.«

Wenn er wollte, konnte ihr Vater sehr gut zuhören, und als sie sah, wie er sich am Tisch zurechtsetzte, die Arme aufstützte und sie aufmerksam betrachtete, wäre sie ihm am liebsten auf den Schoß gekrochen, wie damals, als sie ein kleines Mädchen war und er sie ihr beruhigend zugeredet hatte: *Alles wird gut, Schätzchen. Daddy kriegt das hin.* Allerdings wusste sie nur zu gut, dass ihr Vater es diesmal nicht hinkriegen würde und zu allem Überfluss der Grund dafür war, warum sie selbst es nicht hinkriegen konnte.

»Daddy, ich bin eine erwachsene Frau, die im Haus ihrer Eltern wohnt. Ich weiß wirklich nicht, ob ich wieder eine Praxis eröffnen möchte, mit Praxisräumen und allem Drum und Dran, oder ob ich so weitermachen will wie bisher. Ich weiß nicht, wo ich leben möchte —«

Ihr Vater hob die Hand. »Moment mal, Jade. Was meinst du mit: wo du leben möchtest? Du denkst doch nicht etwa daran, nach Oklahoma zurückzukehren, oder? Denn das werde ich nicht zulassen, egal wie alt du bist. Dieser Mann ist Vergangenheit. Lass es dabei.«

Sein Beschützerinstinkt ließ sie lächeln. »Ich weiß. Oklahoma steht nicht zur Debatte, aber es gibt unendlich viele Städte da draußen, unendlich viele Staaten. Ich weiß einfach nicht, ob Weston der richtige Ort ist, um Wurzeln zu schlagen. Es ist so ... klein.« *Ich bin einsam, und wenn ich hier bleibe, werde ich mich immer nur nach Rex sehnen. Und ich kann nicht mit ihm zusammen sein. Und ich hasse das. Am liebsten würde ich mich ins Bett legen und erst wieder aufstehen, wenn ich alt und grau und so senil bin, dass ich nicht mehr weiß, wer er ist.*

Ihr Vater lehnte sich zurück und faltete die Hände über dem runden Bauch. Er nickte. »Das macht alles Sinn. Aber, Jade, du bist eine intelligente, gut ausgebildete Frau. Du weißt, dass es in größeren Städten schwieriger ist, ohne Kontakte einen Klientenstamm aufzubauen. Gut, Weston ist klein, aber die Leute hier haben dich mit offenen Armen in Empfang genommen. Deine Praxis könnte Ausmaße annehmen, auf die du niemals zu hoffen gewagt hast.«

Bei dem Gedanken an offene Arme kam ihr sofort Rex mit seinen köstlichen Lippen in den Sinn. »Du hast recht, und ich bin sehr dankbar. Aber, Dad ...« Sie schüttelte den Kopf. Wie sollte sie ihrem Vater sagen, was sie wirklich fühlte?

»Ah, da ist ja das schönste Mädchen von ganz Weston.«

Jade sprang auf. »Steve!« Sie schlang die Arme um ihren gut aussehenden Bruder. »Gott, ich habe dich vermisst.« Sie zauste sein dunkles Haar. »Gehst du neuerdings im Zottellook? Wie lang deine Haare sind!«

»Tja, wenn du in den Wäldern wohnst, ist es nicht so einfach, Friseurtermine zu machen.« Er lächelte breit und enthüllte seine etwas schiefen, strahlend weißen Zähne.

Sie hatte gar nicht gemerkt, wie sehr sie seine positive Energie vermisst hatte.

»Mir gefällt es. Es passt zu dir, du siehst richtig kernig damit aus. Hast du in letzter Zeit irgendwelche süßen Mädels kennengelernt?«

»Ach, Frauen!« Er lachte. »Sobald sie hören, wie ich meinen Lebensunterhalt verdiene, machen sie sich schleunigst davon, um sich den nächsten Rancher oder Unternehmer zu suchen.« Als Ranger würde Steve nicht reich werden, aber er war viel zu gerne draußen in der Natur, um jemals etwas anderes zu tun. Die Vorstellung, in einem Büro oder auch auf der Ranch seines Vaters eingesperrt zu sein, war ihm unerträglich.

»Es wird sich schon jemand für dich finden.« Allmählich fragte sich Jade, warum in Weston so viele Männer bis weit in die Dreißiger Singles waren. *Aber ich bin schließlich auch nicht mehr die Jüngste,* dachte sie dann.

»Habe ich da Steven gehört?« Ihre Mutter strahlte, als sie ihn umarmte. »Lass dich anschauen.« Sie legte ihm die Hände auf die Schultern und nickte anerkennend. »So schön wie immer. Isst du auch genug? Brauchst du etwas für zu Hause? Ich habe reichlich gekocht, was übrig bleibt, kannst du mitnehmen.«

»Ma, mir geht es gut«, sagte er. Er gab ihr einen Kuss und setzte sich dann zu Jade und ihrem Vater an den Tisch. »Also, Dad, warum sollte ich dieses Wochenende unbedingt herkommen?«

Jades Mutter warf Jade einen Blick zu. »Sollen wir nicht erst essen?«, fragte sie.

Jade half ihrer Mutter, das Essen aufzutragen. Zusätzlich zum Maisbrot hatte sie Roastbeef, Kartoffelpüree, Salat und Obstsalat vorbereitet. Lauter Sachen, die Steve gerne aß.

Sie luden sich die Teller voll, aber plötzlich war Jade zu nervös zum Essen. Sie hatte über die finanziellen Probleme nachgedacht, von denen ihre Mutter gesprochen hatte, aber irgendwie hatte sie das Gefühl, dass sie unumkehrbar werden würden, wenn sie sich zusammensetzten und darüber sprachen. Sie nahm sich etwas Obstsalat und griff nach dem Maisbrot.

Steve schlug ihr auf die Hand. »Lässt du wohl die Finger davon.«

Sie streckte ihm die Zunge heraus und nahm sich das größte Stück.

»Dad, du klangst ziemlich gestresst am Telefon. Willst du uns sagen, was los ist? Dann können wir besprechen, was zu besprechen ist, und anschließend unsere Zeit zusammen genießen.«

Steve hatte die direkte Art seines Vaters, und Jade vermutete, dass er auch die Fähigkeit von ihm geerbt hatte, die Höhen und Tiefen des Lebens zu bewältigen, ohne sich verrückt zu machen. Sie und ihre Mutter neigten eher dazu, vor Sorgen fast zu vergehen, noch bevor sie wirklich wussten, worum es ging.

Ihr Vater setzte sich in seinem Stuhl auf. »Ja, Steven, ich denke, das ist eine gute Idee.«

Jade versuchte, sich nicht von ihrer Mutter ablenken zu lassen, die neben ihr saß und nervös zappelte. Wenn Earl Johnson als Patriarch der Familie das Wort ergriff, war es am besten, ihm seine volle Aufmerksamkeit zu schenken, sonst konnte es passieren, dass er einen später abfragte, was er gesagt hatte.

»Eure Mutter und ich haben in letzter Zeit viel über die Ranch und über uns nachgedacht, wo wir hinwollen und so weiter«, begann er.

»Wo ihr hinwollt?« Steve sah seine Mutter fragend an, dann richtete er den Blick wieder auf seinen Vater. »Wollt ihr weg?«

»Darüber denken wir ja gerade nach. Du hast dein Haus und dein eigenes Leben, so wie es sein soll, und Jade, nun, sie ist im Begriff, das nächste Kapitel ihres Lebens aufzuschlagen. Wenn sie auszieht, sind nur noch eure Mutter und ich hier.« Er sah ihre Mutter an und Jade spürte die Verbundenheit zwischen den beiden. »Die Ranch zu leiten ist eine Menge Arbeit und wir denken daran, uns zu verkleinern.«

Nachdem ihre Mutter sie ins Vertrauen gezogen hatte, zählte Jade zwei und zwei zusammen und erkannte, dass ihr Vater den Schlag nur dämpfte. Natürlich würde er seinen Kindern gegenüber nicht zugeben, dass sie die Ranch wegen finanzieller Schwierigkeiten aufgeben mussten. Sich zu verkleinern war für einen stolzen Mann weitaus akzeptabler, wenn er aus dem Haus ausziehen musste, in dem er so viele Jahre seines Lebens gelebt hatte.

»Euch verkleinern? Dad, willst du damit sagen, dass ihr aus Weston wegzieht? Oder habt ihr vor, in der Stadt zu bleiben? Ihr seid ja noch nicht in dem Alter, in dem man in ein Altersheim geht, daher verstehe ich nicht ganz, was du damit meinst.«

»Weder deine Mutter oder ich werden jemals in ein Altersheim gehen. Eher ziehen wir in deine Holzhütte. Kapiert?«

»Ja, Sir«, sagte Steve mit einem Lächeln.

»Wir denken daran, das Grundstück aufzuteilen. Wir haben so viel Land, dass ich es nicht mehr schaffe, mich richtig darum zu kümmern, selbst mit den Leuten, die wir angeheuert haben.

Ich denke, es ist an der Zeit, dass wir es etwas langsamer angehen lassen, mehr Zeit zusammen verbringen.«

Ihre Mutter errötete.

»Es wäre gut für dich und Mom, mehr Zeit zu haben, wenn du dich nicht mehr um die Ranch kümmern müsstest. Sie verschlingt wirklich eine Menge Zeit, Dad. Oder gibt es da noch etwas?« Jade hoffte, dass er ihnen die Wahrheit sagen würde, damit sie die Aufteilung des anderen Grundstücks ansprechen konnte. Aber auch, wenn er nicht sagte, worum es eigentlich ging, war dies wahrscheinlich der beste Zeitpunkt.

»Nein, Schätzchen, gibt es nicht. Ich werde älter und ich mache mir Sorgen um deine Mutter, die mit all dem Land allein dastünde, wenn mir etwas zustoßen würde.«

Was er sagte, klang überzeugend. Anstatt die Erklärung ihres Vaters zu hinterfragen, überlegte sie, warum ihre Mutter ihr erzählt hatte, sie könnten die Ranch nicht mehr halten. Vielleicht hatte ihre Mutter es falsch verstanden. Seine Stimme klang aufrichtig und Jade glaubte ihm, dass es ihm in erster Linie um ihre Mutter ging.

Sie stopfte sich ein Stück Maisbrot in den Mund, als könnte sie dadurch verhindern, dass sie das heikle Thema ansprach. Allerdings hatte auch sie etwas von der Direktheit ihres Vaters geerbt. »Was ist mit dem anderen Grundstück?«, fragte sie.

Stirnrunzelnd sah ihr Vater sie an. »Das andere Grundstück?«

Mit der Gabel schob sie ein Stück Pfirsich auf ihrem Teller herum. »Ja, dieses Grundstück zwischen uns und der Ranch der Bradens?«

Er funkelte sie wütend an. Sein Atem ging rascher.

»Was ist mit diesem Grundstück, Jade?«, fragte er kalt.

Wie wäre es, wenn du deinen Anteil daran verkaufst, um die

Ranch zu halten, wenn es wirklich um die Finanzen geht? »Nun, ich weiß es nicht, aber wenn du Land verkaufen willst, wäre es doch eine gute Idee, dieses Stück ebenfalls zum Verkauf anzubieten. Schließlich nutzt es niemand.«

Er sah sie unverwandt an. Etwas unsicherer fuhr Jade fort: »Ich dachte nur … warum sollte es ungenutzt daliegen? Immerhin seit vierzig Jahren, nicht wahr?« Sie lächelte ihn an. »Es ist sicher eine Menge wert, also …«

Jade verstand, warum er sie so ansah. Er war ein stolzer Mann, der es nicht gewohnt war, dass seine Entscheidungen von seinen Kindern infrage gestellt wurden. Sie senkte den Blick und wünschte, sie hätte den Mut zu sagen, was sie wirklich sagen wollte. *Wenn du dieses Grundstück verkaufst, könnten Rex und ich uns vielleicht wie normale Leute treffen und zusammen ausgehen und herausfinden, ob es sich lohnt, für diese Beziehung zu kämpfen.*

»Nichts also«, begann ihr Vater.

»Warte, Dad. Jade hat recht.« Steves Augen leuchteten. »Dieses Stück Land ist einiges wert. Der Verkauf könnte dich und Mom absichern, wenn du dich zur Ruhe setzt. Vielleicht ist es an der Zeit, dieses Thema wieder aufzugreifen.« Steve ließ es sich nicht anmerken, falls es ihn nervös machte, darüber zu sprechen. Aber er war ja auch nicht dabei, sich in einen Braden zu verlieben.

»Das mag sein, Steven, aber wir rühren das Grundstück nicht an. Wir reden mit der Bank über die Aufteilung der unteren zweihundert Hektar, und wenn das geregelt ist, sehen wir weiter.« Ihr Vater nahm seine Gabel, als sei das Gespräch für ihn beendet.

»Und was passiert mit diesem Land, wenn du und Mom tot seid?«, fragte Steve.

»Steven!«, fuhr Jade ihn an. Sie konnte es nicht fassen, dass er den Tod der Eltern ansprach – im selben Atemzug wie das Grundstück.

Sein Vater machte sich nicht die Mühe, seinen Zorn zu verbergen. »Steven Joseph Johnson, wenn du nur darauf wartest, dass wir sterben, damit du dieses Grundstück haben kannst –«

»Beruhige dich, Dad. Ich will das Land nicht. Ich dachte eher daran, ein Naturschutzgebiet daraus zu machen. Dadurch könnten wir den Lebensraum für die Wildtiere erhalten und außerdem bekommst du dafür steuerliche Vergünstigungen. Wenn du dich nicht länger mit Hal Braden darum streiten und es auch nicht verkaufen willst, wäre das die perfekte Lösung, um endlich die Vergangenheit zu begraben.«

Ja, Dad, bitte greif diese Idee auf!

»Egal, was mit diesem Grundstück passiert, die Vergangenheit wird niemals begraben sein«, sagte ihr Vater und nahm sich noch ein Stück Fleisch. »Jane, das ist das beste Roastbeef, das ich seit Langem gegessen habe. Danke für das leckere Mittagessen.«

Da hatte sie ihre Antwort – und sie ließ keinen Zweifel aufkommen. Ihre Endgültigkeit trieb einen weiteren Keil in ihr wundes Herz.

Sechzehn

Der Montagnachmittag brachte brütende Hitze. Mit bloßem Oberkörper stand Rex mit Hope im Stall. Er hatte ihr den Schweif schamponiert, damit sie bei der Horse Show besonders hübsch aussah. Nun spülte er den restlichen Schaum ab und wollte gerade noch eine Pflegespülung auftragen, als sein Vater mit finsterer Miene hereinstürmte.

»Ist was passiert in der Stadt?«, fragte Rex.

»Kann man wohl sagen«, brummte Hal.

Rex massierte Hopes Schweif. Als sein Vater nicht weitersprach, fragte er: »Ist es etwas, worüber ich mir Sorgen machen muss?«

Sein Vater strich Hope über die Schulter. »Wie geht es unserem Mädchen?«

»Prima.«

»Das ist gut.«

»Willst du mir sagen, was los ist? Oder einen Bogen um das Thema machen? Mir ist es einerlei.« Rex hob die Augenbrauen und sah ihn lächelnd an.

»Es sind die Johnsons. Sieht aus, als würden sie Land verkaufen.«

Rex ließ die Hände sinken. Das war nichts, was ein Rancher

aus einer Laune heraus tat. Wenn ein Stück von einer Ranch verkauft wurde, dann hatte man vorher alles versucht, um das Land zusammenzuhalten. Während die Bradens seit Generationen genug Geld in der Familie hatten, sah es bei den Johnsons anders aus. Wenn Earl Johnson sein Eigentum aufteilte, bedeutete das, dass er harte Zeiten durchmachte. Und es war fraglich, ob er die Ranch nicht schließlich ganz aufgeben musste.

»Harte Zeiten?« Und was war mit Jade?

»Sieht so aus.« Sein Vater verschränkte die Arme und lehnte sich gegen die Stallwand. Er rieb sich mit der Hand über sein stoppeliges Kinn und seufzte. An seinen Augen konnte man immer erkennen, wenn ihm etwas zu schaffen machte.

»Willst du darüber reden?«, fragte Rex ebenso beiläufig, wie Hal es umgekehrt bei ihm gemacht hätte. Wenn sein Vater jemanden brauchte, der ihm zuhört, war er zur Stelle. Ansonsten respektierte er seine Privatsphäre und ließ ihn in Ruhe.

Sein Vater blickte auf, die Lippen zu einem Strich zusammengepresst. Er nickte wortlos.

Rex wandte sich wieder Hopes Schweif zu und wartete ab, was sein Vater zu sagen hatte. Er glaubte nicht, dass Hope bei dem Turnier einen der vorderen Plätze belegen würde, aber er würde verdammt nochmal dafür sorgen, dass sein Vater allen Grund hatte, stolz auf sie zu sein.

»Früher war Earl Johnson mein bester Freund«, sagte sein Vater.

Rex nickte. Es hatte keinen Sinn, seinem Vater zu sagen, dass das nichts Neues für ihn war. Es würde Hals Redefluss nicht beschleunigen, sondern eher verstummen lassen.

»Jahrelang war er derjenige, zu dem ich ging, wenn es

Probleme gab, verstehst du? Wir hatten Pläne, alle möglichen Pläne. Und dann haben wir dieses Grundstück gekauft. Wir wollten es weiterverkaufen und reich werden. Er würde sich auf die Viehzucht spezialisieren, ich wollte Pferde züchten. Unsere Kinder würden heiraten und unsere Familien wären auf ewig miteinander verbunden.«

Rex hob den Kopf. *Unsere Kinder würden heiraten und unsere Familien wären auf ewig miteinander verbunden?* Das hörte er zum ersten Mal. Er stellte sich vor Hope und streichelte sie am Kinn. Sie stieß ihm die Nase zwischen die Rippen. *Du weißt Bescheid, nicht wahr, mein Mädchen?* Er gab ihr einen Kuss auf die Stirn.

Sein Vater erwähnte Earl nie, ohne dabei wütend zu knurren. Rex war überrascht, dass er ihn nun beim Namen nannte, ohne dass die vertraute Feindseligkeit zum Vorschein kam. Die Tatsache, dass sie beste Freunde gewesen waren, war nichts Neues. Jeder in Weston wusste es. Sie waren zusammen aufgewachsen, hatten als Jugendliche jede Menge Unfug angestellt und sich schließlich zur gleichen Zeit verliebt. All das war in den Jahren nach dem Kauf des Grundstücks in die Brüche gegangen.

»Der Gedanke, dass er finanzielle Schwierigkeiten hat, gefällt mir einfach nicht«, sagte Hal.

Rex sah so viel von sich selbst in seinem Vater: das mürrische Auftreten, der raue Ton und das große Herz, das sich so leicht erweichen ließ. Und dieses Herz barg Erinnerungen, die es nicht mehr losließen.

»Denkst du an das Grundstück? Meinst du, es ist an der Zeit zu verkaufen?«, fragte Rex, während er den Schlauch abrollte, um Hope abzuspritzen.

»Nicht für diesen Idioten«, sagte sein Vater, stieß sich von der Wand ab und ging davon.

Rex lächelte. Das war sein Vater, wie er leibte und lebte. Gleichzeitig schossen ihm ganz andere Gedanken durch den Kopf. Nach seiner Begegnung mit Jade am Sonntagmorgen und ihrem empörten Abgang hatte er eigentlich keine Lust auf das Treffen der Freiwilligen gehabt, das am Abend bei den Gesalts stattfinden sollte. Er war bereit, ihr das zu geben, was sie wollte – Freundschaft. Dass sie sich umgedreht hatte und davongestürmt war, ließ ihn zweifeln und machte ihn wütend.

Jetzt war der Zorn verflogen. Stattdessen machte er sich Sorgen. War sie geknickt wegen der Ranch? Oder wütend? Er wollte sie sehen, um sich zu vergewissern, dass mit ihr alles in Ordnung war. Er wollte mit ihr reden und ihr zur Seite stehen, falls sie traurig war. Eine Ranch Stück für Stück zu verlieren war schrecklich. Er hasste die Vorstellung, sein Vater könnte auch nur einen einzigen Hektar aufgeben. Rex wurde für seine Arbeit auf der Ranch gut bezahlt. Er hatte keine großen Ansprüche, hatte fast jeden Penny seines Einkommens gespart – aus genau diesem Grund. Wenn sein Vater jemals finanzielle Unterstützung brauchen sollte – was vermutlich nie der Fall sein würde –, wollte er in der Lage sein, ihm unter die Arme zu greifen. Er fragte sich, ob Jade von den Plänen ihres Vaters gewusst hatte, bevor sie nach Weston zurückgekehrt war.

Was bedeutete es für sie beide, wenn sein Vater seinem alten Freund und Widersacher Earl Johnson gegenüber milder gestimmt sein sollte – falls es ein »sie beide« überhaupt gab?

Siebzehn

Jade hatte den ganzen Nachmittag über ihre Eltern nachgedacht und war zu dem Schluss gekommen, dass sich ihr Vater freiwillig verkleinern wollte und dass mit ihren Finanzen alles in Ordnung war. Sie fragte sich, warum er nicht einfach alles verkaufte und in die Stadt zog. Andererseits war das Ranchland wertvoll, und sowohl ihr Vater als auch ihre Mutter liebten ihr Zuhause. Wahrscheinlich wollte er einfach dafür sorgen, dass ihre Mutter in dem Haus bleiben konnte, in dem sie seit Jahren lebte und in dem sie ihre Kinder großgezogen hatte. Jade traute es ihrem Vater durchaus zu, dass er ihre Mutter angelogen und ihr nicht den wahren Grund genannt hatte, warum er Teile der Ranch verkaufen wollte. Ihre Mutter würde nie zulassen, dass er ihretwegen etwas so Drastisches tat. Jade wünschte, sie wüsste, warum ihr Vater sich so entschieden hatte.

Die Aussicht auf das Treffen der Freiwilligen behagte ihr überhaupt nicht. Sie hatte sogar überlegt, abzusagen, aber das konnte sie den Gesalts nicht antun. Sie war in Gedanken immer noch mit ihrem letzten Zusammentreffen mit Rex beschäftigt und wusste, dass ihr unbelehrbares Herz ihr bis zum Halse schlagen würde, wenn sie ihn bei der Besprechung sah. Nachdem sie Berle massiert hatte, fuhr sie nach Hause, um sich den Schweiß abzuwaschen und ihre Nerven zu beruhigen. Sie hatte keinen Appetit auf Abendessen und gab schließlich alles auf, wobei sie hätte nachdenken und sich konzentrieren müssen.

Nach der Hitze des Tages hatte sie gehofft, dass es sich abends ein bisschen abkühlen würde, doch diese Hoffnung bewahrheitete sich nicht. Jade zog ihr leichtestes Sommerkleid mit Spaghettiträgern an, die auf der Schulter zu einer Schleife gebunden waren. Vielleicht war sie für diesen mädchenhaften Stil ein wenig zu alt, aber das war ihr egal. Am liebsten hätte sie gar nichts angezogen. Sie band sich die Haare zu einem hohen Pferdeschwanz und entschied sich ausnahmsweise gegen ihre Lederstiefel und für ein Paar weiße Sandalen.

Als sie sich dem Hof der Gesalts näherte, schlug ihr Magen Purzelbäume. Sie würde herausfinden, wo sie bei der Horse Show eingesetzt war, und dann würde sie verschwinden und im Rights Creek schwimmen gehen. Als sie und Riley Teenager waren, war der kleine Fluss einer ihrer Lieblingsplätze gewesen, vor allem nachts, wenn sie nackt baden konnten. Allein die Erinnerung daran, wie frei sie sich damals gefühlt hatten, zauberte ein Lächeln auf ihre Lippen. Die Badestelle war etwa eine Meile von ihrem Haus entfernt. Sie würde am Ende der langen unbefestigten Straße parken und den Trampelpfad entlanggehen. Als sie daran dachte, war ihr nicht mehr ganz so heiß.

Seit sie auf die Hauptstraße eingebogen war, war ihr ein grauer Wagen gefolgt. Sie blickte in den Rückspiegel und dachte an Kane und wie er nach ihrer Trennung ein paar Wochen lang immer wieder ungebeten in ihrem Haus erschienen und überall dort aufgetaucht war, wo sie war. Zum Glück hatte er schließlich aufgegeben und war ihr nicht nach Colorado gefolgt. Schließlich bog sie in die Auffahrt der Gesalts ein und der graue Wagen fuhr weiter. Obwohl sie deutlich gesehen hatte, dass es sich bei dem Fahrer nicht um Kane, sondern um einen alten Mann handelte, atmete sie ein wenig leichter, als er nicht hinter ihr herfuhr. Dann schüttelte sie verärgert den Kopf. Allmählich wurde sie wirklich paranoid. Der ganze Stress setzte ihr mächtig zu.

Es gab nicht viel, wovor Jade Angst hatte, doch als sie ihr Auto neben einem roten Ford parkte, bemerkte sie Rex' Truck, der bei der Scheune stand. Panik durchfuhr sie. Wie sollte sie sich ihm gegenüber verhalten? Er wollte Freundschaft, so wie sie es dummerweise vorgeschlagen hatte. *Wie soll ich gut Freund mit ihm sein, wenn ich so viel mehr will?*

Sie atmete tief durch und bahnte sich einen Weg durch die Menge zu dem Tisch mit den Listen. Sie konzentrierte sich auf das, was sie tun musste, um den Abend zu überstehen, ohne dass Leidenschaft oder Verlegenheit sie überwältigten. *Hingehen, Einsatzplan holen, verschwinden. Rein, raus, schwimmen. Rein, raus, schwimmen.*

Zum Glück gab es an dem Tisch keine Warteschlange. Sie überflog die Listen und fand schließlich ihren Namen. Aha, sie war als Aufsicht an den Zufahrtstoren eingeteilt. Prima, das dürfte kein großes Problem sein. Sie suchte nach Rex' Namen. Aufsicht an den Zufahrtstoren. *Mist.*

Ihr Herz schlug heftig, als sie sich umdrehte, um zu ihrem Auto zurückzugehen, und mit Rex' steinhartem Oberkörper zusammenprallte. Einen Augenblick verschlug es ihr die Sprache.

»Tut mir leid. Habe ich dir wehgetan?«, fragte er und legte ihr sanft die Hände auf die Schultern.

Jades Mund war wie ausgetrocknet. Sie schluckte und schaute in seine besorgten Augen. Sie standen so nah beieinander, dass es das Natürlichste von der Welt gewesen wäre, sich zu küssen oder zumindest ein paar vertraute Worte zu wechseln. Stattdessen konnte Jade nichts weiter tun, als den Mann anzustarren, nach dem sie sich sehnte und den sie nicht haben durfte, während er sie prüfend ansah und fragte, ob er ihr wehgetan hatte.

»Alles okay«, brachte sie mühsam hervor.

Bitte, lass mich nicht los. Ich falle. Fang mich einfach auf.

Unter seinen Händen fühlten sich Jades Arme so glatt an. Als er in ihre blauen Augen sah und ihren frischen, femininen Duft einsog, hätte er sie am liebsten für immer festgehalten. Sie hatte sich die Haare zu einem Pferdeschwanz gebunden, sodass er ihren schönen, zarten Hals sehen konnte. Sein Körper reagierte sofort und unmissverständlich. Hastig ließ er die Hände sinken und zwang sich, einigermaßen klar zu denken.

»Du hast es eilig.« *Tolle Ansage.*

»Ähm, ja. Ich …«

»Jade.« Er hielt ihren Blick gefangen und wusste einen Moment lang nicht mehr, was er hatte sagen wollen.

Sie fuhr sich mit der Zunge über die Lippen und er musste seine Hände in die Taschen schieben, um seine Erregung zu verbergen. Diese verdammt unschuldigen Augen und diese sinnliche Zunge fachten einen Feuersturm in ihm an, doch er durfte sie nicht begehren.

»Freunde.« Verdammt. Das Wort kam ihm über die Lippen, bevor er eine Chance hatte, nachzudenken, was er da sagte.

Jade schüttelte den Kopf. »Freunde? Schon gut, mach dir keine Sorgen. Du brauchst es mir nicht immer wieder einzuhämmern. Ich hab's kapiert.«

Sie stürmte davon. Statt wie sonst wie ein Trottel dazustehen und ihr nachzusehen, lief er ihr nach.

»Jade, warte.« An ihrem Wagen holte er sie ein und griff nach ihrem Arm. Sie schüttelte ihn ab. »Du machst mich rasend! Ich will doch nur mit dir reden.«

»Ich weiß«, fauchte sie, schloss Wagentür auf und schob sich hinters Steuer.

»Was soll das heißen? Ich weiß nicht, warum du so sauer auf mich bist.«

Sie steckte den Schlüssel in die Zündung. Er musste sich schnell entscheiden. Er schnappte sich das Schlüsselbund, doch Jade griff danach und wollte es ihm wieder abnehmen.

»Was machst du dann da? Lass los.« Sie zerrte mit aller Macht an den Schlüsseln.

Rex wurde klar, wie lächerlich das Ganze war, und ließ die Schlüssel los, sodass Jade quer über den Sitz fiel.

»Tut mir leid!« Die Situation war so verrückt, dass er fast losgelacht hätte. Rex Braden, ein vierunddreißigjähriger Mann, der einer Frau nachjagte und mit ihr um ein Schlüsselbund rangelte. Heiliger Strohsack, er hatte wirklich den Verstand verloren.

Ein Wagen, den er nicht kannte, bog auf den Parkplatz ein und stellte sich neben seinen Truck. Rex' Blick ging zurück zu Jade in ihrem süßen kleinen Kleid, die fieberhaft versuchte, ihr Auto anzulassen.

»Wovor hast du solche Angst?«, fragte er.

»Du machst dich über mich lustig.« Sie schüttelte den Kopf. »Mit Ringkämpfen in Autos kennen wir uns allmählich aus, nicht wahr?« Jetzt lachte sie auch. »Wir benehmen uns wirklich albern.«

»Ein bisschen schon«, sagte er. Aus dem anderen Wagen war

niemand ausgestiegen und er fragte sich, was der Fahrer auf der anderen Seite seines Trucks tat.

»Wolltest du etwas?«, fragte sie in freundlicherem Ton als vorher.

Und ob. »Ich wollte nur reden, das ist alles. Aber offenbar hast du es eilig, also will ich dich nicht aufhalten.« Er sah, dass sie überlegte, was sie darauf erwidern sollte. Sie sah ihn an, starrte auf das Lenkrad, dann hob sie den Blick und sah ihn wieder an. Nachdenklich fuhr sie sich mit der Zunge über die Unterlippe.

Sie machte ihn wahnsinnig. Mit jedem sinnlichen Zungenschlag trieb sie ihn ein Stück weiter über die Schwelle.

»Tut mir leid, dass ich dich neulich beobachtet habe«, sagte er. Es war ihm wichtig, ihr das zu sagen. Er hatte noch nie einer Frau nachspioniert, doch als sie ihn mit Hope am Waldrand entdeckt hatte, hatte er wie gebannt auf ihre Silhouette gestarrt. Er hatte gewusst, dass man so etwas eigentlich nicht tat, aber gleichzeitig hatte es sich so ganz und gar richtig angefühlt. Der Gedanke, dass sie ihn möglicherweise für einen Spanner hielt, war ihm erst später gekommen.

Sie sah ihn mit ihren blauen Augen an. »Ist schon okay.«

Mit einem einzigen Wimpernschlag verwandelte sie sich wieder in die Verführerin, die ihn aufgefordert hatte, nicht aufzuhören. Jeder Nerv in seinem Körper drängte ihn, sie zu küssen, sie zu berühren, ihr zu zeigen, wie sehr er sie begehrte. Doch wenn er etwas verstanden hatte, dann war es das: Beim Ausloten ihrer Stimmungen lag er nicht immer richtig. Also lächelte er sie nur an.

Aus den Augenwinkeln sah Rex, wie ein Mann hinter der Ladefläche seines Wagens hervorkam. Als er in seine Richtung blickte, verschwand der Mann seltsamerweise wieder. Irgendetwas stimmte da nicht. Ob sich der Mann an seinem Truck zu schaffen machte?

»Was soll das?«, murmelte er.

»Was ist denn los?« Sie sah zu seinem Wagen hinüber.

»Nichts. Da ist ein Typ an meinem Truck.«

»Wolltest du reden? Ich glaube, ein paar Minuten kann ich erübrigen.«

Rex sah den Kopf des Mannes hinter seiner Fahrerkabine vorlugen und dann wieder verschwinden. Er war hin- und hergerissen. Einerseits wollte er wissen, was es mit diesem Typen auf sich hatte, andererseits wollte er versuchen, die Situation mit Jade zu retten.

»Nun, du bist offensichtlich abgelenkt. Warum reden wir nicht ein anderes Mal?« Jade schlug die Tür zu und ließ den Motor an.

»Jade!«, sagte Rex, aber sie fuhr davon, ohne ihn noch eines Blickes zu würdigen. Der Wagen neben seinem Truck setzte zurück und einen Moment lang sah es aus, als würde er hinter Jade herfahren. Rex' Puls raste. Er rannte hinter dem Wagen her. *Jade.* Er hatte gerade den hinteren Stoßfänger erreicht, als der Mann, den er an seinem Truck gesehen hatte, ausstieg.

»Hallo«, sagte der grauhaarige Mann. »Ich suche das Haus der Carrolls. Ich bin zweimal alle Straßen abgefahren, aber ich kann die Namen auf den Briefkästen nicht sehen. Es ist so verdammt dunkel.«

Er wollte nur nach dem Weg fragen! Offenbar hatte Rex den Mann völlig falsch eingeschätzt. Aber was er empfand, war nicht mehr zu leugnen: Der Wunsch, Jade zu beschützen, war zehnmal größer als bei jedem Mitglied seiner Familie. Er musste sie finden.

»Biegen Sie am Ende der Auffahrt links ab. Die Carrolls

wohnen im dritten Haus auf der rechten Seite«, sagte er rasch. Hastig zog er seine Schlüssel aus der Tasche und ging zu seinem Truck. Er hatte nur einen einzigen Gedanken: Jade finden. Er folgte dem alten Mann, der ihm viel zu langsam fuhr. Gleich darauf bog er in eine Hauseinfahrt ein und Rex konnte endlich Gas geben. Er spähte angestrengt durch die Windschutzscheibe. Weit konnte Jade noch nicht gekommen sein.

Er schlug den Weg zu ihrem Haus ein und ärgerte sich, weil er wegen des Mannes an seinem Truck überreagiert hatte. Wieder einmal hatte er die Chance vertan, mit Jade zu reden. Ein paar Minuten später war er an der Einfahrt der Johnsons, doch ihr Auto war nicht zu sehen. Fluchend fuhr er die Straße weiter hinunter. Das Leben war um einiges einfacher, wenn er seinem Kopf und nicht seinem Herzen folgte, doch diese Option hatte sich längst erledigt.

Er bog in einen unbefestigten Weg ein, um zu wenden, als er Jades Auto zwischen zwei hohen Bäumen sah. Was zum Teufel machte sie hier? Langsam tastete er sich mit seinem Truck vorwärts. Das Licht der Scheinwerfer fiel auf die Bäume neben ihrem Wagen und beleuchteten die Schnitzereien, die den größten Teil des Stammes bedeckten. Rex lächelte. Jetzt wusste er, wo er war. Er parkte und ging den Schotterweg hinunter.

Er war seit Ewigkeiten nicht am Rights Creek gewesen, doch er wusste, dass dies ein beliebter Treffpunkt für Teenager war. Der Mondschein zeigte ihm dem Weg durch die Bäume. Er folgte dem schmalen Pfad zum Wasser und hörte ein Planschen, noch bevor er am Ufer angekommen war.

Im schillernden Licht des Mondes glitt Jade durch das Wasser. Mit fließenden Bewegungen schwamm sie zur Flussmitte und tauchte dann geschmeidig mit dem Kopf unter die Oberfläche. Der Rest ihres nackten Körpers folgte und einen Moment lang ragte ihr weiß schimmerndes Hinterteil in die Höhe, dann kam ein letzter Beinschlag und sie war verschwunden. Rex stand wie angewurzelt da. Schließlich tauchte sie wieder auf, und als sie sich mit beiden Händen das Wasser aus dem Gesicht wischte, zeigten sich ihre Brüste mal über, mal unter Wasser.

Er wollte nicht, dass sie ihn schon wieder dabei ertappte, wie er sie beobachtete, doch er konnte den Blick nicht von ihr wenden, als sie zum Ufer schwamm und aus dem Wasser stieg. Ihr Haar fiel ihr jetzt offen auf die cremig schimmernden Schultern. Vorsichtig machte Rex einen Schritt auf das Ufer zu.

»Jade, ich bin es, Rex«, rief er leise, um sie nicht zu erschrecken.

Sie schnappte nach Luft, griff nach ihrem Kleid und streifte es sich über.

»Ich will dir nicht nachspionieren, ehrlich. Ich dachte, dieser Kerl würde dir folgen, als du vom Hof der Gesalts weggefahren bist, und … ach, verdammt, Jade …« *Wie zum Teufel soll ich ihr das erklären?* »Ich bin dir tatsächlich nachgefahren, aber ich hatte natürlich keine Ahnung, dass du schwimmen gehen wolltest.«

Sie setzte sich mit dem Rücken zu ihm auf einen umgestürzten Baum.

»Darf ich?«, fragte er und wies auf den Baumstamm. *Bitte, lieber Gott, hab ein bisschen Geduld mit mir, ja?*

»Bitte sehr, wir leben in einem freien Land.«

Nicht wirklich. Nicht, wenn es um dich und mich geht. Er setzte sich neben sie, und plötzlich war er nicht mehr sicher, warum er es so eilig gehabt hatte, sie zu finden. Er konnte keinen klaren Gedanken mehr fassen.

Achtzehn

Jade zitterte vor Kälte und Aufregung, als er sich neben sie setzte. Rex war wirklich süß, wenn er verlegen war. Sie hatte ihn bisher noch nie so zaghaft erlebt und stellte fest, dass sie es ausgesprochen reizvoll fand. Der Baumstamm, auf dem sie saß, war stellenweise derart morsch, dass man nur auf einem kleinen Stück wirklich sitzen konnte, und er rückte so an sie heran, dass ihr fast sofort warm wurde.

»Also, du bist einem Typen gefolgt, von dem du dachtest, dass er mir hinterhergefahren ist.« Sie musste lächeln. Wenn es nicht stimmte, war es zumindest eine romantische Ausrede, und wenn er tatsächlich jemandem gefolgt war, war es eine einfühlsame Geste. So oder so konnte sie nicht ignorieren, was er ihr damit zeigte. Er erwiderte ihre Gefühle, zumindest auf einer gewissen Ebene.

»Ja, da war ein Typ, aber er ist dir nicht nachgefahren«, sagte er mit einem Lächeln.

»Ja, klar«, neckte sie ihn.

»Ein graues Auto. Der Mann hatte sich verfahren.«

»Ich habe den Wagen gesehen. Auf dem Weg zu den Gesalts war er hinter mir. Ich hatte das Gefühl, dass er mir folgt, aber dann ist er nicht in die Auffahrt abgebogen, sondern geradeaus weitergefahren.«

»Er hatte sich einfach nur verfahren.« Er sah sie an. »Jade«, sagte er leise. »Ich möchte mit dir reden. Ich kann nicht behaupten, dass ich viel Erfahrung mit ernsthaften Beziehungen habe.«

»Ernsthafte Beziehungen?« *Meint er wirklich das, was ich denke, was er meint?*

»Okay, Beziehungen zu Frauen.« Er seufzte.

Er suchte nach den richtigen Worten, was sie sehr sympathisch fand. Sie biss sich auf die Unterlippe und hörte zu. Es wäre so einfach, ihm Worte in den Mund zu legen und ihn dann mit einem tiefen Kuss zum Schweigen zu bringen, aber das konnte warten. Sie sehnte sich nach diesem Kuss, doch vor allem wollte sie wissen, was ihn dazu gebracht hatte, ihr durch die Dunkelheit nachzufahren und zu riskieren, dass sie jemand sah – Jugendliche, die in der Stadt davon erzählen würden, oder ein Nachbar, der mitbekommen hatte, wie er ihr folgte. Das Risiko war gering, das wusste sie, aber sicherlich war ihm der Gedanke ebenfalls durch den Kopf gegangen.

»Ich … du … ich habe ›Freunde‹ gesagt, weil ich dachte, dass es das ist, was du willst, und weil ich lieber dein Freund sein möchte, als überhaupt keinen Kontakt zu dir zu haben. Ich möchte dich kennenlernen – ganz und gar. Ich bin kein Kind mehr. Ich spiele keine Spielchen und ich bin auch kein Schürzenjäger oder so was.«

Ihr Puls raste und es fiel ihr schwer, sich auf das zu konzentrieren, was sie sagen wollte. »Ich dachte, *du* wolltest eine Freundschaft. Zwischen unseren Eltern liegt so viel im Argen, und da dachte ich, dass es das ist, was du brauchst.«

Er senkte den Blick und Jades Herz setzte einen Schlag aus. *Das ist es, was er braucht.* Als er sie ansah, lag Bedauern in seinen

Augen.

»Was unsere Eltern angeht, weiß ich keine Lösung. Aber als ich dich in der Scheune sah, wusste ich, dass du diejenige bist, die ich die ganze Zeit gesucht habe, ohne es zu wissen. Du entfachst etwas in mir, das ich noch nie gespürt habe. Nicht einmal annähernd.«

»Das nennt man Wut.« Sein ehrliches Bekenntnis weckte tief in ihrem Innern etwas und sie griff nach seiner Hand. »Ich will dasselbe wie du und finde es ebenso verwirrend. Ich glaube fast, ich wollte es schon immer.«

Er nahm ihr Gesicht in die Hände und bedeckte ihre Lippen mit einem süßen, sanften Kuss. Das reichte Jade nicht. Sie drückte ihren Mund fester auf seinen und ertastete seine Zunge mit ihrer. Ein wohliger Schauder durchfuhr sie, als seine Barthaare über ihre Oberlippe kratzten und er ihr die Hand in den Nacken schob. Sein gieriger Kuss raubte ihr den Atem, und als er sie plötzlich losließ, schnappte sie nach Luft.

»Ich möchte dich kennenlernen, Jade. Nicht nur deinen Körper. Ich möchte wissen, wer du bist. Ich würde gerne mit dir ausgehen. Ich will wissen, was dich glücklich und was dich traurig macht. Ich möchte wissen, wie du als kleines Mädchen warst, und ich will wissen, wovon du träumst. Ich möchte alle Seiten an dir kennenlernen.«

Nicht weinen, nicht weinen, nicht weinen.

»Diesen Wunsch hatte ich noch nie, bei niemandem.«

Sein Blick suchte ihren und sie fragte sich, ob er sehen konnte, dass sie ihr ganzes Leben lang darauf gewartet hatte, so geliebt zu werden. Sie konnte kaum glauben, dass der Mann, der sie kennenlernen wollte, der Mann war, von dem sie so viele Jahre lang geträumt hatte. Und dass er ausgerechnet zu der Familie gehörte, die ihr Vater verabscheute. Sie bedeckte den

Mund mit den Fingerspitzen und dachte an ihren Vater. Sie musste diesen Gedanken loswerden. Und zwar sofort. Sie würde gar nicht erst versuchen, gegen das anzugehen, was sie für Rex empfand. Sie konnte spüren, dass sein Bekenntnis ihn verwundbar gemacht hatte. Die Verletzlichkeit in seinen Augen weckten in ihr den Wunsch, ihm wieder zu seiner alten Stärke zu verhelfen und seine Nerven zu beruhigen, so wie sie es immer bei den Pferden machte. Sie schob ihm die Finger unter die Haare, zog ihn zu sich heran und umschloss seine Lippen mit ihren. Sie tastete und erkundete und leckte und küsste, bis auch die letzten Zweifel und Sorgen verschwunden waren und nur noch sie beide existierten.

Sie kletterte auf seinen Schoß und legte ihm beide Arme um den Hals. Unter sich spürte sie seinen harten Schaft. Sie küsste ihn fester und drückte sich mit ihrem ganzen Körper an ihn. Als sie schließlich ihren Mund von seinem löste, lag ein Lächeln auf seinen Lippen, das bis zu seinen Augen reichte.

Ihre Lippen kribbelten von dem Druck des Kusses. Sie fuhr mit der Zunge darüber und genoss das Gefühl von Schmerz und heilender Nässe.

»Du bringst mich um den Verstand, wenn du das machst«, sagte er mit rauer Stimme. Er ließ den Zeigefinger über ihre Lippen gleiten, und als sie den Finger in den Mund nahm und mit ihrer Zunge umspielte, die Augen schloss und sich langsam und gleichmäßig auf seinem Schoß wiegte, stöhnte er auf.

»Du machst es mir ganz schön schwer, nicht die Beherrschung zu verlieren. Ich bin schließlich auch nur ein Mensch.«

Sie zog seinen Finger aus dem Mund und beugte sich dicht an sein Ohr. »Dann verlier doch einfach die Beherrschung«, flüsterte sie. Noch nie hatte sie einen Mann so gewollt, wie sie ihn wollte, und noch nie hatte es sich so richtig angefühlt, mit jemandem zusammen zu sein, egal, was ihr Vater davon halten mochte. Sie vertraute ihrem Herzen. Dieser Augenblick gehörte nur ihnen, Rex gehörte ihr und sie gehörte ihm. Alles andere konnte warten.

Sie rutschte von seinem Schoß und löste die Schleife am rechten Träger ihres Kleides. Der Stoff fiel weich über ihre Brust. Sie zog Rex auf die Beine. Seine Hände zitterten ebenso stark wie ihre, als sie ihre Finger mit seinen verschränkte. Bis auf ihren Atem, ihren Herzschlag und das sanfte Plätschern des Flusses war es still. Jade legte ihm die Hände auf die Brust, so wie sie es bei Flame schon so oft getan hatte. Es kam ihr vor, als sei die Zeit, die sie damit zugebracht hatte, Pferde zu beruhigen, eine einzige Vorbereitung auf diese eine Nacht gewesen. Rex Braden war ihr Hengst. Sie legte die Stirn in die Hände und schloss die Augen. Der Geruch von feuchter Erde, der sich mit Rex' einzigartigem Duft nach Leder und Holz vermischte, malte ein Lächeln auf ihre Lippen. Der ruhige Klang des Wassers erfüllte ihre kleine, private Welt. Sie passte ihre Atmung an seinen Rhythmus an und ihr Herz schlug im Einklang mit seinem.

Er legte ihr die Hände auf den Rücken. Der leichte Druck beschleunigte ihren Puls. Sie sah ihm in die Augen.

»Lass mich das tun«, sagte sie.

Federleicht fuhr er mit den Lippen über ihren hungrigen Mund, bis sie sich von ihm löste und nach dem Knopf seiner Jeans tastete. Sie schob die Daumen in den Hosenbund, ging in die Knie und zog sie herunter bis zu seinen Knöcheln. An seine Stiefel hatte sie nicht gedacht und er lachte und fiel fast um, als er erst den einen, dann den anderen Fuß hob, damit sie ihm die Stiefel ausziehen und ihn von seiner Jeans befreien konnte.

Er streckte die Hände nach ihr aus, doch Jade trat einen Schritt zurück und schüttelte den Kopf.

»Lass mich«, wiederholte sie. Jade hatte sich ihrer Sexualität nie geschämt. Sie gab ihr Kraft und Stärke, und obwohl sie es liebte, sich von einem Mann leiten zu lassen, wollte – musste – sie Rex das geben, was er am meisten brauchte: ihre Berührung.

Jade stand vor ihm wie eine Elfe im Mondschein. Sie knüpfte den anderen Spaghettiträger auf und ihr Kleid glitt zu Boden. Ihr nackter Körper weckte all den Hunger, den er bisher zurückgehalten hatte. Er wollte nach ihr greifen und wieder entwand sie sich seinem Griff.

»Lass mich.«

Er war ein Mann, durch und durch. Testosteron durchströmte ihn. Er weidete sich am Anblick ihrer sanft schimmernden Haut, ihrer zarten Schultern, ihrer Hüften und der leichten Wölbung ihres Bauches, dort, wo ihre dunklen Löckchen ansetzten. Die Versuchung, sie zu berühren, war zu groß. Er streckte die Hand aus.

Sie stellte sich auf die Zehenspitzen und flüsterte: »Lass mich.«

Erst ließ sie die Finger sanft über seine Seiten gleiten, dann wölbte sie die Handflächen um seine Hüften und massierte sie. Auf seinem Körper wirkten ihre Hände klein und zerbrechlich. Sie folgte dem Verlauf seiner Bauchmuskeln und tastete sich bis hinauf zu seiner Brust. Er schloss die Augen und spürte die Enge in seiner Boxershorts.

Jades Finger rieben über die Haare auf seiner Brust. Sie trat einen Schritt näher und er konnte ihren Atem auf seiner Haut spüren. Auf jede Berührung folgte ein Kuss, und Rex' Nerven wurden hellwach, während sich seine Muskeln wohlig entspannten. Der seltsame Widerstreit der Empfindungen weckte seinen Hunger nach mehr.

Wieder griff er nach ihr und wieder schob sie seine Hände beiseite. Noch nie hatte er einer Frau so viel Macht über sich gegeben, und jetzt wusste er, warum. Niemand konnte ihn so berühren wie Jade. Langsam und nachdenklich streichelte sie ihn. Durch ihre Fingerspitzen übertrug sich ihre Liebe in warmen Stößen auf seine Haut.

Ihre Brustwarzen streiften seine Brust. Mit den Handflächen massierte sie sich ruhig und gleichzeitig bestimmt Stück für Stück nach unten zu seinen Boxershorts.

»Jade«, flüsterte er.

Sie küsste sich an seinen Rippen entlang, wo Hope ihn so oft anstupste, und ließ ihre Hände unter den Stoff gleiten, um die zarte Haut unter seinem Schaft zu reiben und zu streicheln.

»Fass mich an«, sagte er.

»Schschhh«, flüsterte sie.

Sein Körper zitterte unter ihren Liebkosungen. Sie schob die Boxershorts herunter und fuhr mit knetenden Bewegungen der Hände zuerst von oben bis unten an seinem linken Bein entlang. Behutsam zog sie ihm die Boxershorts vom Fuß. Er war kurz davor, in tausend Stücke zu zerspringen, dabei hatte sie die empfindlichsten Regionen seines Körpers noch nicht einmal berührt. Er biss die Zähne zusammen und drängte die Hitze zurück, die nach Erlösung strebte, als sie hinter ihn schlüpfte und die Massage auf der Rückseite seiner Beine fortsetzte.

Rex öffnete die Augen. Der Anblick ihrer Hände, die ihn mit einem festen, besitzergreifenden Griff von hinten umfassten und die Spannung aus seinen Muskeln vertrieben, zähmte den primitiven Drang, sie zu nehmen. Stattdessen erfüllte ihn ein geradezu hypnotischer Hunger nach mehr – mehr Berührungen, mehr Liebkosungen, mehr Jade.

Sie massierte seinen Rücken, seine Seiten, küsste sich an seiner Wirbelsäule entlang nach oben und schob ihm die Hände unter die Arme, um seine Brustmuskulatur zu drücken und zu kneten, so wie er es mit ihren Brüsten machen würde. Einen Moment lang schien es ihm, als würde sie ihn seiner Männlichkeit berauben, doch dann fand er es unbeschreiblich erregend. Ihre Berührungen waren mal fest, mal zärtlich, und als sie sich wieder seiner Vorderseite zuwandte, war er sich sicher, dass er sich nicht würde zurückhalten können, wenn sie ihm zu nahe kam.

Sie presste ihren Körper gegen seinen und er musste sie einfach haben. Er nahm sie in die Arme und küsste sie, ein verheißungsvoller Kuss mit dem Versprechen von mehr. Er konnte ihre Erregung riechen, als sie sich an ihm rieb und ein Flammenmeer um ihn herum aufloderte.

Sie stieß ihn mit einem Kopfschütteln von sich und drohte ihm mit dem Zeigefinger. »Lass mich«, flüsterte sie.

Ein Stöhnen entfuhr ihm, als sie die Handflächen gegen seine Bauchmuskeln presste. Dann senkte sie den Kopf und leckte langsam über seinen Bauch.

»Jade, bitte. Lass mich«, bettelte er und griff nach ihren Schultern.

Sie ignorierte seine Bitte und schob seine Hände weg, während sie mit der Zunge die zarte Falte zwischen seinen Oberschenkeln und der empfindlichen Haut unter seiner Erektion entlangfuhr. Dabei wölbte sie die Hand um seine Hoden, streichelte ihn kaum spürbar mit den Fingerspitzen und trieb ihn höher und höher auf den Gipfel. Gerade, als er dachte, er könne sich nicht länger zurückhalten, glitt ihr Finger über die Länge seines Schaftes, dann schloss sich ihr Mund um ihn. Sein Stöhnen erfüllte die Nacht. Feuchte Hitze umgab ihn, als sie die Lippen auf seiner Härte auf und nieder bewegte, bis sie ihn tief in sich aufgenommen hatte. Dann zog sie den Kopf zurück und er spürte die kühle Luft wie einen Schock, der einen Schauder durch alle Glieder jagte.

Sie trat einen Schritt zurück, ließ ihren Blick über seinem Körper schweifen, bevor sie an dem Ort verharrte, an dem ihr Mund gerade gewesen war. Sie leckte sich die Lippen.

Er griff nach seiner Jeans.

»Ich bin noch nicht fertig«, sagte sie.

»Jade, ich halte es nicht mehr aus.«

»Was willst du dann mit deiner Jeans?«

»Kondom«, stieß er hervor.

Sie runzelte die Stirn. Rex stockte in seiner Bewegung. Sie wollte ihn fühlen, und zwar ganz und gar. Ohne Latexschicht. Sie nahm die Pille. Natürlich wusste sie, dass man sich anstecken konnte, aber ließ sich heutzutage nicht alle Welt ständig testen?

»Machst du dir Sorgen, wegen der Frauen, mit denen du zusammen warst?«, fragte sie ihn direkt, obwohl sie die Antwort eigentlich nicht hören wollte.

»Nein, aber…«

Sie legte ihm sanft die Fingerspitzen an den Bauch.

»Ich hatte noch nie Sex ohne Kondom. Nicht ein einziges Mal. Nicht einmal als Teenager. Ich hatte immer zu viel Angst, dass die Frauen schwanger werden«, gab er zu.

»Du bist über dreißig und hast noch nie diese Nässe einer Frau gespürt, die dich umgibt?«

Er stöhnte. »Nein, noch nie.«

Hinter dem Zittern in seiner Stimme war sein Verlangen nicht zu überhören.

»Ich nehme die Pille«, sagte sie und nahm seine Brustwarze in den Mund, malte mit der Zunge kleine Kreise darum. Sie fühlte sich an wie ein kleiner Kieselstein.

»Und was ist mit dir?«, fragte er.

Die Frage überraschte sie.

»Zwei Typen ohne Kondome. Vor zehn und elf Jahren. Und seitdem habe ich mich mehrmals testen lassen.« Sie legte ihm die Hände auf die Taille, spürte, wie er sich gegen sie drängte, und wartete.

»Du nimmst die Pille – und nur zwei Männer?«

»Zwei Jungs im College, ja. Die Pille habe ich genommen, um meine Zukunft zu schützen. Die Kondome waren für meine Gesundheit.«

Sie küsste die winzige Narbe unter seinem Kinn. Sie hatte nicht erwartet, dass es so viel zu bereden gab, war im Begriff, nach seiner Jeans zu greifen und das Kondom herauszuholen, als er ihr in die Augen sah und fragte: »Warum ich? Warum jetzt? Ich muss es wissen.«

»Weil du es bist. Es ging immer nur um dich.«

Er nahm sie in seine Arme, und sie klammerte sich an ihn und schlang die Beine um seine Taille. Seine Arme waren so stark, sein Körper war so warm von der Hitze der Nacht und als sie auf ihn glitt, ihn tief in sich aufnahm, stöhnten sie beide auf und gaben sich dem wunderbaren Strudel der Gefühle hin. Er hielt ihren Hintern und bewegte sie in gleichmäßigem Rhythmus.

»Jade«, flüsterte er. »Du fühlst dich himmlisch an.«

Sie küsste ihn, und er legte eine Hand an ihren Hinterkopf und zog sie an sich und nahm ihre Lippen in Besitz.

Mit jedem herrlichen Stoß rieben ihre schweißbedeckten Körper aneinander. Sie war von Verlangen durchtränkt und erwiderte jede seiner immer schneller werdenden Bewegungen.

Er hatte seine Wange an ihre gelegt und stöhnte vor Lust.

Er versuchte, sie zu küssen, aber sie konnte nicht küssen, konnte kaum atmen, während sie sich gegen ihn wölbte. Er nahm ihre Brust in den Mund und schickte winzige Stromstöße durch ihren Körper. Ihre Erregung wuchs noch, als sie fühlte, wie er tief in ihr anschwoll und sie vollkommen ausfüllte. Seine Beine spannten sich, als er beide Hände an ihre Oberschenkel legte und sie schneller, fester an sich zog, bis sie seinen Namen in die Nacht schrie und er sie keuchend weitertrieb. In einem Wirbel aus Verlangen erreichten sie den Gipfel ihrer Lust, wurden langsamer und sanken schließlich in einen atemlosen, besessenen Kuss.

Sie hatte sich noch nie so erfüllt gefühlt, so lebendig.

Ihre Lippen trennten sich auch dann nicht, als er sie ins Wasser trug.

»Ich habe mich in meinem Leben noch nie jemandem so nahe gefühlt«, sagte er schließlich und küsste sie erneut, zärtlich und langsam diesmal.

Unter Wasser glitt er zwischen ihren Beinen hervor und liebkoste und rieb ihre Knospe mit dem Finger. Sie hatte die Arme um seinen Hals gelegt und genoss jede seiner Berührungen.

»Ich will dich«, sagte er mit heiserer Stimme.

»Du hast mich«, antwortete sie zwischen zwei Küssen.

Er ließ seinen Finger in ihre süße Mitte gleiten und tastete, reizte, spielte mit ihr, um sie erneut auf den Gipfel der Lust zu treiben. »Komm für mich, nur für mich. Ich will dich ganz für mich allein.«

Sie brachte keinen Ton hervor. Er wusste genau, wo er sie berühren musste, um ihr Feuer zu entfachen. Ihr Kopf fiel nach hinten und sie keuchte: »Oh mein Gott.«

»Für mich, Jade. Ich bin ein besitzergreifender Bursche. Das war mir bisher nicht klar, aber die Vorstellung, dass du mit jemand anderem zusammen sein könntest, bringt mich um. Ich will dich, wie ich nie zuvor jemanden gewollt habe.«

Sie zwang sich, sich aufzurichten, und nahm sein Gesicht in beide Hände. Sie hatte nie etwas so sehr gewollt wie jetzt, da er danach fragte.

»Ich gehöre dir. Mit Haut und Haaren.«

Mit dem Daumen rieb und reizte er sie so lange, bis sie unwillkürlich die Augen schloss und ihr der Atem stockte. Sie krallte sich in seine nackten Schultern und gab sich einen weiteren, betäubenden Höhepunkt hin.

Neunzehn

Sie lagen im Gras am Fluss und sahen in den Sternenhimmel. Jade hatte den Kopf an seine Brust gelehnt, ihr Arm lag über seinem Bauch. Bisher hatte Rex immer zugesehen, dass er bei einem Stelldichein mit einer Frau seine Bedürfnisse befriedigte und dann so schnell wie möglich verschwand, um nur ja nicht in irgendwelche Gespräche verwickelt zu werden. Bei Jade war es ganz anders. Er wollte nicht eine Sekunde von ihr getrennt sein. Er konnte immer noch nicht glauben, dass er ihr erzählt hatte, er sei ein besitzergreifender Bursche, doch als er an ihren warmen Körper geschmiegt dalag, wusste er, dass es stimmte. Die Vorstellung, sie könnte mit jemand anderem zusammen sein, war schrecklich. Trotzdem konnte er sich noch nicht an den Gedanken gewöhnen, dass ihre Familien es irgendwann erfahren mussten.

»Vielleicht ist es nur eine vorübergehende Verliebtheit. Die klassische verbotene Frucht, du weißt schon«, sagte Jade.

»Vielleicht«, sagte er, obwohl er wusste, dass es alles andere war als das.

Sie stieß ihn in die Rippen. »Du solltest mir deine unsterbliche Liebe schwören und beteuern, dass es mehr ist als ein flüchtiges Abenteuer.«

Er schloss die Augen und hatte das Gefühl, als sei er schon seit Jahren mit ihr zusammen.

»Und was jetzt?«, fragte sie.

»Das ist eine ziemlich große Sachen«, sagte er mit einem Lächeln.

»Ja, ist es.«

Er spürte, wie sie neben ihm erstarrte, und sah ihr in die Augen. »Ich gehöre nicht zu denen, die alles schönreden, und mit meinen vierunddreißig Jahren bin ich kein Kind mehr, Jade. Ich kann Fantasie und Realität voneinander unterscheiden und weiß, dass es gefährlich sein kann, in beiden Welten leben zu wollen. Für alle Beteiligten.« Er strich ihr behutsam mit dem Finger über ihre Wange und gab ihr einen Kuss auf die Stirn.

»Was willst du damit sagen?«, fragte sie.

»Dass ich zu dem, was ich gesagt habe, stehe und zwar zu allem. Ich will dich für mich und nur für mich, so wie ich dir gehören will und nur dir. Ich möchte Teil deines Lebens sein.« Er stützte sich auf den Ellbogen und legte ihr die Hand auf den Bauch. Unter seiner Handfläche fühlte er ihren Herzschlag.

»Aber?«, fragte sie zaghaft.

»Aber wir dürfen die Gefühle anderer Menschen nicht außer Acht lassen, während wir herausfinden, was das alles für uns zu bedeuten hat. Das sind wir unseren Familien schuldig. Ich möchte niemanden verletzen, auch nicht für die Lie—« Er unterbrach sich. Er hatte die letzten Tage fast nur an sie gedacht und sie mit jeder Faser seines Körpers begehrt – aber Liebe? War es dafür nicht noch ein bisschen früh? »Auch nicht für das, was zwischen uns ist.«

Als sie schwieg, beugte er sich über sie, legte ihr die Hand ans Kinn und sagte: »Ich will damit nicht sagen, dass wir uns nicht sehen dürfen. Ich will nur sagen, dass wir taktvoll sein sollten. Wir können unsere Familien nicht einfach vor vollendete Tatsachen stellen oder es in der Stadt herumerzählen. Es gibt zu viele Leute, die wir auf diese Weise verletzen könnten, und ich will nicht die Ursache für ihren Schmerz sein. Das können wir nicht machen.«

»Was stellst du dir also vor? Dass wir uns wie zwei Teenager im Schutz der Dunkelheit davonschleichen, um uns zu treffen?«

Er lächelte. Wenn sie sich ärgerte, strahlte sie eine wunderbare Lebendigkeit aus. »Nein, ich meine nur, dass wir diskret sein sollten, zumindest eine Weile. Ich habe keine Möglichkeit gehabt, dich zu umwerben, und das würde ich gerne tun. Noch nie habe ich jemanden umwerben wollen. Ich möchte dich zum Abendessen ausführen und bei Kerzenlicht mit dir zusammensitzen und reden. Ich möchte mit dir ins Kino gehen und in der letzten Reihe mit dir knutschen. Ich möchte mit dir in Allure durchs Village schlendern und einen Schaufensterbummel machen. Gott, Jade, verstehst du nicht, was ich meine? Ich will ein Leben mit dir, und um dieses Leben zu haben, müssen wir behutsam mit den Herzen anderer Leute umgehen.«

»Und was ist, wenn wir es so machen, wie du vorschlägst, und du am Ende feststellst, dass ich nicht die bin, die du dir erhofft hast?«

Er hob ihr Kinn mit einem Finger. »Das wird nicht passieren, aber wenn doch, dann sollten wir es herausfinden, bevor wir unseren Familien alle möglichen Schmerzen zufügen, meinst du nicht?«

»Ich hasse es, wenn das Schwierigste gleichzeitig das Klügste ist«, murrte Jade. »Aber du hast recht. Ich will meine Familie ebenso wenig verletzen wie deine, aber ich kapiere nicht ganz, wie es jetzt weitergehen soll«, fuhr sie fort.

»Außer, dass ich jede Nacht leidenschaftlichen Sex mit dir haben will, bis du vergisst, was für ein Idiot ich bin und du meinem Charme rettungslos verfallen bist?«

»Ja, genau«, sagte sie lächelnd.

Ihr Lächeln war immer anders, aber er liebte es in jeder Variation. Da war das lockende, sexy Lächeln, das gespielte Lächeln, das widerwilliges Interesse vortäuschte, und das Lächeln der Abenteurerin und Rebellin, das auf ihrem Gesicht leuchtete, wenn sie voller Lebensfreude war. Er konnte es kaum erwarten, sie näher kennenzulernen.

»Ich denke, wir sollten uns eine Zeit lang außerhalb der Stadt treffen und dort alles tun, was wir tun wollen.«

Mit einem Ruck setzte sie sich auf. »Außerhalb der Stadt? Du meinst, wir sollten uns vor der Welt verstecken?«

»Nein, nicht vor der Welt, sondern vor unseren Familien und vor dieser kleinen Stadt, in der viel zu gerne getratscht wird.« Er wusste, dass ihr das nicht gefallen würde, aber in diesem Punkt war er nicht bereit, nachzugeben. Er hatte nicht sein ganzes Leben lang die Werte und Gefühle seiner Familie respektiert, um alles auf einen Schlag wegzuwerfen, wenn sie nichts weiter tun mussten, als etwas Zurückhaltung walten zu lassen, um niemandem wehzutun.

»Also willst du so tun, als seien wir nicht zusammen?« Ihr Lächeln war wie weggewischt. Stattdessen bildeten ihre Lippen einen schmalen Strich, genau wie er es erwartet hatte.

»Jade, nur der Stadt gegenüber, nicht der ganzen Welt. Ich weiß, es klingt albern, aber unsere Familien haben diesen Respekt verdient. Und wir sollten die Chance haben, etwas aufzubauen, ohne dass rings um uns die Hölle losbricht.«

Sie stand auf und verschränkte die Arme. Er ging zu ihr, legte die Arme um sie und zog sie an sich, sodass sie gezwungen war, ihm in die Augen zu sehen.

»Bitte, hör mir zu. Wir sind keine Kinder mehr und es ist nicht so, als könnte Daddy dir verbieten, mich zu sehen. Hier geht es um eine ausgewachsene Familienfehde und wir sind im Kreuzfeuer der Hatfields und der McCoys gefangen. Ich will, dass wir eine Chance haben. Als du sagtest, wir sollten Freunde sein und sonst nichts, hat es mich schier umgebracht. So oft wie in der vergangenen Woche habe ich nicht mehr kalt geduscht, seit ich ein Teenager war. Wenn wir wissen, wie wir auf Situationen reagieren, wenn wir eine solide Basis haben, die dem Druck durch unsere Eltern widerstehen kann, dann werden wir uns überlegen, wie wir das gemeinsam durchstehen. Und entwickeln uns hoffentlich als Paar weiter und werden stärker, als wir es uns vorgestellt haben. Ich möchte, dass das Wir funktioniert. Bitte, gib uns eine Chance. Lass uns das zusammen angehen, Jade. Bitte.«

Die Spannung wich aus ihrem Körper und sie lehnte sich an ihn.

»Wie kann ich da Nein sagen? Und wie kann ein einsilbiger Cowboy so treffsicher die richtigen Worte finden, die das Herz einer jeden Frau zum Schmelzen bringen müssen?«

»Das Herz einer Frau zum Schmelzen bringen? Nein, ich umwerbe die Frau, mit der ich den Rest meines Lebens verbringen möchte.«

Zwanzig

Als Jade am Dienstagmorgen zum Stall lief, ging ihr Blick unwillkürlich in den angrenzenden Wald. Ihr Körper kribbelte immer noch, wenn sie an den Abend mit Rex dachte. Zum ersten Mal in ihrem Leben fühlte sie sich vollständig. Der Gedanke, ihre Beziehung verstecken zu müssen, behagte ihr allerdings gar nicht. Am liebsten hätte sie es allen erzählt, die ihr über den Weg liefen. Aber Rex hatte recht. Die Situation war kompliziert. Sie hatte zwar das Gefühl, dass sie und er trotz der Verwirrung am Anfang zusammengehörten, doch sie sah ein, dass sie sich absolut sicher sein sollten, bevor sie einen Wirbelsturm entfachten, wie ihn Weston noch nie gesehen hatte. Das Problem war, dass sie sich jetzt schon sicher war. Sie brauchte keine Zeit. Sie hatte ihn ihr ganzes Leben geliebt. Nur hatte sie es erst gestern Abend erkannt.

Sie schob das Stalltor auf und atmete die taufeuchte Luft und den scharfen Pferdeduft ein. Es versetzte ihr einen kleinen enttäuschten Stich, dass Rex nicht am Waldrand auf sie wartete. Bis zum gestrigen Abend hatte sie gar nicht gewusst, dass er kein Handy besaß. Das würde alles etwas schwieriger machen, aber er hatte ihr versichert, dass sie sich ohne Probleme würden verständigen können. Und sie glaubte ihm, nachdem sie bereits so viele überraschende Seiten an ihm entdeckt hatte.

Sie brachte die Pferde auf die Weide und sah zu, wie sie in den Morgen galoppierten. Es war immer wieder aufs Neue atemberaubend, wenn sie so frei und scheinbar schwerelos daherjagten.

Heute wollte sie Flame zum ersten Mal wieder laufen lassen. Sie war ein wenig nervös, doch sie freute sich auch für ihn. Er wartete schon auf sie und stupste sie ungeduldig an, als sie zu seiner Box trat und ihm über die Nase streichelte. An seinem Hals hing ein Zettel an einem roten Band.

»Unglaublich«, sagte sie laut.

Sie knüpfte die Schleife auf und betrachtete den Zettel. Sie hatte Rex' Handschrift noch nie gesehen, doch sie wirkte genauso stark und entschlossen wie er. Zärtlich fuhr sie mit dem Finger darüber. Er hatte sich nicht nur die Mühe gemacht, ihr zu schreiben, sondern hatte sich auch der Gefahr ausgesetzt, von ihrem Vater erwischt zu werden, um zum Stall zu kommen und Flame den Zettel umzuhängen. Der Gedanke jagte ihr einen wohligen Schauder über den Rücken.

Süße Jade, ich würde mich freuen, dich heute Abend zu unserem ersten Date zu treffen. Ich warte um 20 Uhr gleich hinter der Ausfahrt Nr. 2. Wenn du nicht kommst, weiß ich, dass du zu tun hast. Ich kann es kaum erwarten, dein schönes Gesicht wiederzusehen. R

Jade jauchzte und führte einen kleinen Freudentanz auf.

»Es geht aufwärts, Flame.«

»Na, ein Tänzchen am frühen Morgen?«, hörte sie plötzlich die Stimme ihres Vaters.

Jade erstarrte und stopfte den Zettel hastig in die Tasche ihrer Shorts.

»Oh, hast du mich aber erschreckt. Ich bin … aufgeregt, weil Flames Bein wieder ganz okay ist. Ich bringe ihn jetzt auf die untere Weide.« *Ich kann nicht atmen. Ich gehe auf ein Date. Ein Date! Mit Rex!*

Ihr Vater trat zu Flame und hob das rote Band hoch, das ihm immer noch um den Hals hing. Er sah seine Tochter stirnrunzelnd an.

Sie nahm ihm das Band aus der Hand. »Ich habe geübt, ihm Bänder in die Mähne zu flechten. Dieses Stück muss ich vergessen haben.« Sie tat so, als würde sie sich seine Mähne genauer ansehen. »Ich denke, das war das letzte. Danke!«

Sie führte Flame aus seiner Box und wollte so schnell wie möglich aus dem Stall verschwinden, um weiteren Fragen aus dem Weg zu gehen.

»Schätzchen?«

Sie erstarrte. »Ja?« Sie drehte sich zu ihm um. Ihr Vater verschränkte die Arme über dem Bauch.

»Ich bin froh, dass du heute besser gelaunt bist. Ich habe mir Sorgen um dich gemacht.«

Schuldgefühle durchzuckten Jades Herz. »Ich auch, Dad.« *Aber es ist schrecklich, dass ich dir nicht sagen kann, wer für meine gute Laune verantwortlich ist.*

»Dann macht es dir also nicht so viel aus, dass wir die Ranch aufteilen wollen? Ich dachte, dass es dir mehr zu schaffen machen würde als Steven.«

Sie atmete tief aus, um ihre Nerven zu beruhigen und sagte aufrichtig: »Ich würde alles tun, um diese Ranch zu retten. Alles, was ich weiß, habe ich hier gelernt, von dir und Mom. Auf den oberen Weiden hat Mom mir gezeigt, wie man Löwenzahnkränze bindet. Und in ihrem kleinen Gemüsegarten hat sie mir alles über Gemüseanbau beigebracht, was man wissen muss. Du hast mich gelehrt, wie man Tiere pflegt, wie man reitet, und Dad, du hast mich genau hier in diesem Stall gelehrt, weiter zu denken als nur bis zu dem Unterschied zwischen Tier und Mensch. Aber wenn du Teile der Ranch verkaufen willst – ich meine, wenn das wirklich dein Wunsch ist –, dann ist es dein gutes Recht, das zu tun. Aber wenn es einen anderen Grund geben sollte, werde ich alles tun, damit du das Land behalten kannst.«

Das Lächeln ihres Vaters war warm und liebevoll. Die Anspannung in seinem Gesicht war verschwunden und hatte Weichheit und Wärme Platz gemacht. »Du bist ein liebes Mädchen, Jade.«

Nein, bin ich nicht. Ich bin eine Lügnerin. Und verrückt nach einem Mann, den du mir verbieten würdest, wenn du von ihm wüsstest. »Danke, Dad.« Die Tatsache, dass er ihr nicht gesagt hatte, warum er Teile der Ranch verkaufen wollte, war ihr nicht entgangen.

»Oh, Dad, ich komme heute Abend erst spät nach Hause. Ich fahre mit Riley nach Preston, wir wollen uns mit ein paar Freundinnen treffen.« Wie glatt ihr die Lüge über die Lippen kam. Sie hatte das Gefühl, als hätte sie gerade den Kopf auf den Richtklotz gelegt.

»Okay, Schatz. Pass auf dich auf.«

Und das Fallbeil kam ein bisschen näher.

Kaum war sie draußen auf der Weide, rief sie Riley an.

»So, meine Liebe, jetzt will ich alles hören, bis ins kleinste Detail. Hast du ihn bei dem Freiwilligentreffen gesehen?«

Jade musste lächeln. Rileys Begeisterung war so typisch. »Neugierig bist du aber gar nicht, oder?«

»Nein, überhaupt nicht. Und hoffentlich hast du nur Gutes zu berichten, sonst kannst du was erleben. Außerdem müsste ich dann nicht mehr so ein schlechtes Gewissen haben, weil ich dich im Fingers allein gelassen habe.«

»Ja, stimmt, ich hab noch was bei dir gut. Also, ich habe ihn getroffen. Genauer gesagt habe ich ihn nicht nur getroffen«, neckte Jade sie.

»Und? Ist Sexy Rexy so, wie man ihn sich vorstellt?«

»Genau so und noch viel mehr. So etwas habe ich noch nie für jemanden empfunden. Er … ich weiß nicht, was es ist. Wir sind ja ganz schön aneinandergeraten, aber ich frage mich, ob wir nur deshalb so aneinandergeraten sind, weil wir nicht zusammen sein sollen.«

»Wer sagt das?« Rileys Stimme klang scharf.

»Nein, ich meine nicht, dass wir nicht füreinander bestimmt sind oder so. Ich meine die Streitigkeiten zwischen unseren Familien. Jedenfalls waren wir am Rights Creek und …« Sie verstummt. Was sie mit Rex erlebt hatte, erschien ihr zu intim, zu persönlich, um es breitzutreten, selbst Riley gegenüber, der sie immer ihre dunkelsten Geheimnisse anvertraut hatte. »Und es war wirklich ein schöner Abend.«

»Das freut mich für dich, obwohl ich natürlich weiß, dass du mir etwas verschweigst. Vermutlich ist es irgendein pikantes Detail, über das man besser nicht am Telefon redet. Und wie geht es jetzt weiter?«

»Du bist heute Abend mein Alibi, pass also auf, dass meine Familie dich nicht sieht.«

»Oho, du schleichst dich also heimlich davon, wie? Damit Daddy nicht herausbekommt, was du treibst? Was bist du doch für ein hinterhältiges Biest!«

Jade lachte. Sie liebte es, wenn Riley sie aufzog. »Ja, aber er denkt, dass wir beide in Preston sind, um uns mit Freundinnen zu treffen. Und erst spät wieder nach Hause kommen.«

»Und was machst du wirklich?«

»Ich habe ein Date mit Rex.« Ein Date. Das hörte sich wundervoll an. Vor ihrem inneren Auge sah sie, wie er ihr formvollendet die Tür aufhielt, wie sie Hand in Hand durch die Straßen schlenderten, wie sie alle ihre Kleider anbehielten und alle sehen konnten, dass sie zusammen waren. »Wir treffen uns außerhalb von Weston, also halt mir bitte den Rücken frei, ja?«

»Aber sicher doch«, sagte Riley. »Hach, ich komme mir vor, als wäre ich wieder siebzehn. Du bist Balsam für mein Ego.«

»Freut mich«, lächelte Jade. »Tja, ich glaube, ich bin kurz davor, mich mit Haut und Haaren zu verlieben. Also, wenn es schiefgeht, stehe ich nachts um drei vor deiner Tür und heule mir die Augen aus dem Kopf.«

»Ich stelle für alle Fälle den Wodka kalt. Oh, vergiss nicht, dass ich diesen heißen Fummel für dich habe. Weiß – und rückenfrei. Komm vorbei und hol ihn dir ab. Ich kann es kaum erwarten, dich darin zu sehen. Viel Glück, Schätzchen, und denk daran: Ich habe ganz Weston abgegrast und nicht den Hauch eines Skandals gefunden, was diesen Mann angeht. Er ist absolut sauber. Vielleicht hast du den einzigen Mann gefunden, der wie Superman aussieht und dabei brav ist wie ein Chorknabe.«

Als ob ich das nicht längst wüsste.

Rex hatte die Pferde versorgt und sie auf die Weide gelassen, dann hatte er Papierkram erledigt und Bestellungen für den nächsten Monat aufgegeben. Nun hatte er endlich Zeit für Hope. Er wusste nicht, warum, aber wenn er sich um Hope kümmerte, war die Sehnsucht nach Jade nicht so schlimm. Er war gerade dabei, sie zu striegeln, als sein Vater in den Stall kam. Hope würde nie wieder so prachtvoll glänzen wie die jüngeren Pferde, aber für Rex war sie noch immer ein schönes Tier.

»Wo ist Treat?«, fragte sein Vater.

»Er musste in die Stadt, um ein paar Sachen für sein Büro abzuholen.«

Sein Vater nickte und klopfte Hope auf den Hals.

»Du weißt, dass Hope noch viele Jahre vor sich hat, Dad. Sie kann locker noch acht Jahre älter werden.« In letzter Zeit wirkte sein Vater oft traurig, wenn er Hope ansah. Wahrscheinlich hatte er das Gefühl, dass er seine Frau noch einmal verlieren würde, wenn er sich von Hope verabschieden musste. Sie hatte das Pferd so sehr geliebt, dass es ihnen allen so ging wie ihrem Vater.

»Ich weiß. Mir gehen gerade andere Sachen durch den Kopf«, erwiderte sein Vater.

»Earl Johnson?«

Sein Vater sah ihn durchdringend an. Rex hatte sich schon oft gefragt, warum er die Probleme von damals nicht einfach mit Geld aus der Welt geschafft hatte. Sie hätten das Stück Land locker bezahlen können und auch die Notarkosten und was sonst noch angefallen wäre hätten sie nicht arm gemacht. Und dabei brauchten sie das Einkommen noch nicht einmal, das sich mit dem Grundstück erwirtschaften ließe. Er hatte die ganze Nacht über dieses verdammte Land und über Jades Familie nachgedacht. Sein Vater war kein Geizhals, im Gegenteil. Er spendete großzügig an verschiedene Wohltätigkeitsvereine und wäre normalerweise der Erste, der eine helfende Hand ausstreckte. Doch wenn es um Earl Johnson ging, war es, als würde diese Seite seines Charakters nicht existieren.

Rex fuhr fort, Hope zu striegeln. »Warum haben wir die Johnsons nicht einfach ausbezahlt, Dad? Ich habe nie recht verstanden, warum du es so weit hast kommen lassen.« Im nächsten Moment biss er sich auf die Lippen. *Warum du …* Als sei es allein die Schuld seines Vaters gewesen.

»Weil ich meine Prinzipien habe, mein Junge. Und wenn man etwas versprochen hat, hält man sich daran, aus Prinzip. Ich habe Wort gehalten, er hat es nicht. Das ist ja wohl nicht schwer zu verstehen.«

»Aber du hast selbst gesagt, dass er dein Freund war. Was macht es da, wenn er ein Versprechen nicht eingelöst hat.« Seine Stimme klang ein wenig schrill, obwohl er sich alle Mühe gab, seine Gefühle unter Kontrolle zu halten. Er kämpfte um Jade, aber so würde sein Vater das nicht sehen. Vielleicht wäre es ihm sogar völlig egal, schließlich war sie eine Johnson. »Wir haben mehr als genug Geld. War es das wirklich wert? Eine Freundschaft wegzuwerfen? Aus Prinzip?«

Sein Vater richtete sich zu seiner vollen Größe auf. Mit breiter Brust stand er vor Rex und sah ihn an. Seine Augen waren dunkel vor Wut.

»Junge, über manche Dinge kann man nicht einfach hinweggehen«, sagte er und ging davon.

Rex hatte ja gewusst, dass es nicht einfach werden würde.

Hal blieb plötzlich stehen, drehte sich um und sah seinen Sohn an. Seine Miene wirkte verzerrt. Im Licht der Nachmittagssonne sah er machtvoll und respektgebietend aus und Rex wurde klar, dass er immer noch derjenige war, dessen Wort galt, auch wenn er und seine Geschwister längst erwachsen waren. Sein Vater murmelte etwas, das Rex nicht verstand. Dann sagte er schroff: »Deine Mutter macht sich Sorgen um dich.«

»Dad.« Mit den tatsächlichen oder eingebildeten Gesprächen mit seiner verstorbenen Mutter wollte sich Rex nun nicht auch noch beschäftigen müssen.

»Lass mich ausreden. Diesmal sind wir ganz unterschiedlicher Ansicht, daher werde ich dir nicht sagen, was sie mir für dich aufgetragen hat. Wahrscheinlich macht sie mir deshalb die Hölle heiß, aber ein Mann muss zu seinen Entscheidungen stehen.« Er hob seinen kräftigen Arm und zeigte auf Rex. »Sieh dich vor, Junge«, sagte er und sah seinen Sohn streng an.

Einundzwanzig

Rex konnte es kaum erwarten, dass es Abend wurde. Das Gespräch mit seinem Vater hatte ihn durcheinandergebracht und seine Gedanken an Jade trugen auch nicht gerade zu seiner Seelenruhe bei. Nun stand er kurz hinter der Ausfahrt neben seinem Truck und kam sich ein wenig frivol vor. Er hatte hin- und herüberlegt und war zu dem Schluss gekommen, dass dies die einzige Möglichkeit war, Jade und ihm eine Chance zu verschaffen. Was er für Jade empfand, war so viel größer als alles, was er je für eine Frau gefühlt hatte. Seine Gedanken kreisten nur um sie, er fragte sich, was sie wohl gerade machte, wie es ihr ging, wann er sie wiedersehen würde. Minuten zogen sich wie Stunden und Stunden wie Tage.

In der Beziehung von Treat und Max erkannte er viel von der Liebe, die er zwischen seinen Eltern gesehen hatte. Treat war bereit, für Max sein ganzes Leben umzukrempeln, und für seinen Vater war die Stimme seiner Mutter sechsundzwanzig Jahre nach ihrem Tod immer noch so gegenwärtig wie zu ihren Lebzeiten. Dass er selbst zu solchen Gefühlen fähig sein könnte, hatte er eigentlich gar nicht geglaubt. Und dann kam Jade.

Als es auf acht Uhr zuging, keimte die Angst in ihm auf, dass sie es sich vielleicht anders überlegt hatte. Doch gerade, als sich der bange Gedanke in seiner Magengrube festsetzen wollte, leuchtete Scheinwerferlicht an der Ausfahrt auf und Jade hielt neben ihm. Ein Lächeln breitete sich auf seinem Gesicht aus und das Herz wurde ihm weit in der Brust. Er öffnete ihr die Fahrertür und erinnerte sich im letzten Moment daran, dass dies ein richtiges Date war, bei dem man nicht gleich über die Dame herfiel, mit der man sich verabredet hatte.

Jade lächelte und ihre Augen tanzten vor Begeisterung. »Hallo«, sagte sie mit leiser Stimme.

Er nahm ihre Hand, als sie aus dem Wagen stieg. Ihr Duft und das Gefühl ihrer Haut an seiner reichte aus, um kleine Stromstöße durch seinen Körper zu schicken. Sie stellte sich auf die Zehenspitzen und gab ihm einen Kuss auf den Mund.

Oh Mist. Es war, als wollte sie ihn mit ihren zärtlichen Lippen und dem sanften Schlag ihrer Zunge auf die Probe stellen. Schließlich war er nicht aus Eis. Er ließ den Kuss tiefer werden und sie antwortete mit einem süßen Stöhnen und schmiegte sich an ihn. Es fiel ihm unendlich schwer, sich von ihr zu lösen.

»Schön, dich zu sehen«, sagte sie, schob ihm die Finger in die Gürtelschlaufe und streifte seine Lippen mit ihren.

»Mädchen, du spielst ein gefährliches Spiel.« Er hörte die Anspannung in seiner Stimme, als würden all seine Nerven Funken sprühen.

Sie hob die Augenbrauen. »Und wohin jetzt, mein geheimer Liebhaber?«

Lieber Himmel, konnte es sein, dass sie noch anziehender war als gestern? Er legte ihr die Hand auf den Rücken, als sie zu seinem Truck gingen, und war überrascht, ihre nackte Haut zu spüren. Er warf einen verstohlenen Blick zurück, sah ihr rückenfreies Kleid und biss die Zähne zusammen. Wie sollte er bloß den ganzen Abend die Hände bei sich behalten?

So dicht neben Rex im Truck zu sitzen, war die reinste Quälerei. Ihr Körper reagierte bereits auf die Hitze, die er bei ihrem Kuss ausgestrahlt hatte. Wie sollte sie diesen Abend bloß durchstehen?

»Ich hoffe, du hörst gerne Musik«, sagte er.

»Oh ja.« *Oh ja. Mehr fällt dir nicht ein?*

Die Berggipfel verschwanden am Nachthimmel, als sie den Stadtrand von Allure erreichten. Jade war schon seit Monaten nicht mehr hier gewesen. Rex bog auf den Parkplatz der Bar None ein, einer Mischung aus Bar und Restaurant, die weniger auf Touristen ausgerichtet war als die anderen Etablissements in der Stadt. Jade wurde etwas nervös. Vor Jahren war sie einmal mit Riley in der Bar None gewesen, als sie noch aufs College gingen. Sie hatten getanzt und Karaoke gesungen, aber ein richtiges Date hatte sie schon lange nicht mehr gehabt.

Rex hielt ihr die Tür auf und sie betraten das Restaurant mit seinem gedämpften Licht. Im hinteren Bereich spielte eine Live-Band. Sie folgten der Platzanweiserin zu einer Nische nahe der Bühne, vorbei an einem Tisch mit Männern, die Jade unverhohlen anstarrten. Rex legte besitzergreifend den Arm um sie.

Das konnte ja interessant werden.

Nach ihren Erfahrungen mit Kane wusste Jade, dass sie besitzergreifende Gesten bis zu einem gewissen Grad hinnehmen und sogar genießen konnte. War diese Grenze überschritten, nahm sie die Beine in die Hand und rannte. *Ich bin ein besitzergreifender Bursche. Das war mir bisher nicht klar, aber die Vorstellung, dass du mit jemand anderem zusammen sein könntest, bringt mich um.* Rex war aufrichtig gewesen und das wusste sie zu schätzen, doch plötzlich durchzuckte sie der Gedanke, dass sie es hier womöglich mit einem zweiten Kane zu tun hatte. Immerhin hatte er diesen Kerl vor der anderen Bar fast zusammengeschlagen. Sie fand Beschützerinstinkte durchaus bewundernswert, aber eine Neigung zum Stalking war alles andere als sympathisch. Fast hasste sie sich für das, was sie gleich tun würde, weil sie damit möglicherweise ihr erstes richtiges Date ruinierte, aber sie wollte sich auf keinen Fall noch einmal auf jemanden einlassen, der sie irgendwann in die Flucht schlagen und sie zwingen würde, erneut ihre Sachen zu packen und umzuziehen. Auch wenn es so viel gab, was sie an ihm liebte.

»Sollen wir tanzen?«, fragte sie.

Das Lied, das die Band gerade spielte, war weder schnell noch langsam und eignete sich hervorragend für ihre Zwecke.

»Ich bin kein großer Tänzer, aber wir können es ja mal versuchen«, sagte er.

Ein Bonuspunkt fürs Tanzen.

Auf der Tanzfläche kam sie sich winzig vor neben ihm. In seinen Stiefeln war er fast zwei Meter groß. Sie lehnte den Kopf an seine Brust und schloss die Augen. Sie spürte, wie sein Herz an ihrer Wange schlug. Sie bewegten sich in perfektem Einklang. Seine Fingerspitzen fuhren ihr sacht über den nackten Rücken, und sie war kurz davor, auf ihren Test zu verzichten, nur, um in seiner Nähe bleiben zu können. Aber da war etwas, was sie tun musste. Einen Moment lang wünschte sie, Riley wäre da und könnte ihr Mut machen und ihr sagen, dass sie das Richtige tat. Sie stellte sich ihre Stimme vor. *Besser, du findest es jetzt heraus als später. Nur ein schneller Test, nichts, was den ganzen Abend in Anspruch nimmt.* Lächelnd entwand sie sich seinem Griff, als das Tempo ein wenig zulegte, wiegte die Hüften und ließ die Fingerspitzen verführerisch über seine Brust gleiten. Sie fühlte, wie er unter ihrer Berührung erstarrte. Rasch ließ er den Blick durch den Raum schweifen, bevor er die Männer an ihrem Tisch ins Visier nahm, die ihnen lüstern grinsend zusahen und Bemerkungen machten, die Jade aber nicht verstehen konnte.

Fast hätte sie ihren Plan aufgegeben, als sie sah, wie Rex die Augen verengte. Einen Augenblick lang überlegte sie, ob sie ihm an Ort und Stelle die Leviten lesen und eine Szene machen sollte, doch im nächsten Moment begann er, sich ebenso geschmeidig und verführerisch zu bewegen wie sie. Er ging auf jede ihrer aufreizenden Bewegungen ein und erwiderte sie, ohne sich einen Deut um die Männer an ihrem Tisch zu scheren. Ein verstohlener Blick durch die Bar brachte ihr Gewissheit: Alle Frauen starrten ihn an. Er hatte sie durchschaut und ihr den Wind aus den Segeln genommen, noch bevor sie wusste, woran sie war.

Als der Song schließlich zu Ende war, sanken sie lachend in die Nische, die man ihnen zugewiesen hatte.

»Das hat Spaß gemacht«, sagte sie. »Ich dachte, du könntest nicht tanzen.«

Er zuckte die Schultern. »Ich habe nicht gesagt, dass ich nicht tanzen kann, nur, dass ich kein großer Tänzer bin. Aber besonders gut kann ich es wirklich nicht.«

Er hatte nur Augen für sie. Es war, als würden weder die Männer existieren, die sie immer noch begafften, noch die Frauen, die den Blick nicht von ihm lassen konnten. Sie bestellten ihr Essen und dann tanzten sie zu einer flotten Melodie, die die Band angestimmt hatte.

Als sie zu ihrem Tisch zurückkehrten, plauderten sie entspannt und Jade stellte fest, dass sie sich mit einem Mann noch nie so wohlgefühlt hatte. Die Angst vor dem ersten Date und die Sorge, dass er sich als besitzergreifender und eifersüchtiger Typ entpuppen könnte, waren wie weggeblasen.

»Es gibt so viel, was ich über dich wissen will«, sagte er.

»Ich fürchte, ich bin nicht sonderlich aufregend.« Seine Augen waren ernst und aufrichtig und Jade erkannte, dass sie ihrerseits alles über ihn wissen wollte. »Hast du jemals daran gedacht, etwas anderes zu machen, als auf der Ranch zu arbeiten?«, fragte sie.

»Nein, noch nie. Ich wollte mit Pferden zu tun haben und auf der Ranch arbeiten, seit ich denken kann. Diese wundervollen, mächtigen Tiere zu züchten ist sehr befriedigend, und wir können uns die Käufer aussuchen.« Er lehnte sich zurück und ein verträumter Blick trat in seine Augen. »Meine Mutter hat immer gesagt, den richtigen Käufer für ein Pferd auszusuchen, sei ebenso wichtig, wie Adoptiveltern für ein Kind zu wählen. Als ich ungefähr sechs Jahre alt war, ging sie mit mir in den Stall. Wir wollten eines der Pferde striegeln und sie sagte: ›Sieh ihnen in die Augen. Jeder Mensch und jedes Tier trägt die Seelen seiner Vorfahren in sich. In diesen Augen siehst du Güte oder etwas anderes. Wenn es nicht Güte ist, was du siehst, suche nicht nach einer tieferen Bedeutung – gehe einfach weiter zum nächsten Käufer.‹«

Jade hatte gehört, dass ihr Vater Pferde gezüchtet hatte, bevor sie und ihr Bruder geboren wurden, aber sie wusste nicht, warum er die Pferdezucht aufgegeben und als Agraringenieur bei einer Firma eingestiegen war, für die er jahrelang gearbeitet hatte.

»Ich glaube, deine Mutter und ich hätten uns gut verstanden«, sagte sie. »Ich denke genauso über Tiere und Menschen.« Plötzlich fiel ihr ein, wie er auf ihre Bemerkung über Depressionen bei Pferden reagiert hatte, und schwieg.

»Du erinnerst mich an meine Mutter – oder an das, was ich noch von ihr weiß. So wie jetzt. Du siehst aus, als hättest du eine Kröte verschluckt. Du isst ja nicht einmal was. Willst du mir sagen, was los ist?«

Bin ich so leicht zu durchschauen?

»Ich erinnere mich, wie mich meine Mutter manchmal angesehen hat, wenn sie kurz davor war, mir eine Standpauke zu halten. Es kam nicht oft vor, meist, wenn ich mit meinen Schularbeiten getrödelt hatte, um meinem Vater mit den Tieren zu helfen, oder wenn meine Brüder und ich beim Kämpfen etwas kaputtgemacht hatten.«

Er lächelte und Jade konnte sehen, dass er die Erinnerung genoss. Sie wünschte, sie wäre mit ihm befreundet gewesen, als sie beide Kinder waren. Wahrscheinlich hätten sie zusammen jede Menge Unfug angestellt. Ob sie sich als Teenager nähergekommen wären?

»Willst du mir sagen, was hinter diesem sorgenvollen Blick steckt?«, fragte er noch einmal.

Aufrichtigkeit war das Wichtigste. Sie schluckte die Nervosität herunter, die ihr die Stimme zu rauben drohte. »Letztens beim Futterhandel habe ich dir Fragen zu Hope gestellt und du hast eine Bemerkung gemacht.«

Er nahm ihre Hand in seine. »Jade, als du das gerade gesagt hast – der Klang deiner Stimme, dein ernster Blick – all das hat mich so an meine Mutter erinnert. Es hört sich ganz natürlich an, dass du Tieren menschliche Gefühle zuschreibst. Ich bin mit dem Widerspruch zwischen den Überzeugungen meines Vaters und denen meiner Mutter aufgewachsen, und als meine Mutter starb, ist für meinen Vater alles zusammengebrochen, was für ihn einmal unverrückbar feststand. Plötzlich sah er die Dinge so, wie sie sie gesehen hatte, und daran hat sich bis heute nichts geändert. Seine Überzeugungen haben sich eher noch vertieft. Das, woran du glaubst, war in jenem Moment so offensichtlich und du hast mich so sehr an meine Mutter erinnert, dass es mich ... ich war überwältigt. Und als ich die Fassung wiedergewonnen hatte, war es zu spät.«

Sie sah ihn forschend an, suchte nach Anzeichen dafür, dass er sie täuschte, dass er Gründe vorschob, doch was sie sah, war voller und reicher als alles, was sie sich je vorgestellt hatte: echte, reine Ehrlichkeit und Bedauern. Sie wusste, dass sie ihm vertrauen konnte. Egal, was ihnen noch bevorstand: Auf seine Aufrichtigkeit und die Uneigennützigkeit seines Verhaltens war Verlass. Er hatte ihre Berührungen ebenso gebraucht, wie sie ihn hatte berühren müssen. Ihre Berührungen hatten viel mehr bewirkt als nur Beruhigung. Sie hätte nicht gedacht, dass sie hinter seiner mürrischen Fassade einen liebevollen, leidenschaftlichen Mann entdecken würde, der allen, die ihm nahestanden, eine schier unerschöpfliche Zärtlichkeit entgegenbrachte. Das verstand sie jetzt. Jade hatte das Gefühl, dass sich dieser Augenblick in ihr Gedächtnis brannte und ihr Herz den entscheidenden Schritt nicht nur für ihre Beziehung, sondern für ihr ganzes Leben getan hatte.

Zweiundzwanzig

Rex hasste jede Art von Geheimnistuerei und jemanden direkt anzulügen war ihm so gut wie unmöglich. Je näher er Jade kam, desto mehr Geheimnisse und Lügen sah er allerdings in ihrer Zukunft. Es war so unkompliziert, mit ihr zusammen zu sein. Ihr Gespräch beim Abendessen hatte sich vollkommen natürlich angefühlt und es war ihm nicht schwergefallen, ihr von seiner Mutter zu erzählen und von dem, was sie ihm über Menschen und Tiere beigebracht hatte. Das waren Dinge, die er noch nie jemandem erzählt hatte, nicht einmal seinen Geschwistern. Bei Jade sprudelte es nur so aus ihm heraus. Er wollte sie als Teil seiner Vergangenheit und seiner Zukunft und wünschte, sie hätte die gefühlvolle Schönheit seiner Mutter kennenlernen können.

Nun gingen sie Hand in Hand durch das romantische Village in Allure. In den Bäumen am Straßenrand funkelten bunte Lichter – und Rex wusste, dass er ihre Beziehung nicht vor ihrer kleinen Welt in Weston geheimhalten wollte. Ihm war auch klar, dass sich ein solides Fundament nicht auf ein paar Nächten gründen ließ, also versagte er sich vorerst den Wunsch, seine Freude mit den Leuten zu teilen, die er liebte.

Jade zog ihn die Treppe zu einem Geschäft hinauf, in dem

ein buntes Sammelsurium an Sachen angeboten wurde. *Juwelen der Vergangenheit* stand auf einem Holzbrett über der Tür.

Er lächelte. Er liebte es, sie so strahlend und aufgeregt zu sehen. Der kleine Laden war voller Second-Hand-Kleider, Schmuck, Bücher und anderem Schnickschnack. Eine Frau in einem langen, fließenden Kleid kam aus dem hinteren Teil des Ladens hervor und begrüßte sie lächelnd. Als sie sich die dichten, dunklen Locken aus dem Gesicht strich, rutschten die Armreifen an ihrem Handgelenk leise klirrend bis zum Ellenbogen.

»Willkommen in meinem kleinen Stück vom Himmel«, sagte sie freundlich. »Oh, Sie haben wunderschöne Augen«, sagte sie zu Jade.

Jade errötete und Rex wurde es warm ums Herz.

Einen kurzen Moment lang blieb ihr Blick an Rex haften, dann sagte sie: »Aha, ein Liebespaar. Suchen Sie etwas Bestimmtes?«

»Was immer meine Freundin will«, antwortete er. Lieber Himmel, er fand es herrlich, wie das klang. Stolz erfüllte ihn.

Jade wirbelte herum. *Freundin? Freundin!* Sie strahlte über beide Backen und verschränkte ihre Finger mit seinen.

»Ich möchte mich eigentlich nur ein wenig umsehen«, sagte Jade und sah Rex dabei lächelnd an. Ihr Herz pochte wie wild und dieses selige Grinsen wollte nicht aus ihrem Gesicht weichen.

Rex lachte und Jades Herz schmolz dahin.

»Unsinn«, sagte die Frau. »Jeder sucht etwas.« Sie zwinkerte Rex zu. »Oft weiß man es einfach noch nicht.« Sie stützte das

Kinn in die Hand und sah ihnen nachdenklich zu, wie sie den Laden durchstreiften, ab und zu etwas aus einem Regal nahmen und näher betrachteten und immer wieder auf Dinge zeigten, die ihnen offenbar beiden gefielen.

Jade berührte sanft eines der Windspiele, die von der Decke hingen, und lauschte den zarten Klängen, die durch den Raum wehten. Rex nahm ihre Hand und zog sie zu einer Vitrine voller Schmuck. Er legte ihr von hinten die Arme um die Taille und sie kuschelte sich an ihn. Sie konnte sich nicht erinnern, jemals glücklicher gewesen zu sein.

»Sieh mal, das ist Bernstein«, sagte er zu Jade und deutete auf eine Halskette mit einem in Silber gefassten Bernsteinsplitter.

»Ich liebe Bernstein.« Jade warf der Frau einen verstohlenen Blick zu und flüsterte: »Sie starrt dich an.«

Rex grinste Jade an. »Tja, wundert dich das? Ich bin eben ein attraktiver Bursche.«

Sie drehte sich zu ihm um und fuhr ihm mit der Fingerspitze über die Wange. »Da hast du recht.«

»Aber ich bin dein attraktiver Bursche.« Er gab ihr einen Kuss auf die Nasenspitze.

Die Augen der Frau weiteten sich plötzlich und sie sagte: »Oh du meine Güte.« Aufgeregt stand sie auf. »Ich habe genau das Richtige für Sie. Ich bin gleich wieder da.«

Sie hastete in den hinteren Teil des Ladens und Jade kicherte. Sie nahm eine kleine Schatzkiste in die Hand. »So eine hatte ich, als ich klein war. Ich habe alle meine heiligsten Schätze darin aufbewahrt.«

»Du bist mein Schatz« Er zog sie an sich. »Wo mag sie wohl hingegangen sein?«, sagte er und spähte in das Dämmerlicht, das im rückwärtigen Teil des Geschäftes herrschte. Er war fasziniert, nicht nur, weil die Frau zu wissen schien, was das Richtige für sie war, sondern weil er sich plötzlich so sicher war, dass Jade die Richtige für ihn war. Er hatte das Gefühl, als hätte jemand einen Schalter irgendwo in seinem Körper umgelegt, und plötzlich war das Leben, das er bisher gelebt hatte, nicht mehr vollständig. Es war, als gehörte es von nun an nicht mehr ihm allein. Wenn er überlegte, was für den kommenden Tag anstand, gingen seine Gedanken sofort zu Jade. Sie war jetzt ein Teil seines Lebens und er wollte wissen, was sie vorhatte. Er wollte sie morgens mit einem Kuss wecken und sie halten, wenn sie abends einschlief. All das war so neu, aber es fühlte sich absolut richtig an.

Die Frau kam plötzlich durch den Vorhang gestürmt, der das Hinterzimmer vom Laden abtrennte. In der Hand hielt sie ein kleines Schmuckkästchen, das sie Rex und Jade entgegenstreckte.

»Hier ist es!«, rief sie und fuhr mit hoffnungsvollem Lächeln fort: »Glauben Sie an das Schicksal?«

Jade und Rex sahen sich an. »Ja«, erwiderten sie wie aus einem Munde.

»Ich auch. Auf der Highschool kannte ich ein Mädchen. Damals lebte ich in einem kleinen Ort außerhalb von Weston und wir fuhren mit den Bus zur Schule. Nun, dieses Mädchen hieß Adriana und sie sah wunderschön aus. Sie gab mir dieses Kästchen und sagte, ich würde wissen, für wen es bestimmt sei. Als ich den Laden eröffnete, habe ich es ins Lager gestellt, und dann habe ich es vergessen. Bis jetzt.«

Rex stockte der Atem. Das konnte unmöglich wahr sein.

Der Raum drehte sich um ihn und er hatte das Gefühl zu ersticken. Er ließ Jades Hand los und klammerte sich an ein Bücherregal, das neben ihm stand.

»Ach du meine Güte, ist alles in Ordnung?«, fragte die Frau besorgt. Sie führte ihn zu einem Sessel in einer Ecke.

»Rex? Was ist los?«, fragte Jade.

Rex stützte die Ellbogen auf die Knie und legte sein Gesicht in die Hände. Er versuchte, ruhig und gleichmäßig zu atmen. Warum stiegen ihm Tränen in die Augen? *Mist!* Warum musste ihm das ausgerechnet passieren, wenn Jade in der Nähe war? Sie sollte nicht sehen, wie er die Fassung verlor. Was zum Teufel war bloß los mit ihm?

»Ich hole ihm ein Glas Wasser«, sagte die Frau und hastete davon.

Jade kniete sich vor ihn. Er fühlte ihre Hände auf seinen Knien und hörte die Sorge in ihrer Stimme. »Was ist denn nur? Soll ich einen Arzt rufen? Was kann ich für dich tun?«

Mit einer Hand fuhr sie ihm besänftigend über den Rücken und er spürte, wie die Woge der Panik abebbte, die ihn zu überschwemmen drohte. Er atmete tief ein und aus.

»Rex, hast du eine Panikattacke?«

Stumm schüttelte er den Kopf. Er wollte ihr antworten, doch er traute seiner Stimme nicht. Allmählich löste sich der Druck auf seiner Brust und sein Atem ging ruhiger. Dankbar nahm er das Glas Wasser, das die Frau ihm reichte.

Sie sah ihn eindringlich an und schüttelte den Kopf. »Ich bin wirklich aus der Übung. Wenn ich es gewusst hätte, wäre ich taktvoller gewesen.«

»Wovon reden Sie?«, fragte Jade. »Was hätten Sie wissen sollen?«

Rex griff nach ihrer Hand. Er hatte das Gefühl, ihre Kraft

zu brauchen.

Die Frau legte Rex die Hand auf die Schulter. »Sie sind mit ihr verwandt, nicht wahr?«

Er nickte. »Ich bin ihr dritter Sohn. Ich habe vier Brüder und eine Schwester.« Er hatte einen Kloß im Hals und je mehr er versuchte, ihn loszuwerden, desto feuchter wurden seine Augen.

Sie sah Jade an. »Manchmal habe ich einfach so ein Gefühl, und ich habe gelernt, ihm nachzugehen. Aber es ist lange nicht mehr vorgekommen und ich hatte überhaupt nicht damit gerechnet. Irgendwie habe ich mir keinen rechten Reim darauf gemacht, oder erst, als ich sah, wie er reagierte.«

Jade richtete sich auf. »Ich verstehe immer noch nicht, wovon Sie reden.«

Die Frau nahm ihre Hand. »Was ich Ihnen geben werde, gehörte seiner Mutter, Liebes. Es war für Sie beide bestimmt.«

»Aber wie kann das sein?«, fragte Jade verwirrt.

Rex blinzelte gegen die Tränen an. »Ich habe es gespürt. Als wir durch die Straßen geschlendert sind, wusste ich es. Etwas hat sich meiner bemächtigt und ich hatte keinen Zweifel, was es war. Jade.« Er stand auf. »Weißt du noch, wie ich dir gesagt habe, dass du diejenige bist, die ich die ganze Zeit gesucht habe, ohne es zu wissen?« Bevor sie etwas erwidern konnte, fuhr er fort: »Es stimmt. Als wir auf den Laden hier zugegangen sind, wusste ich ohne jeden Zweifel, dass du die Richtige für mich bist. Ich kann mir nicht vorstellen, mein Leben ohne dich zu leben, keinen einzigen Tag.« Er nahm ihre Hand. Die Woge der Emotionen, die in ihm aufbrandete, ließ ihn verstummen. Es war noch zu früh, ihr die drei Worte zu sagen, die er so sehr empfand, doch er sah in ihre Augen und wusste, dass es stimmte. »Ich bin dabei, mich in dich zu verlieben, Jade«, sagte er schließlich.

Die Frau lächelte. Jade blieb stumm – und schluckte.

»Es ist verrückt, ich weiß. Dass ich mir nach ein paar Tagen so sicher bin, vor allem, wenn man bedenkt, wie unsere Familien zueinander stehen. Ich kann nicht erklären, warum ich mir so sicher bin, ebenso wenig wie ich erklären kann, was hier gerade passiert ist.«

Jade schwieg immer noch. Er wusste, dass er sie überfahren hatte, aber er wollte sie nicht anlügen. Ihr nicht zu sagen, was er fühlte, kam ihm wie eine Lüge vor. Er musste einfach auf seinen Instinkt vertrauen.

Rex sah sie mit Tränen in den Augen an. »Das geht alles ein bisschen schnell, nicht wahr?«

Jade legte ihm die Hand auf den Arm, verengte die Augen zu Schlitzen und sah ihn so ernst an, dass er kurz überlegte, ob er doch hätte warten sollen. Und dann sagte sie: »Aber es fühlt sich vollkommen richtig an.«

Von diesem Moment an wusste er, dass Jade ihm gehörte.

Er schlang die Arme um sie und küsste sie mit all der Liebe, die er für sie empfand. Und Jade umklammerte ihn, als wollte sie ihn nie wieder loslassen.

Als sie sich schließlich voneinander lösten, streckte Rex die Hand aus. »Darf ich?«, bat er die Frau, die immer noch das Kästchen in der Hand hielt.

Sie reichte es ihm und sagte lächelnd: »Adriana war ein ganz besonderer Mensch.«

»Danke.« Mit zitternden Händen öffnete er den Deckel. In dem Kästchen lagen ein Anhänger und zwei Silberketten. Er nahm den Anhänger, der im Lampenlicht schimmerte.

»Wissen Sie, was das ist?«, fragte die Frau.

»Es sieht aus wie zwei Körper, die miteinander verschlungen

sind«, sagte Jade.

»Der Tanz der Liebenden«, sagten die Frau und Rex wie aus einem Munde.

»Alles in ihrem Leben war darauf ausgerichtet, sie voneinander zu trennen«, fuhr die Frau fort. »Gegen alle Widerstände fanden sie schließlich zueinander, und als sie zusammentrafen, tanzten sie. Man sagt, dass ihre Seelen nach dem Tanz zu einer verschmolzen. Und von diesem Moment an lebte einer im Herzen des anderen, ob sie zusammen oder getrennt waren.« Sie nahm den Anhänger, löste die verschlungenen Körper und fädelte jedes der beiden Teile auf eine Silberkette.

»Das ist das Schönste, was ich je gehört habe«, flüsterte Jade.

Rex legte ihr die Kette mit der Figur des Mannes um den Hals, dann machte Jade dasselbe bei ihm mit der Figur der Frau. Dann standen sie lange schweigend beieinander und ihre Blicke sagten das, was ihre Stimme nicht zustande brachte: *Ich liebe dich. Ich habe dich immer geliebt. Ich bin dein.*

Dreiundzwanzig

Schweigend fuhren sie zurück zu Jades Auto. Eine stille Zufriedenheit füllte den Raum zwischen ihnen. Rex hielt ihre Hand in seiner. Seit sie sich von der Frau in ihrem Laden verabschiedet hatten, umfasste ihre andere Hand den Anhänger um ihren Hals. Wenn Jade nicht schon längst geglaubt hätte, dass es Dinge gab, die man nicht mit bloßem Augen sehen konnte, so hätte das, was in dem Geschäft passiert war, sie davon überzeugt. Als sie bei ihrem Auto ankamen, stellte er den Motor aus und wandte sich ihr zu.

»Ich kann dich noch nicht gehen lassen«, sagte er. »Ich habe mir geschworen, mich bei unserem ersten Date mustergültig zu benehmen, aber … Jade, ich brauche deine Nähe, ich möchte dich ganz nah bei mir haben. Ich habe keine Hintergedanken, ich will dich nur in den Armen halten.«

Ohne nachzudenken, sagte sie: »Das möchte ich auch.« Die Dinge entwickelten sich mit rasanter Geschwindigkeit zwischen ihnen, aber das machte ihr keine Angst. Es fühlte sich richtig an.

»Sicher?«, fragte er.

»So sicher wie noch nie in meinem Leben.«

Er ließ den Motor an und fuhr zurück nach Allure zum besten Hotel, das die Stadt zu bieten hatte. Mit jedem Schritt auf den Eingang zu schlug ihr Herz schneller. Sie überlegte kurz, wie sie es ihrem Vater beibringen sollte, dass sie die ganze Nacht nicht nach Hause kommen würde. *Oh Gott, ich muss wirklich bei ihnen ausziehen. Und zwar bald.*

»Wir hätten gerne Ihre beste Suite«, sagte Rex an der Rezeption.

»Sir, das wäre die Präsidentensuite, für eintausendzweihundertundvierzig Dollar die Nacht«, sagte der dünne junge Mann mit der teigigen Haut ungläubig. Offenbar ging er davon aus, dass Rex es sich auf der Stelle anders überlegen würde.

»Perfekt«, sagte Rex.

»Eintausendzweihundertundvierzig Dollar die Nacht? Rex, das ist doch nicht nötig.« *Lieber Himmel, was macht er denn da?*

Er legte ihr kurz den Finger an die Wange und sie begriff, dass es etwas war, was er wollte. Nicht, um ihr etwas zu beweisen, sondern als Geschenk an sie beide.

Der Aufzug brachte sie ins oberste Stockwerk. Am Ende des Korridors war eine weiße doppelflügelige Tür, an der auf beiden Seiten eine Vase mit frischen roten Rosen stand.

»Das ist einfach zu viel«, sagte Jade.

»Nichts ist zu viel.« Er schob die Karte in den elektronischen Türöffner und drückte die Tür auf.

Jade machte einen Schritt auf den Raum zu und im nächsten Moment hatte Rex sie mit einer einzigen schwungvollen Bewegung auf den Arm genommen. Als sie protestieren wollte, brachte er sie mit einem Kuss zum Schweigen.

»Lass mich«, sagte er mit einem Lächeln.

Er trug sie über die Schwelle und Jade stockte der Atem, als sie sah, wie riesig der Raum war. In eine Wand war ein großes Panoramafenster eingelassen, mit einem Blick auf Allure und die Berge im Hintergrund. Jade hatte das Gefühl, über der hübschen kleinen Stadt zu schweben.

Rex vertiefte den Kuss, dann stellte er sie auf die Beine.

»Bist du schon einmal hier gewesen?«, fragte sie. Bevor er etwas erwidern konnte, sagte sie rasch: »Nein, bitte, sag es mir nicht. Ich möchte glauben, dass es nur für uns allein ist.«

»Es ist tatsächlich nur für uns allein.« Er strich ihr zärtlich das Haar aus dem Gesicht. »Ich bin noch nie mit einer Frau in ein Hotel gegangen. Ich bin noch nie Achterbahn gefahren. Ich habe noch nie mit irgendjemandem gebadet und ich bin noch nie neben einer Frau aufgewacht, ohne davonlaufen zu wollen. Ich freue mich auf so viele erste Male mit dir. Nur mit dir.«

Die Gefühle, die bei seinen Worten in ihr aufwallten, raubten ihr fast den Atem. »Und was ist mit unseren Familien?«, fragte sie schließlich.

»Im Moment denke ich nicht weiter als hier und jetzt. Morgen früh bringe ich dich nach Hause. Ich weiß nicht, wie es weitergeht, aber ich will das. Ich will dich. Auch wenn es nur für ein paar Stunden ist. Ich möchte in unserer eigenen kleinen Welt bleiben.«

»Ich auch« war alles, was sie hervorbrachte. Ihre Sehnsucht nach all dem war ebenso groß wie seine, doch sie wurde die Angst nicht los, dass es alles zu schön war, um wahr zu sein.

Rex öffnete die Flasche Wein, die die Rezeption ihnen hatte bringen lassen, und dämpfte das Licht. Als er Jade sah, die es sich auf dem großen Sofa bequem gemacht und die Füße untergeschoben hatte, hatte er das Gefühl, genau zur richtigen Zeit am richtigen Ort zu sein. An der Wand war ein Großbildfernseher angebracht und Rex lachte leise. Er wollte nur mit Jade reden, sonst nichts. Neben dem Fernseher war eine weitere doppelflügelige Tür, die vermutlich zum Schlafzimmer führte.

Er reichte Jade ein Glas Wein und setzte sich neben sie. »Was ich vorhin gesagt habe, war ernst gemeint. Ich brauche keinen Sex. Ich möchte nur Zeit mit dir verbringen, und zwar weder in einem Auto noch in einem Restaurant oder einem Laden. Ich wollte mich entspannen, mit dir an meiner Seite.«

»Klingt wunderbar«, sagte sie, aber ihre Stimme wirkte angespannt.

»Was ist los? Alles zu viel, alles zu schnell?«

Sie lächelte. »Nein. Ich muss meinen Eltern Bescheid sagen, dass ich noch später komme als geplant, damit sie sich keine Sorgen machen.«

Ihre Loyalität ihrer Familie gegenüber war genau das, was er selbst seinem Vater und seinen Geschwistern gegenüber empfand. Dafür liebte er sie noch viel mehr. »Sicher. Ruf sie an.«

Sie grinste. »Und was soll ich ihnen sagen? Äh, hallo, Dad, ich bin in einem Hotel mit Rex Braden und komme erst morgen früh zurück?«

Er legte ihr die Hand aufs Bein und sofort durchströmten Hitzewellen seinen Körper. »Ist vielleicht keine gute Idee«, sagte er. »Was denken sie, wo du heute Abend bist?«

»In Preston mit Riley, Freundinnen besuchen.« Plötzlich blitzten ihre Augen auf. »Dass mir das nicht eher eingefallen ist.« Sie rief ihren Vater an. »Hallo, Dad. Ich werde heute bei Joanne übernachten. Wir haben so viel Spaß zusammen, da möchte ich noch eine Weile bleiben. Okay. Ja, klar. Hab dich auch lieb.«

Sie kuschelte sich unter seinem Arm. »Das war viel zu

einfach. Jetzt geht es mir besser. Es ist doch verrückt. Ich bin eine erwachsene Frau und muss mich bei meinem Vater abmelden.«

»Er liebt dich, Jade, und das ist gut so.« Er fuhr ihr mit der Hand durch die Haare und dachte an das, was sein Vater zu ihm gesagt hatte. »Weißt du, wenn du Savannah wärest, hättest du mehr Probleme mit mir, Treat oder Dane als mit unserem Vater. Klar, er will nicht, dass ihr etwas zustößt, aber eigentlich waren wir es, die auf sie aufgepasst haben.«

»Ja, ich erinnere mich. Einmal hast du Steve verhauen, weil er irgendetwas über sie gesagt hat.«

»Ja, und ich würde es heute wieder tun, wenn jemand sie belästigt. Familie kennt keine Grenzen.« *Mit Jade zusammen zu sein verstößt gegen alle Grundsätze, die bisher mein Leben bestimmt haben. Aber es fühlt sich an, als gehöre sie zur Familie – oder als sollte sie zur Familie gehören.*

»Das liebe ich an dir. Mein Vater sagt dasselbe – Familie kennt keine Grenzen.«

»Und ich dachte immer, mein Vater hätte sich das ausgedacht«, gab Rex zu.

»Sie waren so eng befreundet, als sie jünger waren. Wahrscheinlich stammt der Spruch von einem ihrer Väter. Ich weiß, dass mein Vater mich liebt, aber er kann ziemlich tyrannisch sein, wenn es um seine Kinder geht, und ich glaube, ich bin in mein Elternhaus zurückgekehrt, weil es einfach und sicher ist.«

»Sicher vor was?«, fragte er.

Als sie nicht antwortete, rückte er ein wenig näher an sie heran.

»Sicher vor was?«, wiederholte er.

Sie senkte den Blick. »Weißt du denn nicht, warum ich

wieder nach Weston gezogen bin?«

»Ich habe Gerüchte gehört, etwas über eine Trennung, aber mehr auch nicht.« Er fragte sich, was seiner Freundin Angst gemacht haben konnte. Sie wirkte so stark und unerschütterlich. Seine Freundin. *Gott, das fühlt sich gut an.*

»Ja, das stimmt. Ich habe mich von meinem … dem Typen getrennt, mit dem ich zusammen war.«

»Und?« Die Muskeln in seinem Hals spannten sich an.

»Wie sich zeigte, hatte er etwas von einem Stalker. Er ist komplett durchgedreht nach der Trennung, hat mich ständig angerufen und mir an meinem Haus aufgelauert. Es wurde einfach alles zu viel.« Sie zuckte die Achseln. »Also habe ich meine Sachen gepackt und bin nach Hause gefahren, wo ich in Sicherheit war. Er würde mir nie aus Oklahoma nachkommen. So mutig ist er nicht.«

Rex zog sie an sich. »Das muss ganz schön beängstigend gewesen sein.«

»Anfangs war es nicht so schlimm, weil ich dachte, dass er einfach Zeit braucht, um über die Trennung hinwegzukommen. Aber dann tauchte er zu jeder Tages- und Nachtzeit auf, und selbst, wenn ich abends mal weggegangen bin, war er da, saß in einer dunklen Ecke im Restaurant oder wartete auf dem Parkplatz. Es war ziemlich unheimlich.«

Rex schaltete automatisch in den Beschützermodus.

»Oh-oh, diesen Blick kenne ich. Hör gut zu, Superman.« Sie legte ihm die Hände auf die Brust. »Einmal hast du mich schon gerettet, vor diesem Typen auf dem Parkplatz. Ein weiteres Mal wirst du mich nicht retten müssen. Lass uns über etwas anderes reden. Erzähl mir von deiner Mom.«

Er tastete nach dem silbernen Kettenanhänger unter seinem Hemd. »Mein Vater sagt, dass er immer noch mit ihr redet. Er zankt sich sogar mit ihr! Und ehrlich gesagt bin ich mir nicht so sicher, ob es nicht tatsächlich stimmt.«

»Möglich ist es«, sagte sie. »Ich glaube, dass uns Menschen, die wir aus tiefstem Herzen lieben, nie ganz verlassen.«

Er gab ihr einen Kuss aufs Haar. Ihre Überzeugung machte sie noch liebenswerter, falls das überhaupt möglich war. »Du erinnerst mich wirklich an meine Mom. Heute hat mein Vater mir gesagt, dass sie sich Sorgen um mich macht. Und dann sagte er etwas, das mich ein bisschen unruhig gemacht hat.«

»Das können Väter gut.«

»›Sieh dich vor, Junge‹ hat er gesagt. Ich hatte das Gefühl, dass er über uns Bescheid weiß, aber ich kann mir nicht erklären, wie er es herausgefunden haben sollte.« Er zog seine Stiefel aus und stellte sie neben das Sofa, dann zog er seinen Gürtel aus den Schlaufen am Hosenbund und knöpfte sein Hemd auf.

»Hm, Striptease?«, fragte Jade mit einem aufreizenden Lächeln.

»Bequemlichkeit«, antwortete er mit einem ebenso aufreizenden Lächeln und setzte sich wieder zu ihr. »Einmal hast du mich schon ausgezogen und mich herumkommandiert.« *Lass mich.* Allein der Gedanken daran jagte einen lustvollen Blitz durch seinen Körper.

»Das nennst du herumkommandieren? Du bist so leicht zu beeindrucken! Wo bist du bloß mein ganzes Leben lang gewesen?«, flachste sie.

»Ich hab mich vor dir versteckt, damit ich nicht ständig kalt duschen muss.«

»Dann will ich Ihnen mal was erzählen, Mr. Braden.« Sie schob sich auf die Knie und ließ die Finger über seine Brust gleiten. »Es gibt so vieles, was ich machen möchte, aber ich hatte noch nie genug Vertrauen zu einem Mann, um es auszuprobieren.«

Heiliger Strohsack. Er rutschte ein wenig hin und her, um den Druck hinter seinem Reißverschluss zu mindern. Sie küsste ihn sanft auf die Brust.

»Gibt es nichts, was du immer schon mit einer Frau machen wolltest?«

Und ob! Da fielen ihm auf Anhieb eine ganze Menge Sachen ein. »Ja. Ich möchte mit dir im Arm aufwachen«, sagte er und nannte das, was ihm besonders am Herzen lag.

»Das sowieso«, sagte sie.

Den ganzen Abend lang hatte er versucht, sich zu beherrschen, doch als ihm nun ihr Duft in die Nase stieg und sie ihre zarten Lippen über seine Haut gleiten ließ, wurde ihm klar, dass er es nicht durchhalten würde. Er erinnerte sich nur zu gut an ihren Geschmack an seinen Fingern, in jener Nacht in seinem Truck, und hatte seitdem auch den Rest von ihr schmecken wollen. Wenn sie einmal anfingen, würde er sich nicht mehr bremsen können, bis er sie gekostet, berührt, ertastet und weiß der Himmel was mit ihr gemacht hatte. Seine Lust auf Jade war unersättlich.

»Ja, ich höre?«, fragte sie wieder und knöpfte seine Jeans auf.

»Ich versuche wirklich, mich zusammenzunehmen, damit du weißt, dass es mir nicht nur um Sex geht. Aber du machst es mir gerade unglaublich schwer.« Er biss die Lippen zusammen, als sie seinen Reißverschluss aufzog. »Lieber Himmel, Jade.«

Sie knöpfte sein Hemd auf. Ihre Zunge glitt über seinen Bauch immer weiter nach unten. Dann zerrte sie seine Boxershorts herunter und umschmeichelte die zarte Spitze seiner Erregung. Er stöhnte und sie neckte ihn, schloss die Lippen um seinen Schaft und zog sie wieder zurück. Sie schob sich auf ihn und leckte über seine Unterlippe.

»Das stellst du dir also unter Kennenlernen vor?«, fragte er.

»Was kann ich dafür, dass du mich zum Wahnsinn bringst. Ich würde gern mit dir reden, aber das geht nicht, solange all diese Hormone zwischen uns ihr Unwesen treiben.« Sie küsste sich an seinem Schlüsselbein entlang. »Ja, ich höre«, sagte sie noch einmal.

Ohne ein Wort nahm er ihr Gesicht zwischen die Hände und küsste sie fest und entschlossen, bis sie lustvoll stöhnte. Er glitt vom Sofa und zog seine Jeans aus. Als sie ihr Kleid abstreifen wollte, schüttelte er den Kopf.

»Nein.« Der Gedanke, sie in ihrem hübschen Kleid zu nehmen, brachte sein Blut zum Köcheln.

Ihre Augen schienen Feuer zu sprühen. Als sie sich auf das Sofa stellte und die Hände nach ihm ausstreckte, konnte er seine Lust nicht einen Moment länger bezähmen. Sie trieb ihn an den Rand des Wahnsinns – das Reden konnte warten. Er hob sie mit einem Arm hoch und zerrte ihr mit der freien Hand den Slip herunter. Wieder bedeckte er ihre Lippen mit seinem Mund und schob sie gegen die Wand.

»Nimm mich«, sagte sie. »Ja, nimm mich«, bettelte sie.

Er schob die Hand unter ihr Kleid und ihre feuchte Mitte war eine zu große Versuchung. Als er sie mühelos hochhob, legte sie ihm die Beine um den Hals und er labte sich an ihrem süßen Saft. Er tauchte in sie und liebkoste sie dann mit langen, langsamen Zungenschlag, bis seine Arme zu zittern begannen und er sie sinken ließ. Sie schlang ihm die Beine um die Taille und er stieß tief und fest in sie. Sein Mund war noch feucht von ihrer Nässe, als er ihn auf ihre Lippen senkte. Statt ihn wegzuschieben, wie er erwartet hatte, nahm sie seine Zunge gierig auf und saugte ihre eigene Süße auf. Grundgütiger, sie war der Traum eines jeden Mannes. Er konnte nicht genug von ihr bekommen, wollte mehr, wollte tiefer in sie eindringen. Eng umschlungen gingen sie ins Schlafzimmer. Vor dem Bett blieb er stehen.

Sie sah ihn mit Hunger in den Augen an, als er sie auf die Bettkante sinken ließ und zog ihr das Kleid über den Kopf.

»Ich will dich einfach halten und küssen. Ich will dich berühren und lieben«, sagte er. Der Wunsch, sie zu lieben und zu ehren, lag im Widerstreit mit dem Verlangen, sie auf den Bauch zu drehen und von hinten in sie einzudringen. Er sah auf sie herab und der Wunsch, sie zu lieben, gewann die Oberhand. Seine Bedürfnisse traten in den Hintergrund.

Sie griff sich zwischen die Beine und begann, sich zu streicheln. Er biss sich auf die Lippe. Ihre Lüsternheit überstieg alles, was er sich jemals vorgestellt hatte. Sie warf den Kopf zurück und ein sanftes Stöhnen entfuhr ihren Lippen, als ihr Finger über die samtige Haut strich. Rex sank auf die Knie und leckte ihre Mitte. Als sie ihren Finger wegziehen wollte, hielt er ihre Hand fest und liebkoste sie mit der Zunge, während ihr schlanker Finger die zarte Haut streichelte und rieb. Er nahm ihre Klit zwischen die Zähne und saugte daran, bis er spürte, wie ihre Muskeln sich zusammenzogen, dann tastete er sich weiter nach unten.

»Oh ja«, stöhnte sie.

Er ließ zwei Finger in sie gleiten und sie wölbte sich ihm entgegen, schob die Hüften vor und verschränkte die Füße hinter seinem Rücken. Statt seiner Finger nahm er nun den Daumen, tauchte ihn in ihre warme Nässe und reizte ihre enge Öffnung. Wieder zog sie ihn tiefer in sich, spornte ihn wortlos an. Er leckte ihre seidigen Falten und drang in sie ein, bis sie sich unter ihm aufbäumte, erzitterte und ihr Innerstes um seine

Zunge pulste. Als er sich mitten in ihrem Orgasmus aus ihr zurückzog, rief sie seinen Namen und er stieß seine Härte in ihre Mitte. Sie pulste um seinen Schaft, erwiderte jeden seiner Stöße und schickte Hitzepfeile durch seinen Körper. Unwillkürlich stöhnte er auf, die Lust war zu groß, das Verlangen zu drängend, als er ihre Liebe zum Höhepunkt trieb. Schließlich sanken ihre Körper ermattet aneinander und er schmiegte sich an ihre hinreißenden Rundungen und küsste ihre leicht geöffneten Lippen. Ihre Augenlider flatterten auf und schlossen sich wieder. Ihre Brüste hoben und senkten sich, ihr Atem wurde langsam ruhiger, als er seine Finger mit ihren verschränkte und zufrieden die Augen schloss. Das zweite Mal von vielen.

Vierundzwanzig

Irgendwann in den frühen Morgenstunden liebten sie noch einmal, und als Jade im Dämmerlicht aufwachte, lag sie ganz still und genoss es, in Rex' Umarmung eingehüllt zu sein. Sie fühlte sich sicher und warm. Als sie die Augen schloss und die Erinnerung an die Dinge erwachte, die sie in der vergangenen Nacht gemacht hatten, wand sie sich vor Verlegenheit.

»Das muss dir nicht peinlich sein«, flüsterte Rex ihr ins Ohr.

Sie spürte, wie sie rot wurde. »Wie konntest du das wissen?« Sie griff nach der Halskette, die an ihrem Brustbein lag, und spielte mit dem Anhänger.

»Dein Herzschlag wurde schneller und dein Körper hat sich versteift.«

Sie stöhnte.

»Nichts von dem, was wir zusammen machen, wird jemals in Weston breitgetreten werden. Das schwöre ich dir. Ich habe dort noch nie über mein Privatleben gesprochen, und ich habe nicht vor, jetzt damit anzufangen. Was du damit machst, liegt bei dir. Mir ist nichts davon peinlich. Ich finde dich gefährlich provokativ und wunderbar lustvoll, und ich habe das unglaubliche Glück, all das in einer Frau vereint zu sehen, nach der ich verrückt bin.«

Sie wandte sich ihm zu. »Wie kann es sein, dass du immer weißt, was du sagen sollst? Als hättest du dir beigebracht, genau das Richtige zu sagen.«

»Ach was, ich sage einfach das, was mir mein Herz diktiert, und ich habe von klein auf gelernt, aufrichtig und loyal zu sein. Und das werde ich auch dir gegenüber immer sein: aufrichtig und loyal.«

Ihr Lächeln verblasste, als sie erkannte, dass ihre Beziehung ihn dazu zwingen würde, die Dinge zu leugnen, an die er am meisten glaubte, wenn es um seine Familie ging. Ihm entging es nicht, dass sich ihre Miene veränderte. Er legte ihr den Finger unter das Kinn und drehte ihr Gesicht so, dass sie ihn ansehen musste.

»Wir werden eine Lösung für diese Familienzwistigkeiten finden. Es braucht ein bisschen Zeit. Wir verschweigen es ihnen nur so lange, bis wir wissen, wie wir am besten vorgehen.«

Sie nickte. Sie wusste, dass er recht hatte, aber manchmal fühlte es sich einfach nicht richtig an, etwas zu tun, auch wenn es das Beste war.

Rex stützte sich auf den Ellbogen und strich mit dem Finger an ihrem Kinn entlang. »Sag mir, was du morgens isst. Trinkst du gerne Kaffee? Hast du bestimmte Abläufe? Ich will dir nicht im Weg stehen.«

»Normalerweise Eiswasser mit Zitrone, eine Schale Obst und griechischen Joghurt. Und wenn ich mal richtig über die Stränge schlagen will, esse ich auch noch Knuspermüsli dazu. Nicht besonders aufregend.« Sie lachte.

Er griff zum Telefon auf dem Nachttisch und bestellte an der Rezeption all die Dinge, die sie aufgezählt hatte, darunter Knuspermüsli, Eiweiß und Putenwurst mit Toast für sich selbst. Außerdem bat er um zwei Zahnbürsten. Ohne sich etwas überzuziehen, ging er ins Bad und kam gleich darauf mit einem flauschigen Bademantel für Jade wieder. Sie konnte den Blick kaum von seinem herrlichen Körper wenden.

»Und sonst?«, fragte er.

»Oh, eigentlich mache ich morgens nichts Besonderes. Duschen, Zähneputzen, Frühstück. Und meist mache ich noch ein paar Dehnübungen. Manchmal gehe ich joggen, aber in der letzten Zeit bin ich nicht dazu gekommen.«

Er setzte sich auf die Bettkante und lächelte. »Ich würde gerne mit dir zusammen joggen.«

»Ja?« Sie überlegte, wie es wohl sein würde, mit ihm gemeinsam aufzuwachen und den Tag Seite an Seite zu verbringen. Sich zum Abschied einen Kuss zu geben, wenn einer von ihnen etwas erledigen musste oder sie Patienten hatte, spazieren zu gehen, zu joggen. Ganz normaler Alltag – bis ihr einfiel, dass er ein Braden und sie eine Johnson war. Sie schob die Gedanken beiseite.

»Sollen wir zusammen duschen?«, fragte sie.

»Liebend gern, aber wenn dir eher nach Privatsphäre zumute ist, ist das völlig okay. Nicht, dass du mich zu schnell über hast.«

Sie streifte den wunderbar flauschigen Bademantel über. »Und wenn ich dich langsam über habe, ist es in Ordnung?« Sie küsste ihn auf die Brust.

»Jedenfalls besser als zu schnell«, witzelte er.

Jade nahm ihn bei der Hand und zog ihn ins Badezimmer. Sie drehte das warme Wasser an und bald war der Spiegel vom Wasserdampf beschlagen. Wie selbstverständlich es sich anfühlte, mit Rex zusammen zu sein. Sie hatte noch nie zuvor mit einem Mann geduscht. Ein paar Mal hatte sie überlegt, ob sie es vorschlagen sollte, aber weder Kane noch ihre anderen Freunde waren sonderlich einfallsreiche Liebhaber gewesen. Als sie mit Rex unter den heißen Wasserstrahl trat, wusste sie, dass sie sich diesen Moment für ihn aufgespart hatte.

»Das mache ich zum ersten Mal«, sagte sie.

»Ah, wie schön, dass ich dir etwas Besonderes bieten kann«, grinste Rex.

»Das hast du schon, keine Sorge.«

Er seifte sich die Hände ein und fuhr damit langsam und sanft über ihre Schultern, den Nacken und an den Armen herunter. Sie spürte, wie das Verlangen in ihr wach wurde, das sich mit jeder seiner Berührungen ausbreitete. Seine seifigen Hände glitten über ihre Brüste und sie versuchte, nicht auf seine Erregung zu starren, die sich hart und üppig zwischen sie drängte.

Sie nahm etwas Seifenschaum und legte beide Hände um seinen Schaft. Ihre langsamen Bewegungen ahmten seine nach und sie konnte fühlen, wie er mit jedem Streicheln weiter anschwoll. Er senkte seine Lippen auf ihre und küsste sie tief und lange. Das Wasser prasselte auf ihre erhitzten Leiber, benetzte ihre Lippen und wusch die Seife von ihrer Haut.

»Ich kann einfach nicht genug von dir bekommen«, sagte er, bevor er den Mund auf ihre Brust presste. Seine Hand tastete sich bis zu ihren Löckchen vor und wölbte sich um ihre Mitte. Er drückte sie gegen die Fliesenwand, während seine Finger ihr Innerstes erkundeten und seine Lippen ihre andere Brust liebkosten. Oh Gott, er trieb sie in Windeseile auf den Gipfel der Lust, doch sie biss die Zähne zusammen und versuchte, den Moment noch ein wenig hinauszuzögern. Als sich seine Lippen zu ihrem Hals hochtasteten und dort saugten, als sei er ein Schuljunge, entfachte er einen ungeahnten Feuersturm in ihr.

»Oh Gott, oh Gott.« Sie keuchte in der dampfigen Luft,

während ein Schauder nach dem anderen sie durchjagte, begleitet von seinem Stöhnen.

»Himmel, ich liebe es, wenn du kommst.«

»Oh Rex.« Sie schnappte nach Luft, als er seine Finger aus ihr gleiten ließ und sie ableckte, um auch den letzten Tropfen ihrer Säfte aufzusaugen. Sie stöhnte. Seine unanständige Geste weckte in ihr das Verlangen nach mehr, und als er in der Dusche auf die Knie sank und ihre Beine auseinander schob, wusste sie, dass es genau das war, was sie bekommen würde. Mehr. Kaum berührte seine Zunge ihre zarte Haut, war sie schon wieder kurz davor, in einem Strudel der Erregung zu versinken. Ihre Hände tasteten nach der Wand, während sie sich auf die Zehenspitzen stellte und ihr Körper pulste und sich um ihn drängte. Im nächsten Moment war sein Mund auf ihrem und er war in ihr und drückte sie mit seinem Gewicht gegen die Wand. Seine Hände wölbten sich um ihre Brüste, streichelten und liebkosten sie. Sie konnte nicht atmen, sie war sich sicher, dass sie vor lauter Lust das Bewusstsein verlieren würde. Das Wasser, der Dampf, seine Zähne auf ihrem Hals.

»Komm mit mir«, keuchte er und stieß fester in sie. Mit einer Hand stützte er ihren Schenkel, mit der anderen rieb und reizte er sie, während seine Stöße schneller kamen.

Sie schloss die Augen und lehnte sich gegen die Wand, die Beine um seinen Rücken geschlungen. In ihr schwoll seine Härte an und jagte einen ekstatischen Schauder nach dem anderen durch ihren Körper, bis er sich schließlich stöhnend in sie ergoss und sie eng umschlungen unter dem Wasserstrahl standen, satt und erfüllt.

Fünfundzwanzig

Besorgt und mit einem unbehaglichen Gefühl begann Rex den Mittwochmorgen auf der Ranch seines Vaters. Er hasste es, irgendjemanden anzulügen, vor allem seine Familie. Als er nach seiner umwerfenden Nacht mit Jade nach Hause kam, erwartete Treat ihn mit anzüglichem Grinsen am Küchentisch.

»Was ist los?«, fragte Rex ihn gereizt.

»Das könnte ich dich fragen«, meinte Treat und trank einen Schluck Kaffee.

»Ist Dad da?« Rex wollte sich vergewissern, dass sein Vater nicht in Hörweite war.

Treat wies mit dem Kopf in Richtung Stall. »Er ist bei Hope. Ich mache mir Sorgen um ihn. Er zankt sich wieder mit dem Wind.«

»Mom.«

»Genau. Er zankt sich wieder einmal mit Mom. Ich will nicht, dass er wieder im Krankenhaus landet wie beim letzten Mal.« Er reichte Rex einen Becher mit Kaffee.

»Danke.« Er setzte sich und wölbte die Hände um den Becher. Dabei starrte er auf die Tischplatte, um seinen Bruder nicht ansehen zu müssen. Wie sollte er Treat beibringen, was passiert war?

»Was hast du da um den Hals?«

Rex tastete nach dem Anhänger. Mist. Den hatte er ganz vergessen. Er schob ihn unter sein T-Shirt.

»Der Tanz der Liebenden.« Rex sah Treat direkt in die Augen.

»Wie bitte?« Treat runzelte die Stirn.

»Moms Lieblingsgeschichte, weißt du noch? Wie oft hat sie uns erzählt, dass sie und Dad das genaue Abbild der Liebenden seien? Ich dachte immer, das ist Unfug, reine Träumerei oder so.«

»Keine Ahnung, wovon du redest, Rex. Hast du dir deshalb diesen Anhänger machen lassen?«, fragte Treat.

Er schüttelte den Kopf. »Ich wünschte, es wäre so einfach. Wir sind nach Allure gefahren, ins Village, zu einem Laden namens *Juwelen der Vergangenheit*.«

»Ja, den kenne ich. Die Besitzerin ist nett, aber ein bisschen durchgeknallt, nicht wahr?«, fragte Treat lächelnd.

»Ja, diesen Laden meine ich. Aber die Besitzerin ist gar nicht so durchgeknallt, wie sie scheint. Als sie uns sah, sagte sie, sie hätte genau das Richtige für uns. Und dann gab sie uns die Kette.«

»Na und? Sie sieht einen Mann und eine Frau in ihrem Laden, zählt zwei und zwei zusammen und zieht die Kette hervor. Das macht sie sogar noch durchgeknallter, als ich dachte.« Treat streckte seine langen Beine aus.

»Tanz der Liebenden, Treat. Meinst du wirklich, dass jemand außerhalb unserer Familie davon weiß? Sie sagte, dass sie die Kette von Mom hat. Nun, sie nannte sie Adriana, ein Mädchen, das sie in der Highschool kannte.« Er schüttelte den Kopf. »Du musst zugeben, dass das ein bisschen komisch ist. Ich meine, sie hatte keine Ahnung, wer wir waren. Und bevor ich den Laden betrat, gingen mir alle möglichen Sachen durch den Kopf.« Er fuhr sich mit der Hand durch die Haare und spürte, wie sich sein Kiefer anspannte.

»Ja, das klingt schon ein bisschen seltsam. Und was ist dir durch den Kopf gegangen? Etwas Gutes oder etwas Schlechtes?«

»Es war etwas Gutes, aber ich musste an Dads Gespräche mit Mom denken. Bevor wir in den Laden gingen, sind wir einfach so dahergeschlendert. Wir haben uns nicht einmal unterhalten oder so, aber plötzlich hatte ich dieses überwältigende Gefühl, dass …«

Treat riss die Augen auf. »Mist. Genau das ist mir auch passiert, mit Max. Ich weiß, wie es dir ging: Plötzlich hattest du das Gefühl, dass du sie liebst und dass es dich umbringt, wenn du auch nur eine Sekunde von ihr getrennt bist.« Er sprang auf. »Verdammt, ich hätte nicht gedacht, dass sich mein cooler Bruder eines Tages verlieben würde.«

»Halt die Klappe und setz dich hin. Ja, es war so, wie du es beschrieben hast. Verdammt, Treat, was hat das alles mit Mom zu tun? Basteln wir uns einfach das zusammen, was wir brauchen? Ach, Mist. Ich bin ganz schön durcheinander.«

Treat lehnte sich zurück und wippte aufgeregt mit den Beinen. Am liebsten hätte Rex die Begeisterung seines Bruders darüber, dass er sich endlich verliebt hatte, mit beiden Händen gepackt und aus dem Fenster geworfen, bis er wusste, was das alles zu bedeuten hatte.

»Ich habe es dir nie gesagt, aber als Dad diese Sache mit dem Herzen hatte, war es meinetwegen. Ich habe einfach zwei und zwei zusammengezählt. Er hat sich immer wieder mit Mom gezankt oder was immer er da im Stall macht. Und er deutete auch ein paarmal an, Mom hätte gesagt, ich sollte mich mit Max versöhnen und ihr sogar den Ring geben. Also, wer weiß?

Vielleicht steckt doch mehr hinter dieser Sache mit Mom, als wir bisher geglaubt haben.«

Rex stand auf und ging in der Küche auf und ab. »Na prima. Unser Leben wird also von unserer verstorbenen Mutter gesteuert. Das klingt ziemlich komisch, findest du nicht?«

Treat zuckte die Schultern. »Ich weiß nicht, was ich davon halten soll, aber Dad glaubt daran. Und es schadet ihm ja nicht – so lange er sich nicht wieder so aufregt, dass er im Krankenhaus landet.«

Rex verschränkte die Arme. »Ich glaube, er weiß über Jade Bescheid. Er sagte, Mom wollte, dass er mir etwas sagte, aber er wollte nicht. Stattdessen hat er mit dem Finger auf mich gezeigt. Du weißt ja, wie es ist, wenn er diesen durchdringenden Blick auf einen richtet. Er sagte: *Sieh dich vor, Junge*, in einer Stimme, bei der man sich wieder vorkommt, als sei man gerade mal fünf Jahre alt.«

Treat sah auf die Uhr. »Wir müssen los. Heute kommen die Tates, um Brownie abzuholen.«

»Mist, das hab ich ganz vergessen. Ich muss Hope auch noch für das Turnier fertig machen, aber das hat Zeit bis morgen.«

Treat wies auf die Kette um Rex' Hals. »Dieses Ding solltest du Dad besser nicht sehen lassen, wenn du keine unangenehmen Fragen über dich ergehen lassen willst. Und vergiss nicht, dass Josh und Savannah am Donnerstagabend kommen, um sich Hopes Auftritt beim Turnier anzusehen. Ich freue mich auf die beiden. Sie fehlen mir.«

»Tja, das ist auch so etwas. Hope hat doch bestimmt noch acht Jahre oder so vor sich. Warum tut Dad dann so, als ginge es rapide bergab mit ihr? Wenn er will, kann sie noch die nächsten Jahre beim Turnier auftreten.«

»Ich habe keine Ahnung, aber ich habe nie wirklich versucht, ihn zu ergründen. Was er sagt, hat einfach Hand und Fuß. Mit Max lag er jedenfalls goldrichtig.«

Rex Magen krampfte sich zusammen, als er daran dachte, wie sein Vater ihn wegen Jade gewarnt hatte, doch Treat fuhr fort: »Aber ich bin mir nicht sicher, dass er bei dir und Jade richtig liegt – falls er das meinte mit seiner Warnung, du solltest dich vorsehen. Du bist doch schon seit Ewigkeiten in das Mädel verliebt.«

Rex schüttelte den Kopf.

»Ach, komm. Als Teenager hast du doch weiche Knie bekommen, wenn wir sie irgendwo in der Stadt gesehen haben. Als ich zum College ging, dachte ich, du würdest mit ihr zusammenkommen, ohne dass Dad es mitbekommt.« Er sah seinen Bruder fragend an.

»Das hätte ich Dad nie angetan«, sagte Rex.

»Mein kleiner Bruder wird also langsam erwachsen?« Treat legte Rex den Arm um die Schultern. »Wurde auch höchste Zeit. Eins habe ich gelernt: Du hast keinen Einfluss auf das, was dein Herz macht. Und wenn es sich einmal verliebt hat, kommst du mit dem Kopf nicht dagegen an. Also überlegst du dir besser, wie du die ganze Sache drehst, sonst grämst du dich für den Rest deines Lebens.«

<h1 style="text-align:center">Sechsundzwanzig</h1>

Jade jagte auf dem Rücken von Rudy über die Wiesen und versuchte, ihren Frust über ihre Familie und die Fehde mit den Bradens und ihre Sorge um die Ranch loszuwerden. Als sie am Morgen nach Hause gekommen war, waren ihre Eltern schon unterwegs in die Stadt, doch auf dem Küchentisch lagen einige Papiere mit der Adresse eines Landvermessers. Ein rascher Blick darauf bestätigte, dass ihr Vater offenbar schon eine ganze Weile mit dem Gedanken spielte, Teile der Ranch zu verkaufen. Manche Dokumente waren schon fünf Jahre alt. Stand ihnen schon so lange das Wasser bis zum Hals? Oder versuchte ihr Vater tatsächlich, alles so zu arrangieren, dass ihre Mutter im Haus wohnen bleiben konnte, falls ihm etwas zustieß, ohne sich mit der Arbeit auf der Ranch belasten zu müssen?

Während sie am Waldsaum entlangritt, drehten sich ihre Gedanken unaufhörlich im Kreis. Bei jeder Bewegung machte der silberne Anhänger unter ihrem Hemd einen kleinen Satz und sie musste lächeln, doch es war ein besorgtes Lächeln. Nach der Nacht mit Rex sah sie immer wieder Bilder von einem gemeinsamen Alltag vor ihrem inneren Auge, obwohl sie wusste, wie gefährlich es war, sich Hoffnungen zu machen. Er hatte einen ausgeprägten Beschützerinstinkt, doch er war nicht besitzergreifend, wie sie befürchtet hatte. Seine Liebe zu ihr war leidenschaftlich und unverfälscht. Wenn er sie berührte, wenn er sie ansah, wusste sie, dass sie mehr als ein flüchtiges Abenteuer für ihn war. Aber wie konnte sie jemals ein Teil der Braden-Familie werden, solange diese Fehde nicht aus der Welt geschafft war? Hielten seine Brüder und seine Schwester ebenso unbeirrt an den Überzeugungen ihres Vaters fest wie er? Wie war es wohl für Savannah gewesen, mit einer Horde Brüder aufzuwachsen, die allesamt auf sie aufpassten?

Steve und Jade hatten sich als Kinder sehr nahegestanden, aber Steve hatte sich nie als ihr Beschützer aufgespielt. Er hatte sich zwar ab und zu bei Jade erkundigt, wie dieses oder jenes Date gelaufen war, aber ansonsten hatte er sich immer aus ihrem Privatleben herausgehalten. Den Bradens dagegen ging der Familienzusammenhalt über alles. Zum ersten Mal hatte sie Rex' Beschützerinstinkt miterlebt, als er Steve verhauen hatte. Damals hatte sie ihn zwar für die Art bewundert, mit der er sich für seine Schwester in die Bresche geworfen hatte, andererseits hatte sie sich geschämt, dass sie einen Jungen mochte, den sie eigentlich hassen sollte, weil er ihren Bruder verprügelt hatte. Der Widerstreit der Gefühle hatte dazu geführt, dass sie sich in ihr Bett verkrochen und geweint hatte, bis ihre Decke ganz nass war – dieselbe Decke, unter der sie jetzt jede Nacht schlief.

Als sie sich wieder dem Stall näherten, ließ sie Rudy in einen gemächlichen Trott fallen. Am Nachmittag hatte sie zum Glück einen Termin nach dem anderen, aber irgendwann musste sie ihrem Vater gegenübertreten. Hoffentlich durchschaute er ihr Lügengespinst nicht.

Berle sprach gut auf die Therapie an. Jade freute sich, dass er offenbar keine Beschwerden mehr hatte. Sie wünschte, ihre eigenen Probleme ließen sich so leicht lösen.

Auf dem Rückweg machte sie an der Bibliothek halt, um etwas über den Tanz der Liebenden herauszufinden – und um das Zusammentreffen mit ihrem Vater noch ein wenig hinauszuzögern. Die Bücherei von Weston war in einem großen alten Gebäude mit hohen Decken und Regalen aus Kirschbaumholz untergebracht.

»Hallo, Jade. Schön, dich zu sehen. Wie geht es deiner Mom?«, fragte Polly Wright von ihrer Theke an der Tür.

Jade war mit Pollys Tochter Krista zur Schule gegangen. Krista war gleich nach der Highschool schwanger geworden und hatte Tom Hardwick, den dazugehörenden Vater, geheiratet. Soweit Jade wusste, hatte Krista inzwischen ein Haus voller Kinder und war nicht sonderlich glücklich in ihrer Ehe. Sie nahm sich vor, einen Bogen um das Thema zu machen.

»Es geht ihr gut, danke. Ich wollte nur etwas am Computer nachsehen.«

Polly beugte sich vor und sagte im Flüsterton: »Es tut mir wirklich leid, dass deine Familie in Schwierigkeiten geraten ist. Aber das ist ja kein Wunder, bei den Preisen heutzutage.«

Jade versuchte, sich ihre Überraschung nicht anmerken zu lassen. Wusste die ganze Stadt Bescheid? Wenn ihr Vater die finanziellen Probleme nur vorschob, um ihrer Mutter im Alter ein Zuhause und ein Auskommen zu sichern, dann zahlte er dafür einen hohen Preis, wenn er gleichzeitig seinen Ruf in der Stadt ruinierte. Sie wusste inzwischen nicht mehr, was sie von der ganzen Sache halten sollte. Ging es möglicherweise gar nicht darum, ihre Mutter abzusichern? Steckten sie tatsächlich in finanziellen Schwierigkeiten?

»Wir kommen schon klar. Danke, Polly.« Mit gesenktem Kopf ging sie zur hinteren Fensterreihe, wo die Computer standen.

Sie gab ›Tanz der Liebenden‹ als Suchbegriff ein, doch die Suche war ergebnislos. Kein Buch, kein Film, kein Hinweis auf eine Sage oder ein Märchen. Wie konnte es sein, dass Rex und die Frau in dem Laden sofort wussten, was es bedeutete? Sie hatte zwar keine Lust, weiter mit Polly über die Entscheidung ihres Vaters zu diskutieren, aber alleine kam sie nicht weiter. Polly saß am Computer, als Jade zum Tresen kam.

»Tut mir wirklich leid, dass ich Sie störe, aber ich suche Informationen zu einer Sage, dem ›Tanz der Liebenden‹. Haben Sie schon mal davon gehört?«

Polly runzelte nachdenklich die Stirn. Dann sagte sie: »Nein, das ist mir wirklich völlig neu.«

Na prima.

»Catherine, wissen Sie etwas über einen ›Tanz der Liebenden‹?«, rief Polly ins Büro.

Catherine arbeitete seit einer halben Ewigkeit in der Bibliothek. Mittlerweile musste sie mindestens fünfundsiebzig sein. Mit Neugier in der Stimme antwortete sie: »Das habe ich bestimmt seit vierzig Jahren nicht mehr gehört. Wer fragt danach?«

»Jade Johnson.«

Sie hörte, wie ein Stuhl zurückgeschoben wurde, dann näherten sich langsame Schritte. Catherine war groß und massig. Als sie im Durchgang zwischen dem Büro und dem großen Tresen stand, hielt sie sich am Türrahmen fest. Mit ihrem grauen Stufenschnitt, den flachen Schuhen, der Polyesterhose und der bis zum Hals zugeknöpften Jacke sah sie genauso aus, wie Jade sie aus Kindertagen in Erinnerung hatte.

»Jade Johnson.« Wenn Catherine lächelte, zeigte sie ihre schnurgeraden gelblichen Zähne. »Wie ich höre, wirkst du Wunder bei den Tieren in der Umgebung. Schön, dass du wieder da bist.«

»Danke. Ich bin froh, wieder hier zu sein«, sagte Jade lächelnd. Sie erinnerte sich gerne an die Nachmittage, an denen sie in der Bücherei gesessen und gelernt hatte, während sich ihre Klassenkameraden mit Freunden trafen oder zu Dates verabredeten. Catherine hatte sie immer unterstützt und ihr Artikel aus tiermedizinischen Zeitschriften kopiert.

»Und was hat es nun mit dem Tanz der Liebenden auf sich?« Catherines Miene wurde ernst und die Linien um ihren Mund kamen deutlicher zum Vorschein.

Jades Hand ging unwillkürlich zu dem silbernen Anhänger unter ihrem Hemd. Auch in der Bibliothek musste sie damit rechnen, dass jemand neugierig Augen und Ohren aufsperrte, also entschied sie sich, Catherine nicht die Wahrheit zu sagen. »Letztens hörte ich jemanden in der Stadt davon erzählen. Es klang faszinierend, daher wollte ich mehr darüber herausfinden.«

Catherines Lippen umspielte ein vorsichtiges Lächeln, während sie Jade forschend ansah. »Aha. Nun, ich glaube nicht, dass es ein Buch gibt, in dem etwas darüber steht. Aber du könntest Hal Braden fragen.«

Polly wirbelte herum. »Oh nein, nein, Catherine. Das geht auf gar keinen Fall.«

Jade krampfte sich der Magen zusammen. Deutlicher hätte man ihre Situation kaum beschreiben können.

»Nein, diese Möglichkeit ist wahrscheinlich ausgeschlossen.« Catherines Blick war so durchdringend, dass Jade nervös wurde.

Was zum Teufel ist hier los? »Ja, stimmt. Ist aber auch nicht so wichtig. Trotzdem danke.«

Jade hastete nach draußen zu ihrem Auto. Erschöpft legte sie die Stirn auf das Lenkrad und wünschte, sie könnte mit Rex sprechen. Sie hasste die Situation, in der sie sich befanden, und als sie schließlich nach Hause fuhr, wurde sie richtig wütend. Das hatte sie ganz allein sich selbst zuzuschreiben. Welche erwachsene Frau lief zurück zu Daddy, wenn sie ein Problem hatte? Warum war sie ausgerechnet an den Ort zurückgekehrt, an dem sie sich in den einzigen Mann verlieben musste, mit dem sie nie zusammen sein durfte – jedenfalls nicht in der Öffentlichkeit. Vielleicht sollte sie einfach ihre Sachen packen und ganz woanders hinziehen. Irgendwohin, wo ihr nicht jedes Mal das Herz brach, wenn sie Rex über den Weg lief. Irgendwohin, wo nicht jeder jeden kannte, wo sie die Nacht mit einem Mann verbringen konnte, ohne ein schlechtes Gewissen zu haben. Das Problem war nur, dass Rex der einzige Mann war, mit dem sie zusammen sein wollte.

Sie rannte ins Haus, stürmte die Treppe hinauf zu ihrem Kinderzimmer und schlug die Tür gerade noch rechtzeitig zu, bevor sie die Tränen nicht mehr zurückhalten konnte. Sie warf sich aufs Bett und vergrub das Gesicht in den Kissen, wie damals, als Rex ihren Bruder verprügelt hatte. *Ich bin solch ein Loser!*

»Schätzchen? Alles in Ordnung?«, fragte ihr Vater vor der geschlossenen Tür.

Am liebsten hätte sie gebrüllt: Verschwinde! Das ist alles deine Schuld! Wenn du dich nicht so kindisch aufführen würdest, wäre es ganz einfach! Stattdessen sagte sie: »Ja, alles okay, bin nur müde. Ich komme später runter.« *Wenn du schläfst und ich dir nicht ins Gesicht sehen muss.*

»War's nett mit deinen Freundinnen?«, fragte er.

Sie seufzte. Er war so lieb zu ihr, dass ihr Zorn fast verrauchte.

Siebenundzwanzig

Es war Donnerstagnachmittag und Rex' Nerven lagen blank. Er hatte es nicht geschafft, Jade am Tag zuvor noch eine Nachricht zukommen zu lassen, und konnte sich nur mit Mühe davon abhalten, zu ihrem Haus zu fahren, auch wenn er dabei wahrscheinlich ihrem Vater über den Weg lief. Zum Glück gewann jedoch die Vernunft die Oberhand und er blieb, wo er war. Er war früh am Morgen aufgestanden und hatte eine Nachricht an ihrem Auto hinterlassen, aber die gesamte Situation war zum Haareraufen. Treat hatte recht: Er musste eine Lösung finden. Vor seinen Gefühlen für Jade davonzulaufen war keine Option. Dafür hatte er sich viel zu lange verboten, überhaupt an sie zu denken. Seine Familie anzulügen fiel ihm schwer, und daher gab es aus seiner Sicht nur eine Möglichkeit: Er musste seinen Vater irgendwie davon überzeugen, die leidige Fehde zu beenden. Allerdings würde ihm das sowieso nicht gelingen, sodass er mit seinen Gedanken wieder da war, wo er angefangen hatte. Ratlos bürstete und schmückte er Hope für ihren Auftritt bei der Horse Show. Es gab keinen Ausweg.

»Wie lange willst du mir noch aus dem Weg gehen?«

Normalerweise empfand er es als beruhigend, wenn sein

Vater ihm die Hand auf die Schulter legte. Heute irritierte es ihn.

»Ich gehe dir nicht aus dem Weg. Ich habe nur alles mögliche zu erledigen.« Er spürte den Blick seines Vaters auf sich und spannte den Kiefer noch fester an.

»Die anderen kommen heute Abend. Bist du zum Abendessen da?«

»Klar, bin ich doch immer.« Rex hatte ein schlechtes Gewissen, weil er so unfreundlich geklungen hatte, doch in ihm brodelte es und er wusste, dass er sich zusammenreißen musste, sonst sagte er womöglich Dinge, die er später bereuen würde.

»Letztens haben wir dich vermisst.«

Rex schloss die Augen, sonst wäre es aus ihm herausgeplatzt: *Ich war mit der Frau verabredet, die ich liebe. Ich wusste nicht einmal, dass ich eine Frau lieben kann, aber ich kann es. Freu dich für mich. Sieh zu, dass du deine Streitereien aus der Welt schaffst, damit wir zusammen sein können.*

»Junge, du kannst mir nicht ewig aus dem Weg gehen. Und dir selbst auch nicht. Schuldgefühle sind übel. Sie machen dich fertig, bis du nicht mehr weißt, woran du bist.«

Rex sah seinem Vater ins Gesicht. Er atmete tief ein und ballte die Fäuste. »Was willst du, Dad?«, brachte er schließlich hervor. »Sag es mir einfach, okay? Hör auf, diese albernen Spielchen mit mir zu spielen. Ich habe eine Menge zu tun.«

Ein langsames Lächeln breitete sich auf dem Gesicht seines Vaters aus. »Ich glaube, du bist derjenige, der hier die Spielchen spielt, Junge«, sagte er ruhig. »Du musst nur entscheiden, ob es sich lohnt, für dieses Spielchen die Realität zu gefährden, die du kennst.«

Und was sollte das nun wieder heißen?

Hal Braden schüttelte den Kopf und machte sich auf den

Weg zur unteren Weide.

Jade musste unbedingt reiten. Sie war den ganzen Nachmittag von einem Pferdebesitzer zum anderen gefahren. Der letzte war ein besonders unangenehmer Typ gewesen, der sein Pferd wie Dreck behandelte, es anschrie und an ihm herumzerrte, sodass Jade das arme Tier am liebsten mitgenommen und nach Strich und Faden verwöhnt hätte. Die ganze Zeit über sehnte sie sich danach, über die Felder zu galoppieren, den Wind in den Haaren zu spüren und sich auf dem Pferderücken davontragen zu lassen. Sie sattelte Flame, ohne ihm vorher wie sonst eine beruhigende Massage zu geben. Er wirkte kratzbürstig, aber das war ihr ganz recht. Sie wollte es heute gefährlich. Inzwischen hatte sie auch Rex' Nachricht in ihrem Auto gefunden. Offenbar ging es ihm genauso wie ihr, sodass es ihr noch schwerer fiel, über einen Wegzug von Weston nachzudenken. Dass Rex mit ihr aus Weston wegziehen würde, hielt sie für unwahrscheinlich, was immer er auch sagen mochte. Sie sehnte sich danach, ihn zu sehen, ihn zu halten, in seinen Armen geborgen zu sein.

Sie stieg auf und ließ Flame am Waldrand entlanglaufen. Die Sonne ging bereits unter, sodass es schwierig war, zwischen den Bäumen etwas zu sehen. Sie hielt nach Rex Ausschau, obwohl sie wusste, dass er nicht da sein würde. Endlich gelangte sie zu einer langgestreckten Wiese und ein leichter Druck mit der Ferse reichte, um Flame schneller werden zu lassen. Eigentlich wusste sie, dass sie Flame nicht zu sehr antreiben sollte, auch wenn sein Bein wieder in Ordnung zu sein schien. Alles, was sie brauchte, waren ein paar Minuten, um den immer größer werdenden Stress abzubauen. Sie hob ihr Gewicht vom Rücken des Pferdes und straffte die Zügel. Flame erledigte den Rest. In perfektem Einklang jagten sie durch das Abendlicht. Jades Herz pochte wie wild, ihre Rücken- und Beinmuskeln spannten und entspannten sich in regelmäßigem Rhythmus. Ihr langes dunkles Haar flatterte im Wind und ihre Sorgen waren wie weggeblasen.

Als sie merkte, dass sich ihre Gereiztheit allmählich legte, ließ sie sich wieder auf Flames Rücken sinken, der sofort langsamer wurde.

Sie streichelte seinen kräftigen Hals. »Du bist so ein braver Bursche.«

Sie steuerten auf den Wald zu, der den Besitz ihrer Familie begrenzte. Dahinter lag das ungenutzte Stück Land, an das sich die Ranch der Bradens anschloss. Jade lenkte Flame auf einen der schmalen Pfade zwischen den Bäumen und genoss für eine Weile die Ruhe, die sich auf ihre Nerven zu übertragen schien.

Sie hatte gar nicht recht bemerkt, wie weit sie geritten war, als sie Gelächter und Stimmen hörte. Sie klangen so heiter und voller Freude, dass sie sich unwiderstehlich angezogen fühlte. Sie verließ den Wald und ritt zu der Straße, die zum Haus der Bradens führte.

Immer in Richtung der Stimmen passierte sie die Zufahrt zum Haus, in der sie damals Rex und seiner Familie begegnet war, und brachte Flame oberhalb des Stalls zum Stehen. Von dort aus hatte sie einen unverstellten Blick auf die Gruppe, die an einem langen Tisch Platz genommen hatte. Außer Savannah saßen dort drei dunkelhaarige Männer und eine Frau, die vermutlich die Freundin von Treat war. Ihr Herz machte einen Satz, als sie sah, wie Rex aus dem Haus trat und zu dem Tisch ging. Seinen Gang hätte sie überall erkannt. Sein brauner

Stetson ließ ihn größer erscheinen, als er tatsächlich war. Oh, wie sehr sie sich wünschte, mit an diesem Tisch sitzen zu können. Nein, sie wollte nicht nur am Tisch sitzen. Sie wollte dort willkommen sein.

Savannah stand auf, schob sich die langen Haare nach hinten und schöpfte etwas aus einer Schüssel auf den Teller des Bruders, der neben ihr saß. Als sie ihrem Vater ebenfalls etwas geben wollte, stieß der versehentlich gegen den Tellerrand und der Teller flog vom Tisch. Jade musste sich auf die Lippe beißen, um nicht loszulachen, als Hal Braden aufsprang und die Hände in die Seiten stemmte. Einen Moment lang herrschte Schweigen, dann brach wildes Gelächter los. Jade konnte Rex' Lachen genau heraushören und wusste, dass sie diesen Klang wie einen Schatz in ihrem Herzen bewahren würde. Sie hätte der Familie gerne noch länger zugesehen, hatte aber Angst, entdeckt zu werden, daher wendete sie Flame und ritt nach Hause.

Ein Wiedersehen mit seinen Brüdern und seiner Schwester war genau das, was Rex jetzt brauchte – und dann auch wieder nicht. Immer, wenn die Bradens zusammenkamen, lagen Gelächter und Liebe in der Luft. Am heutigen Abend war es nicht anders, auch ohne Hugh und Dane, die sich für das Wochenende nicht hatten freinehmen können.

»Na, Josh, erzähl mal. Wie geht es denn so in New York?«, fragte sein Vater und legte Savannah einen Arm um die Schulter.

»Meine neue Herbstkollektion ist gerade herausgekommen und bis jetzt kommt sie ganz gut an.« An Joshs braunen, beinahe mandelförmigen Augen hatte man immer schon seine Stimmungen ablesen können. Rex reichte ein Blick und er wusste, wie begeistert er von seiner Arbeit war. Er fuhr sich mit den Fingern durch das kurze dunkle Haar unmittelbar über dem Ohr, eine Geste, die Rex so vertraut war wie seine Stimme.

»In der *People* habe ich etwas darüber gelesen. Irgendjemand hat eine deiner Roben zu irgendeiner Gala getragen. Wirklich beeindruckend«, sagte Savannah.

»War es jemand, den du kanntest?« Josh redete nie über die Frauen, mit denen er sich verabredete, und obwohl ihr Vater nicht neugierig war und seine Kinder nie ausgefragt hätte, sah er ihn nun lange prüfend an, bis Josh den Blick abwandte.

»Lass gut sein, Dad.« Josh stürzte sein Bier herunter und verschluckte sich prustend.

Die anderen lachten, und als Rex ihm auf den Rücken klopfte, sah er, wie Jade auf Flame an ihrer Auffahrt vorbeiritt. Das Lachen blieb ihm im Hals stecken. Stattdessen ergriff ihn eine so tiefe Sehnsucht, dass er einen Moment lang nichts anderes mehr fühlte.

Ihm gegenüber saßen Max und Treat. Max tupfte Treat den Mund mit einem Serviettenzipfel ab und küsste ihn. Rex sah, wie sein Vater einen Arm auf die Rückenlehne von Max' Stuhl legte und ihr etwas ins Ohr flüsterte. Er war zwischen Eifersucht und Traurigkeit hin- und hergerissen. Wenn er Jade doch bloß ebenso im Kreis der Familie willkommen heißen würde!

»Rex? Hallo?« Savannah stupste ihn an.

»Sorry. Was ist?«, fragte er.

»Kannst du mir bitte den Ketchup reichen?«

Er gab ihr die Ketchupflasche und warf noch einmal einen sehnsüchtigen Blick auf die Zufahrt zum Haus, doch Jade war natürlich längst verschwunden. Er vermisste sie so sehr, dass es wehtat.

»He, was ist das denn?«, fragte Savannah und berührte die Kette um Rex' Hals.

Er schlug ihre Hand weg und schob abwehrend die Schultern vor.

»Ach, komm schon. Lass mich mal sehen. Du trägst doch normalerweise keinen Schmuck. Was ist das?« Typisch Savannah! Sie gab keine Ruhe, bis sie ihren Willen durchgesetzt hatte. Noch vor Kurzem hätte er sie zur Strafe ausgekitzelt, aber heute fühlte er sich einfach nur gestresst.

Rex presste die Lippen aufeinander. Die Gespräche und das Lachen rings um den Tisch verstummten und er sah fünf Augenpaare auf sich gerichtet. »Es ist nichts Besonderes. Nur etwas, was ich mir in der Stadt gekauft habe«, sagte er mürrisch.

Wieder streckte Savannah die Hand aus, doch sein Vater knurrte: »Lass ihn in Frieden, Savannah.«

Sie hob eine Augenbraue. »Na gut«, sagte sie knapp und spießte ein Stück Brokkoli mit der Gabel auf.

Treat warf Rex einen Blick zu, der eine eindeutige Botschaft enthielt. *Was machst du denn für einen Mist? Willst du, dass er es erfährt?* Tatsächlich war sich Rex nicht sicher, ob er nicht genau darauf abzielte. Er stand auf. »Ich hole mir ein Glas Wasser.«

»Hört sich gut an«, sagte Treat und erhob sich ebenfalls.

»Ich will auch«, sagte Savannah fröhlich.

Josh folgte ihnen ins Haus, sodass nur ihr Vater und Max am Tisch zurückblieben.

Rex lehnte mit einem Glas Wasser in der Hand am Küchentresen und sah, wie seine Geschwister einer nach dem anderen hereinkamen. Nun gab es kein Zurück mehr.

»Schade, dass Hugh und Dane nicht kommen konnten, dann hätten wir volles Haus gehabt«, sagte er mit ernster

Stimme.

»Hugh hat ein Rennen und Dane muss zu irgendeiner Veranstaltung, um Spenden für die Walhaie zu sammeln. Max wird Dad schon bei Laune halten. Inzwischen weiß sie ja, wie sie ihn anpacken muss«, sagte Savannah und zwinkerte Treat zu. »Also, raus mit der Sprache. Was trägst du da um den Hals?«

Rex schüttelte den Kopf.

Josh lehnte sich neben ihm an den Tresen. Seine schwarze Hose hatte eine messerscharfe Bügelfalte, dazu trug er ein blendend weißes Hemd. Er war schmaler als seine Brüder, aber ebenso gut aussehend. Sein dichtes, dunkles Haar war kürzer als das der anderen und als Modedesigner achtete er mehr auf seine äußere Erscheinung. Früher hatte auch Treat maßgeschneiderte Anzüge getragen, aber jetzt, wo er meist auf der Ranch war, zog er selten etwas anderes an als Jeans.

»Kann ich helfen?«, fragte Josh.

Wieder schüttelte Rex den Kopf. »Ich glaube kaum, es sei denn, du kannst eine vierzig Jahre dauernde Fehde zu Ende bringen«, sagte er offen. Es fühlte sich gut an, es auszusprechen. Was hatte sein Vater noch gesagt? *Schuldgefühle sind übel. Sie machen dich fertig, bis du nicht mehr weißt, woran du bist.* Rex hatte nicht vor, es so weit kommen zu lassen.

»Meinst du die Johnsons? Was ist mit ihnen?«, fragte Josh.

Savannah grinste vielsagend. »Josh!«, flüsterte sie aufgeregt. »Jade!«

Rex sah seine Schwester an und konnte nicht verhindern, dass sich ein Lächeln auf seinem Gesicht ausbreitete. Er hatte mit ein bisschen Unterstützung durch seine Geschwister gerechnet, aber auch mit einem Sturm der Entrüstung, weil er gegen die Werte der Familie verstoßen hatte.

»Jade Johnson? Stimmt, sie hat dich kaum aus den Augen

gelassen, als Max den Unfall auf der Zufahrt hatte.« Josh dämmerte allmählich, was los war, und er stieß Rex breit grinsend
den Ellbogen in die Rippen. »Du krummer Hund. Hast von der
verbotenen Frucht genascht, wie?«

Könnte man wohl sagen. »Na, nun werd mal nicht persönlich«, sagte Rex. »Wollt ihr mich nicht zurechtstutzen, weil ich
illoyal gegenüber Dad bin?«

»Dich zurechtstutzen?«, fragte Savannah. »Ich weiß doch,
dass du schon in der Highschool in Jade verknallt warst. Weißt
du noch, wie ich dich erwischt hab, als du sie bei dieser
Viehauktion beobachtet hast?«

Das hatte er völlig vergessen, doch nun hatte er die Szene
wieder vor Augen, als wäre es gestern gewesen. Jade und ihre
Freundinnen hatten die Tiere mit Wasserschläuchen abgespritzt
und dabei nichts weiter als abgeschnittene Jeans und winzige
Bikinioberteile getragen, während Earl Johnson mit grimmigem
Gesicht daneben stand und so aussah, als würde er jeden
umbringen, der seiner Tochter zu nahe kam.

»Ja, weiß ich noch«, sagte er zu Savannah.

»Wie kommt es, dass ich immer der Letzte bin, der diese
Sachen erfährt?«, fragte Josh.

»Stimmt doch gar nicht. Hugh und Dane haben keine
Ahnung, was hier abgeht«, sagte Treat und lehnte sich jetzt
ebenfalls an den Küchentresen. »Die Frage ist nur, wie wir den
alten Herrn davon überzeugen, dass es in Ordnung ist.«

Savannah lachte. »Das glaubst du doch wohl selbst nicht,
dass wir das jemals schaffen?« Sie legte Rex die Hand auf den
Arm. »Tut mir leid, Rex, aber wahrscheinlich müsst ihr
durchbrennen und euch ein paar Staaten entfernt niederlassen.
Eine andere Möglichkeit sehe ich für euch nicht, wenn ihr
zusammen sein *und* am Leben bleiben wollt.«

»Eine große Hilfe bist du ja nicht gerade, Vanny«, meinte Treat.

Sie wollte nach Rex' Kette greifen und verengte die Augen zu Schlitzen, als er ihre Hand festhielt. »Die Katze ist doch nun eh aus dem Sack, also kannst du mich ruhig gucken lassen.«

Seine Schwester befingerte die silberne Figur der nackten Frau. Ihr Lächeln schwand und ihr Blick wurde dunkel.

»Was ist das? Diese Figur erinnert mich an eine Geschichte, die Treat mir immer erzählt hat. Weißt du noch, Treat? Du sagtest, das Symbol seien eine nackte Frau und ein Mann, die sich umschlungen halten. Das sieht aus wie die Hälfte vom Tanz der Liebenden«, sagte sie staunend.

»Ist es auch«, sagte er leise.

»Ich dachte, das sei eine Sage oder so was«, sagte sie.

»Das haben wir alle gedacht«, meinte Treat. »Ich habe euch diese Geschichte immer erzählt, um die Erinnerung an Mom wachzuhalten, aber das war nur ein Teil der Wahrheit.«

Savannah verbarg den Anhänger wieder unter Rex' Hemd. »Und, was bedeutet das nun? Wo hast du den Anhänger überhaupt her?«

Josh hielt den Blick gesenkt. Rex legte ihm den Arm um die Schultern und zog ihn an sich. »Alles okay?«

»Ja«, sagte Josh leise. »Ich denke nicht oft an Mom. Das halte ich nicht aus. Ich habe immer das Gefühl, als sei sie endgültig verschwunden. Ich kann ihr Gesicht nicht mehr sehen und habe ihre Stimme nicht mehr im Ohr.«

Rex spürte, wie die Traurigkeit in ihm aufstieg. »Ich weiß. Es ist lange her.«

»Woher hast du den Anhänger?«, wollte Savannah wissen.

»Von einer Frau im Village in Allure. Sie ist mit Mom zur Schule gegangen und meinte, das sei genau das Richtige für Jade und mich. Ich habe keine Ahnung, wie sie darauf kommt, und warum. Ich bin genauso ratlos wie ihr.«

»Schicksal«, sagte Savannah. Alle verdrehten die Augen. »Na komm schon, Treat, du glaubst doch ans Schicksal. Sieh dir doch nur an, was Max und dir passiert ist.«

»Stimmt«, sagte er und nickte.

Als Treat und Max sich ihrer Gefühle füreinander noch nicht sicher waren, war Treat verschwunden, und Max war nach Wellfleet in Massachusetts gefahren, in der leisen Hoffnung, ihm zu begegnen. Er hatte ihr einmal erzählt, dass das Städtchen auf Cape Cod sein Lieblingsort war, aber er war schon lange nicht mehr dort gewesen. Dennoch hatten sie ausgerechnet hier schließlich zusammengefunden. Vorher hatte Max auch nicht an so etwas wie Schicksal geglaubt, aber jenes Wochenende hatte sie überzeugt.

»Moment mal, heißt das, dass du mit Jade in Allure warst? Wie lange seid ihr schon zusammen?«, fragte Josh. »Wie ernst ist das Ganze denn?«

Treat grinste und Rex warf ihm einen wütenden Blick zu. Treat wusste, dass er und Jade nicht mehr als ein paarmal zusammen gewesen waren. Und er wusste, dass Rex sein Herz an sie verloren hatte.

Rex runzelte die Stirn. Wie sollte er Josh begreiflich machen, dass er nicht völlig verrückt war? »Wir haben uns erst ein paarmal getroffen.«

»Aber er liebt sie schon seit einer halben Ewigkeit«, sagte Savannah, während sie eine Schüssel mit Schokodessert aus dem Kühlschrank holte. Lächelnd tunkte sie den Finger in die süße Masse und leckte ihn genüsslich ab.

»Rex, meinst du, dass das klug ist? Ich meine – nach nur ein paarmal treffen?«, fragte Josh.

»Mag sein, dass es nicht klug ist, aber es passiert.« Rex drückte sich vom Küchentresen ab.

»Ich nehme an, du weißt, was du tust … aber nach ein paarmal? Ich meine, ich treffe mich ein paarmal mit einer Frau und weiß absolut überhaupt nichts über sie. Ich könnte dir nicht einmal sagen, worüber wir geredet haben, und ich kann gut zuhören.« Josh schüttelte den Kopf.

»Ja, ich weiß, so war es bei mir früher auch. Alles, was ich dir sagen kann, ist, dass das hier anders ist. Wenn ich mit Jade zusammen bin, bekomme ich alles mit. Es ist wie …« Er suchte nach den richtigen Worten, doch das Einzige, was ihm einfiel, war: »Alles ringsum wird unwichtig, es ist so, als gäbe es nur Jade und mich auf der Welt.« Er schüttelte sich kurz. Bei Josh sollte er besser auf Nummer sicher gehen. »Wehe, du sagst auch nur ein Wort zu Dad«, warnte er ihn. »Dann reiße ich dich eigenhändig in Stücke. Und dich auch, Savannah.«

»Oh, jetzt habe ich aber Angst«, grinste sie.

»Wir sollten wieder nach draußen gehen, damit Max sich nicht ausgeschlossen fühlt«, sagte Treat und ging zur Tür.

Rex wünschte sich nichts sehnlicher, als dass Jade wie Max dort draußen am Tisch säße. Er sah sie vor sich, wie sie freche Bemerkungen über seine Brüder machte und mit Savannah flüsterte, so wie Max es tat. Er tastete nach dem Anhänger unter seinem Hemd und sah hinaus, wo sich seine Familie wieder um den Tisch versammelte. »Mom, wenn das hier von dir ist, dann könnte ich jetzt ein bisschen Hilfe gebrauchen«, flüsterte er, bevor er sich dazusetzte.

Nach dem Essen nahm Hal Rex beiseite. »Alles in Ordnung,

Junge?«

Sein Vater hatte so etwas wie einen siebten Sinn, wenn es um seine Kinder ging. Er wusste immer, wenn ihnen etwas auf der Seele brannte. Es tat Rex weh, dass er ihm nicht die Wahrheit sagen konnte.

»Ja, nur ein bisschen abgelenkt, wegen der Horse Show.«

Sein Vater sah ihn forschend an. Rex' Magen zog sich zusammen und einen Moment lang war er sich sicher, dass er seine Ausrede durchschaute. Am liebsten hätte er alles erzählt, alle Karten auf den Tisch gelegt, aber er wusste, dass keiner von ihnen bereit war für diesen Stich ins Wespennest.

Falls sein Vater ihm etwas ansah, ließ er sich nichts anmerken. »Wenn es etwas gibt, was du mir erzählen willst, bin ich da. Weißt du, deine Mutter hat dich immer Rex, den Schlingel genannt.«

Rex musste lächeln. »Ja, daran erinnere ich mich.«

»Ich weiß nicht, was los ist, Rex, und ich erwarte auch nicht von dir, dass du es mir erzählst, aber du und ich …« Er legte seinem Sohn die Hand auf die Schulter. »Wenn es um die Ranch geht, sind wir oft genug unterschiedlicher Meinung. Jetzt scheint es mir aber etwas anderes zu sein. Du wirst schon mit mir reden, wenn du bereit dazu bist, und dein Bauchgefühl wird dir sagen, wann es soweit ist. Denk nur daran, dass ich dich liebe.«

Rex hatte nie daran gezweifelt, dass sein Vater ihn liebte. Alles, was er sagte, kam von Herzen. Für kurze Zeit ebbte seine Wut über die Fehde ab und der Schmerz über die wachsende Distanz zwischen seinem Vater und ihm ließ ein wenig nach.

»Danke, Dad. Ich liebe dich auch.«

Sein Vater nahm ihn in die Arme, dann machte er sich auf den Weg zum Stall. Rex strich mit dem Finger über den

Anhänger unter seinem Hemd und fragte sich, ob seine Mutter bei diesem überraschenden Gespräch die Hand im Spiel hatte.

Rex und seine Geschwister spülten das Geschirr und räumten die Reste in den Kühlschrank.

Josh sah durch die Küchentür zum Stall hinüber. »Ich mache mir Sorgen um ihn. Er ist wieder total angespannt, wie vor dieser Sache mit seinem Herzen. Normalerweise ist er viel offener und warmherziger, und jetzt hat er beim Essen kaum ein Wort gesagt.«

Treat und Rex sahen einander vielsagend an.

»Nein, ich denke, es ist alles okay. Du weißt doch, wie Dad ist. Er hat seine Launen, wie wir alle. Im Moment geht ihm so einiges durch den Kopf.« Rex wusste, dass nicht alles okay war. Zwischen seinem Vater und ihm tat sich eine Kluft auf. Dass die Familienfehde ihn von der Frau trennte, die er liebte, machte ihn wütend, und die Bemerkung seines Vaters, er solle sich vorsehen, wühlte ihn ebenso auf wie die kurze Unterhaltung nach dem Essen.

Seit die Frau im Village ihm die Kette gegeben hatte, wuchs seine Überzeugung, dass sein Vater seiner Mutter immer noch nahe war. Was das über den Geisteszustand seines Vaters aussagte, wusste er nicht – ob er Wahnvorstellungen oder spirituelle Neigungen hatte, konnte er nicht beurteilen. Er tat sein Möglichstes, ihm mit seiner Liebe und Hilfsbereitschaft zur Seite zu stehen, so wie sein Vater es sein ganzes Leben lang für ihn getan hatte. Gleichzeitig kam er sich wie ein Verräter vor, weil seine Sehnsucht nach Jade die Loyalität seinem Vater gegenüber infrage stellte.

»Eben ging es ihm jedenfalls noch gut, als ihr hier in der Küche getuschelt habt«, sagte Max lächelnd. Sie band ihren Pferdeschwanz neu, dann half sie Treat beim Abtrocknen, während Savannah das Geschirr wegräumte.

»Sagt ihr mir, worum es ging? Ich gehöre zwar noch nicht zur Familie, aber bald …«

Treat zog sie an sich. »Du gehörst zur Familie, egal, ob wir verheiratet sind oder nicht.« Er küsste sie so zärtlich, dass Rex sich abwenden musste.

Nach einer ganzen Weile beantwortete Treat ihre Frage. »Es ging um Jade«, sagte er.

»Die dunkelhaarige Schöne, die wir im Fingers gesehen haben?«, fragte sie lächelnd.

»Genau«, sagte Rex.

»Super! Du hattest also endlich ein Date mit ihr?«

»So ähnlich«, erwiderte Rex zerstreut. Er wartete ungeduldig darauf, dass sein Vater zu Bett ging, sodass er sich zu den Johnsons schleichen konnte. Vielleicht war Jade im Stall. Er musste sie sehen. Je länger er wartete, desto nervöser wurde er. Er griff nach seinem Schlüsselbund.

»Ich will noch eben runter in den Laden. Bin in einer Stunde zurück«, sagte er.

»Ich komme mit. Ich wollte noch –« Savannah hatte schon ihre Tasche in der Hand, als sie sah, wie Rex den Kopf schüttelte. »Oh. In den Laden. Klar. Hab verstanden. Viel Spaß.«

Lachend ging Rex zur Tür. Als er in seinen Truck stieg, war aus dem Stall die Stimme seines Vaters zu hören. Bevor ihn die Schuldgefühle einholen konnte, ließ er den Motor an und fuhr zu Jades Haus.

Achtundzwanzig

Jade hatte sich in ihr Zimmer zurückgezogen, um Riley anzurufen. Sie musste einfach jemandem ihr Herz ausschütten.

»Na, wen haben wir denn da? Die heimliche Geliebte. Wie geht's?«, meldete sich Riley.

Jade musste lächeln, obwohl ihr eigentlich nicht danach zumute war. »Das ist es ja gerade – die heimliche Geliebte. Dass es so schwierig sein würde, hätte ich mir nie vorgestellt. Und dann bin ich mir gar nicht sicher, ob es richtig ist, wenn ich mich davonschleiche, um mich mit Rex zu treffen.«

»Ehrlich, Jade, du hattest doch sonst nie ein Problem damit, deinem Herzen zu folgen. Oder was dich sonst zu Sexy Rexy hinzieht.«

»Wusste ich's doch, dass du mich zum Lachen bringst.« Jade ließ sich der Länge nach aufs Bett fallen. »Ich mache mir Sorgen wegen dieses Streits zwischen unseren Familien.« Sie überlegte einen Moment, dann fuhr sie fort: »Aber das ist nicht alles. Ri, ich liebe ihn, und das kann einfach nicht sein. Ich meine, unsere Familien hassen sich. Das ist doch völlig unrealistisch, oder? Sag mir bitte, dass es nicht geht, denn ich kann nicht aufhören, an ihn zu denken. Und ich weiß nicht, wie ich aufhören soll, mich nach ihm zu sehnen. Sag mir bitte, dass ich das alles sein lassen muss.«

Riley seufzte. »Mädel, du weißt doch genau, dass das illusorisch ist. Dich hat es richtig erwischt. Verdammt, du bist seit Jahren in ihn verknallt. Also finde dich mit der Heimlichtuerei ab, bis ihr eine Lösung gefunden habt. Was wäre ich für eine Freundin, wenn ich dir raten würde, nicht zu der Liebe deines Lebens zu stehen?«

Jade schloss lächelnd die Augen. Sie wusste, dass Riley recht hatte, und ihr wurde klar, dass ihre Antwort genau das war, was sie gebraucht hatte.

»Danke, Ri. Ich bin im Moment ziemlich durch den Wind.«

»Das weiß ich doch und es ist okay. Irgendwie wird sich dieses ganze Durcheinander auflösen und du wirst daran wachsen, glaub mir.« Riley atmete tief aus. »Ich hab dich lieb, Jade, ehrlich, aber so langsam ist ein Therapeutenhonorar fällig, meinst du nicht auch?«

Jade lachte. »Rechnest du minutenweise ab? Dann machen wir jetzt besser Schluss.«

Nach dem Gespräch mit Riley fühlte sie sich besser, aber sie war immer noch zu aufgekratzt, um sich zu entspannen. Ihre Mutter nähte und ihr Vater döste vor dem Fernseher. Jade schlüpfte aus dem Haus und ging zum Stall. Etwas Zeit mit Flame würde ihr jetzt guttun. Während sie ihn von oben bis unten abrieb, musste sie daran denken, wie sie Rex massiert hatte.

Sie hatte Flame gerade wieder in seine Box gebracht, als sie eine Bewegung an der hinteren Stalltür wahrnahm. Sie beobachtete die Tür eine Weile, doch als sich nichts regte, schüttelte sie den Kopf und schrieb es ihren Nerven zu. Dann ging sie, um alles abzuschließen, wie sie es jeden Abend machte.

Aus Gewohnheit sah sie hinüber zum Waldrand und hätte fast erschrocken aufgeschrien, als sie Rex dort stehen sah. Er trat rasch zwischen den Bäumen hervor, schloss sie fest in die Arme und gab ihr einen tiefen, zärtlichen Kuss.

»Lieber Himmel, ich habe dich so vermisst«, sagte er und küsste sich an ihrem Hals entlang.

»Ich kann es gar nicht fassen, dass du hergekommen bist«, sagte sie.

»Hm, du riechst nach Stall.« Er konnte nicht aufhören, sie zu küssen.

»Vielleicht sollte ich mich öfter mal im Heu wälzen«, lachte sie. »Komm.« Sie zog ihn zur Rückseite des Stalles, wo man sie von der Straße und vom Haus aus nicht sehen konnte.

»Ich konnte nicht bis zur Horse Show morgen warten«, sagte er und ließ seine Hände über ihre nackten Arme gleiten.

»Wir sind beide zur Aufsicht an den Zufahrtstoren eingeteilt«, sagte sie.

»Aufsicht an den Zufahrtstoren, das klingt ja spannend«, witzelte er. »Hör zu, Jade. Ich weiß, dass es riskant ist, wenn ich herkomme, aber ich musste dich sehen. Ich bin mir nicht sicher, ob ich so weitermachen kann«, sagte er.

Jade stockte der Atem. »Was meinst du?«

»Dieses Versteckspiel. Jade, ich würde mich nie von dir trennen, egal, ob sich unsere Familien endlich vertragen oder nicht. Ich bleibe bei dir. Wenn du bei mir bleibst«, fügte er hinzu.

Er sah sie forschend an. Sie nahm sein Gesicht in die Hände und sagte: »Den Tanz der Liebenden tanzen zwei, nicht einer.«

Er senkte seinen Mund auf ihren. Jade stellte sich auf die Zehenspitzen und ließ den Kuss tiefer werden. Rex legte die Hände um ihre Taille und sie drückte ihn an die Stallwand.

»He, so was sollte ich doch normalerweise machen«, grinste er.

»Ich wusste gar nicht, dass es da Regeln gibt«, sagte sie zwischen zwei heißen Küssen. Sie schob ihm die Hand zwischen die Beine.

»Jade«, flüsterte er. »Deine Eltern sind doch in der Nähe.«

Sie streichelte ihn fest und genüsslich und spürte, wie er unter ihrer Hand anschwoll. Sie konnte einfach nicht anders. Sie hatte nicht vorgehabt, ihn zu berühren, doch der Gedanke, sich von ihm zu lösen, war unerträglich. Als er sie an sich zog, rieb sie die Hüfte an ihm.

»Heiliger Strohsack.« Er küsste sie am Hals und leckte und saugte ihr Verlangen immer weiter an die Oberfläche.

Sie fuhr sich mit der Zunge über die Lippen.

»Damit musst du aufhören«, sagte er.

»Na gut«, log sie. Sie führte seine Hand zwischen ihre Beine.

»Das ist aber ganz schön gefährlich«, neckte er.

»Ich weiß. Nur einen Augenblick. Wir treiben es nicht zu weit.«

»Ist das zu weit?«, fragte er, als er seinen Finger unter den Rand ihrer Shorts gleiten ließ und ihre einladende Nässe ertastete. »Mmmm.«

Sie küsste ihn leicht auf die Lippen.

»Deswegen bin ich gar nicht hergekommen«, sagte er.

»Das sagst du so oft, dass ich allmählich einen Komplex kriege«, sagte sie. Langsam bekam sie weiche Knie.

»Vielleicht willst mich ja nur für den Sex«, sagte er grinsend.

Sie ließen sich an der Stallwand zu Boden gleiten. Jade lag im Gras und schlang ihm die Arme um den Hals.

»Ich komme mir vor wie ein Zehntklässler«, sagte er.

»Gut, dann mach das mit mir, was du als Zehntklässler mit

mir gemacht hättest.« Dass ihr Vater jeden Augenblick aus dem Haus kommen konnte, machte es nur noch aufregender. Sie schob ihre Shorts herunter und zog an seiner Jeans.

»Jade, das geht aber doch ganz schön weit«, sagte er zwischen zwei Küssen.

»Ich kann nicht anders. Einunddreißig Jahre habe ich ohne dich auskommen müssen, und jetzt will ich keine Sekunde unserer Zeit zusammen verpassen. Und überhaupt: Sieh dich doch an.« Sie zog ihn an sich.

Als er in sie eindrang, löste sich der Gedanke in Luft auf, Rex zu verlassen und irgendwo anders hinzuziehen. Er war der Mann, mit dem sie zusammen sein wollte. Er war der Mann, den sie liebte.

Er glitt langsam und tief in sie, wieder und wieder. »Tue ich dir weh?«, fragte er.

Sie schüttelte den Kopf und zog ihn tiefer in sich. Bis auf einzelne Geräusche aus den Pferdeboxen war es still.

Dann hörten sie, wie die Haustür auf- und wieder zuging. Rex erstarrte.

»Beeil dich«, flüsterte sie.

»Beeilen? Und was ist, wenn es dein Vater ist? Wir befinden uns schließlich in einer kompromittierenden Situation.«

»Mach einfach«, lächelte sie und leckte über seine Unterlippe.

»Ich habe es dir schon einmal gesagt, Jade Johnson, und ich sage es wieder: Du bringst mich um.« Er stieß schneller und härter in sie. Jade entfuhr ein Stöhnen. »Rex«, rief sie.

»Psst«, flüsterte er warnend.

Sie krallte die Finger ins Gras, während die letzten Wogen der Lust sie durchströmten.

Sie zogen sich schnell an, ohne ihre Lippen voneinander zu

lösen. Jade versuchte, auf einem Bein hüpfend ihre Shorts überzustreifen, während sie ihn küsste.

»Psst«, sagte Rex wieder, als sie loskicherte.

»Wer immer aus dem Haus gekommen ist, wollte nicht zum Stall. Alles okay«, sagte sie.

»Vielleicht bist du einfach zu sehr Frau für mich.«

»Und was soll das nun wieder heißen?«, fragte sie.

Er legte ihr die Hände auf die Hüften und küsste sie. »Ob ich es schaffe, mit dir mitzuhalten?«

»Na, vergiss nicht, dass du derjenige warst, der hergekommen ist«, sagte sie grinsend.

Er nahm ihr Gesicht in beide Hände. »Ich liebe dich, Jade Johnson. Ich liebe dich von ganzem Herzen.«

Er liebt mich. Er liebt mich! Jades Herz wurde weit, als er seine Lippen auf ihre senkte. Als er sich von ihr löste, rang sie nach Luft. Seine Worte und sein Kuss raubten ihr den Atem.

»Ich bin nicht der Typ, der sich anderen Leuten gegenüber respektlos benimmt. So was wie gerade hätte ich eigentlich nie gemacht«, sagte er mit lachenden Augen.

»Hast du aber.«

»Weil du mich in dein Netz gelockt hast«, sagte er.

Ihr war klar, dass er sie neckte, doch sie wusste nicht, wie sie darauf reagieren sollte. Hatte er es eigentlich nicht gewollt? Hatte es ihm keinen Spaß gemacht? Was versuchte er, ihr zu sagen? Statt zu antworten, schwieg sie nachdenklich.

»Versteh mich nicht falsch. Ich lasse mich gerne in dein Netz locken.« Mit beiden Händen schob er ihr das Haar aus dem Gesicht und bog ihren Kopf zurück. »Ich bin vierunddreißig und verwandle mich gerade in einen hormongetriebenen Siebzehnjährigen. Ich weiß nicht, wie ich die Zeit damals überlebt habe. Wie soll ich es jetzt bloß überleben, wo du so …«, er ließ seinen Blick über ihren Körper gleiten, »… anschmiegsam und aufreizend bist?«

Sie entwand sich seinem Griff und kuschelte sich an ihn. »Ich glaube, das kriegst du schon noch heraus.«

Im Mondlicht saßen sie nebeneinander an die Stallwand gelehnt.

»Heute Abend waren meine Brüder und Savannah zum Essen da. Und ich musste die ganze Zeit denken, wie schön es wäre, wenn du dabei sein könntest«, sagte er.

»Ich hab euch gesehen.«

»Ich weiß. Du bist auf Flame vorbeigeritten. Was macht sein Bein?«

Jade fand es wundervoll, dass er sich Gedanken über Flame machte und nach ihm fragte, aber noch wundervoller fand sie es, dass er sie bei sich haben wollte, wenn er mit seiner Familie zusammen war.

»Flame geht es gut, alles in Ordnung.«

»Ich habe Josh und Savannah von uns erzählt. Dane und Hugh konnten nicht kommen, aber ihnen hätte ich es auch gesagt, wenn sie da gewesen wären. Ich weiß nur noch nicht, wie ich es meinem Vater beibringen soll.«

Jade stockte der Atem. »Du hast es ihnen gesagt? Ich dachte, du wolltest nicht, dass es jemand erfährt. Du hast gesagt —«

»Ich weiß, was ich gesagt habe, aber Treat hatte es schon herausbekommen. Außerdem sind meine Geschwister immer für mich da. Erst dachte ich, sie machen mir die Hölle heiß, wegen der Loyalität der Familie gegenüber und so weiter. Aber stattdessen haben sie mich unterstützt. Sie haben uns unterstützt.«

Jade blinzelte gegen ihre Tränen an. Sie verschränkte ihre Finger mit seinen. Was hatte seine Familie wohl zu ihm gesagt?

Hielten sie ihn für verrückt, weil er sich in eine Johnson verliebt hatte? Es war ja auch verrückt. Aber sie hielten zu ihm, zu ihnen.

»Und jetzt?«, fragte sie.

»Keine Ahnung. Irgendwie muss ich mit meinem Vater über diese leidige Fehde reden, aber ich weiß überhaupt nicht, was damals wirklich passiert ist. Er spricht nicht darüber, also ist es nicht so einfach, etwas darüber herauszubekommen.«

Rex stützte die Arme auf die Knie und sie lehnte den Kopf an seine Seite.

»Alles, was ich weiß, ist, dass irgendeine Abmachung schiefgegangen ist. Ich habe allerdings das Gefühl, dass es nicht unmittelbar mit dem Stück Land zu tun hatte. Die Geschichte mit dem Land war nur die Folge dieser ersten Unstimmigkeit. Ich kann meine Mom fragen, aber ich denke kaum, dass mein Dad ihr die Wahrheit sagt. Er behauptet, dass er Land verkaufen will, damit Mom nicht so viel am Hals hat, wenn ihm etwas zustoßen sollte, aber sie denkt, dass er es aus finanziellen Gründen macht. Ich weiß nicht mehr, was ich noch glauben soll.«

Er gab ihr einen Kuss auf die Stirn. »Ich denke, wir finden irgendeine Lösung. Und wenn nicht, dann müssen wir ein paar Entscheidungen treffen.«

Sie löste sich von ihm und sah ihm direkt in die Augen. »Was meinst du damit?«

»Wenn sie sich nicht mit der Tatsache anfreunden können, dass wir zusammen sind, müssen wir uns überlegen, ob wir hier in Weston bleiben, uns ein gemeinsames Leben aufbauen und einfach darauf hoffen, dass sie sich beruhigen, oder ob wir aus Weston wegziehen, damit wir ihnen nicht ständig begegnen.« Er zuckte die Achseln.

Rex sprach genau das aus, was Jade dachte.

»Du denkst über unsere Zukunft nach.« Es war keine Frage, sondern eine Feststellung.

»Sollte ich besser nicht darüber nachdenken?«

»Ich will nicht, dass du etwas tust, was einen Keil zwischen dich und deine Familie treibt, aber wenn ich ganz ehrlich bin, dann will ich auch nicht ohne dich leben.« Sie nahm all ihren Mut zusammen und beschloss, ihm zu sagen, was ihr durch den Kopf gegangen war. »Ich habe den ganzen Tag gedacht, dass ich besser wegziehen sollte, damit du in Frieden mit deiner Familie leben kannst und mich nicht wie einen Mühlstein um den Hals hängen hast. Ich muss mir sowieso eine eigene Wohnung –«

Rex sprang auf. »Du wolltest weg aus Weston? Einfach so? Jade …«

Der Schmerz in seiner Stimme war mit Händen greifbar.

Sie stand ebenfalls auf. »Nein, ich wollte nicht einfach so verschwinden. Ich dachte nur, dass es wahrscheinlich das Klügste wäre. Ich weiß doch, wie nahe du deiner Familie stehst, und ich will dir das nicht kaputtmachen.«

Er zog sie an sich und sah ihr forschend in die Augen. »Das Einzige, was mein Leben kaputtmachen kann, ist, wenn du nicht ein Teil davon bist. Aber wenn du ohne mich glücklicher bist, komme ich damit schon irgendwie klar. Ich kann verstehen, wenn du dich nicht mit deiner Familie zerstreiten willst, nicht wegen eines Mannes.«

»Nein«, sagte sie rasch. »Das meine ich nicht. Ich will mit dir zusammen sein. Aber ich hasse dieses Versteckspiel, die Lügen. Und dass ich dich nicht einfach anrufen kann.«

»Ich kaufe mir ein Handy«, sagte er, »gleich morgen, noch vor der Horse Show.«

»Ich dachte, du kannst Handys nicht ausstehen.«

»Na und? Dich zu verlieren wäre viel, viel schlimmer. Ich weiß jetzt, wie es sich anfühlt, dich zu lieben, und es würde mir das Herz brechen, wenn ich dich verlieren sollte.«

Jade liebte diesen Hang zum Dramatischen an ihm. Die meisten Männer redeten nicht über ihre Gefühle und auch Rex konnte ganz gut den schweigsamen Cowboy hervorkehren. Aber wenn sie zusammen waren, ließ er sie hinter die Fassade blicken und zeigte sich von seiner verletzlichen und weichen Seite.

»Letztens sagtest du, vielleicht wäre es nur situationsbedingt, dass wir zusammengekommen sind. Meintest du das wirklich ernst?«, fragte sie.

»Natürlich nicht. Aber nach einer Nacht zusammen wollte ich auch nicht nach Hause rennen und unsere unsterbliche Liebe gestehen.«

»Aber nach drei Nächten sieht es anders aus?«, fragte sie herausfordernd.

»Ich brauche ein paar Tage, um mir zu überlegen, wie wir das taktvoll hinbekommen. Und um vielleicht eine Möglichkeit zu finden, wie wir unsere Familien dazu bringen, dieses Stück Land zu verkaufen, damit deine Familie die Ranch behalten kann.«

Sie schüttelte den Kopf. »Darüber hast du nachgedacht?«

»Natürlich. Schließlich ist es deine Familie.« Er sah sie an, als hätte sie den Verstand verloren.

»Aber unsere Väter hassen sich. Dass du mit mir zusammen sein willst, ist eine Sache. Aber helfen, das Land meines Vaters zu retten? Das ist etwas ganz anderes. Er hat sich all die Jahre deinem Vater gegenüber wirklich abscheulich benommen.« Rex war zu gut, um wahr zu sein. Seine Loyalität ging tiefer, als sie es sich vorgestellt hatte. Sie empfand dasselbe für seine Familie und wusste, dass sie alles tun würde, um ihr zu helfen.

»Du und ich, wir sind mit der Überzeugung aufgewachsen, dass Familie keine Grenzen kennt. Er ist dein Vater. Das ist das, was zählt.«

Neunundzwanzig

Am Freitagmorgen vor der Horse Show ging Rex in die Stadt, um sich ein Handy zu kaufen. Er hatte vierunddreißig Jahre lang ohne eins gelebt und konnte sich nicht vorstellen, was er damit anfangen sollte, außer mit Jade zu reden, aber wenn es das war, was sie brauchte, dann wollte er ihr diesen Gefallen tun. Verdammt, er würde es sogar um den Hals tragen, wenn sie es wollte.

Wie erwartet war der Handyladen leer. Die Leute aus der gesamten Umgebung waren auf dem Weg zum Turnier. Der junge Mann hinter der Theke fragte Rex, was er suchte, worauf Rex ehrlich antwortete, dass er keine Ahnung habe.

»Das ist Ihr erstes Handy, nehme ich an?«, fragte der pickelige Jüngling hinter der Verkaufstheke. Er sah aus, als ginge er in die achte Klasse, und offenkundig fühlte er sich nicht wohl in seiner Haut.

»Ja, stimmt genau.«

»Android oder iPhone?«

»Das sind böhmische Dörfer für mich, Junge. Ich hab wirklich keine Ahnung. Ich will einfach ein Handy, damit meine Freundin mich anrufen kann.« Rex zuckte die Schultern. So schwer konnte es ja wohl nicht sein.

»Okay, haben Sie eine Obergrenze, was Sie ausgeben wollen?«

Rex lachte. »Wie teuer kann ein Telefon schon sein?«

Der junge Mann führte ihn zu den Regalen, auf denen die Handys zur Schau gestellt waren. »Dann wollen wir mal sehen. Ich nehme an, Sie haben noch keinen Handyvertrag. Mit einem Vertrag können Sie eine Menge Geld sparen.«

Handyvertrag? Rex kam sich allmählich vor, als hätte er bisher in einer Höhle gelebt. Der Verkäufer erklärte ihm, was ein Handyvertrag war, und versuchte, ihm den Unterschied zwischen Android und iPhone zu erläutern. Rex gab sich alle Mühe, geduldig zuzuhören, doch als er von Betriebssystemen und Bedienoberflächen anfing, schaltete er ab. Das alles interessierte ihn überhaupt nicht.

»Hören Sie, ich will nichts weiter als ein Telefon, mit dem ich telefonieren und Nachrichten verschicken kann. Ich bin Rancher. Ich kann am Computer Bestellungen aufgeben und alles andere ist mir egal. Können Sie mir das beste Telefon für diesen Zweck empfehlen?«

»Ooo-kay.« Der junge Mann starrte ihn an, als sei er ein Wesen von einem anderen Stern.

Anderthalb Stunden später verließ er den Laden mit einem Handy und einem Täschchen, das er an seinem Gürtel befestigen konnte. Jades Nummer und die seiner Geschwister waren einprogrammiert, und er hatte eine vage Ahnung, wie man SMS verschickte. Er war rundum glücklich. Gerade wollte er in seinen Truck steigen, als ihm jemand auf die Schulter tippte.

»Rex Braden?«, sagte eine Frauenstimme.

Jades Mutter, Jane Johnson, musterte ihn mit ernstem, nervösem Blick.

Mist. Er streckte ihr lächelnd die Hand entgegen. »Mrs. Johnson. Schön, Sie zu sehen.«

»Wahrscheinlich ist es nicht die reine Freude, mich zu sehen, Rex.«

»Nun ja, Sie haben recht.« Sein Puls begann zu rasen.

Eine Weile betrachtete sie ihn schweigend. Sie war eine attraktive Frau, die dunklen Haare hatte Jade offenbar von ihr geerbt. Das Feuer in ihren braunen Augen machte ihn unruhig.

»Ich würde gerne mit Ihnen reden.«

Er nickte. Er hatte keine Ahnung, was auf ihn zukam, aber er nahm sich vor, nicht vor ihr zu verbergen, was er für Jade fühlte. »Ja, gerne«, sagte er.

»Ich würde mich gerne setzen. Können wir in den Park gehen?«

In den Park. Natürlich. Als wäre es das Normalste von der Welt. Das Letzte, was sie beide brauchen konnten, war, die Gerüchteküche zum Brodeln zu bringen. Aber das würde jedes Gespräch zwischen einer Johnson und einem Braden tun, da war der Park genauso gut wie der Parkplatz.

»Ja, Ma'am.« Er schloss die Tür seines Trucks. »Geht es Jade gut?«

»Ich glaube, das wissen Sie besser als ich«, erwiderte sie.

Rex schluckte. Wenn sie Bescheid wusste, was wusste ihr Mann dann? Und wenn ihr Mann von ihrer Beziehung wusste, was machte Jade dann gerade durch?

Sie gingen in den Park und setzten sich auf eine Bank am Teich, jeder an einem Ende, mit reichlich Abstand zwischen ihnen. Für einen Unbeteiligten mochte es so aussehen, als säßen sie zufällig auf der gleichen Bank.

»Was sind Ihre Absichten in Bezug auf Jade?«, fragte sie.

Bevor er ihre ganze Beziehung preisgab, musste er in

Erfahrung bringen, was sie wusste. Vielleicht versuchte sie einfach, an Informationen zu kommen. »Was meinen Sie, Ma'am? Meine Absichten?«

Sie schürzte die Lippen. »Ach, kommen Sie, Rex. Jade übernachtet nicht bei ihren Freundinnen. Sie kommt nicht um zwei Uhr in der Früh nach Hause, nachdem sie allein im Fluss geschwommen ist, und sie hockt mit Sicherheit nicht hinter dem Stall und gibt solche Geräusche von sich, ohne dass ein Mann im Spiel ist.«

Das Herz schlug ihm bis zum Hals, doch er versuchte, seine Stimme ruhig zu halten. »Es tut mir leid, Mrs. Johnson. Wir hatten nicht die Absicht, jemandem wehzutun, und wir wussten nicht, dass ... nun ... Um Ihre Frage zu beantworten: Ich liebe sie. Ich liebe Ihre Tochter.« Er hatte das Gefühl, als sei ihm plötzlich eine riesige Last von den Schultern genommen. Er sah ihr direkt ins Gesicht und der Schmerz, den er in ihren Augen sah, zerriss ihm fast das Herz.

Sie nickte stumm mit zusammengepressten Lippen. Er konnte sehen, dass sie die Tränen zurückhielt.

»Ich bin kein übler Kerl. Ich würde Jade nie schlecht behandeln oder ihr wehtun.« Seine Erklärung schien ihren Schmerz nicht zu lindern. Eine Träne rann ihr über die Wange.

»Ich bin mir nicht sicher, was Sie sonst noch wissen wollen. Es tut mir leid, dass wir es Ihnen nicht direkt gesagt haben, aber angesichts der angespannten Situation zwischen unseren Familien, wussten wir nicht, wie wir vorgehen sollten, aber vermutlich erübrigen sich solche Überlegungen nun.«

Sie legte ihre schmale Hand auf seine und sagte mit zitternder Stimme: »Mein Mann weiß von nichts, und ich denke, Sie sollten es ihm jetzt besser nicht erzählen.«

»Ma'am?«

»Und Jade weiß auch nicht, dass ich Bescheid weiß.«

»Ich verstehe nicht. Warum sprechen Sie mit mir und nicht mit Jade?«

Sie lächelte zaghaft. »Ich bin ihre Mutter. Ich musste wissen, ob Sie sie lieben oder ob Sie … nun, ob Sie sich einfach nur ein wenig vergnügen.«

»Ma'am, ich bin nicht der Typ für solche Vergnügungen.«

Sie nickte. »Ich weiß, Rex. Ich kenne Sie, seit Sie ein Baby waren, und habe mitbekommen, wie Sie zu einem stattlichen jungen Mann herangewachsen sind. Sie und Ihre Brüder haben sich immer vorbildlich verhalten. Und Savannah ist solch eine wundervolle junge Frau geworden.«

»Ich dachte –«

»Die Fehde herrscht zwischen Ihrem Vater und meinem Mann. Ihre Mutter und ich haben nie durchblicken lassen, dass wir weiterhin befreundet waren. Rex, Ihre Mutter und ich hatten immer die Hoffnung, dass unsere Familien eng miteinander verbunden bleiben. Aber wenn Sie zwei dickköpfige Männer in einen Käfig sperren, muss einer gewinnen.« Sie atmete tief ein. »Es mag nicht das beste Timing sein, aber ich könnte mir keinen besseren Mann für Jade vorstellen.«

Er nahm ihre Hand in seine. »Danke. Das bedeutet mir sehr viel.« Er ließ ihre Hand los und dachte über das nach, was sie gesagt hatte. »Wie sind Sie mit meiner Mutter in Verbindung geblieben? Ich weiß nicht, wie Ihr Mann dazu steht, aber mein Vater lässt nicht zu, dass der Name Johnson in seinem Haus überhaupt erwähnt wird. Nehmen Sie es bitte nicht persönlich. Und vielleicht sollten Sie wissen, dass meine Geschwister Jade mit offenen Armen empfangen würden.«

»Oh ja, das würden sie, da bin ich mir sicher. Ihre Eltern haben Sie alle anständig erzogen, auch Hal. Er ist ein guter

Mann, ebenso wie Earl. Sie haben sich nur ein wenig verlaufen und dann nicht mehr zurückgefunden.« Sie legte die gefalteten Hände in den Schoß und atmete langsam aus. »Ihre Mom und ich haben uns zum Picknick auf dem Stück Land zwischen Ihrer und unserer Ranch getroffen, oder manchmal auch unten in der Schlucht. Aber natürlich nur, wenn die Männer nicht da waren. Oh, wir haben das sehr geschickt gedeichselt. Irgendwie traf es sich immer so, dass Earl einen Zahnarzttermin hatte, wenn Hal zum Futterhandel musste. Oder Ihre Mutter war auf einmal zu müde, um eine Besorgung zu machen, wenn meine Kinder irgendwo eingeladen waren. Irgendwie ging es.« Sie wischte sich die Tränen aus den Augen. »Als ihr Kinder größer wurdet, war es natürlich schwieriger. Meist haben wir telefoniert, wenn Sie alle in der Schule waren. Doch auch das ging irgendwann nicht mehr. Auch die kleinen Kinder bekamen schließlich zu viel mit und hätten sich verplappern können.« Sie lächelte. »Sie fehlt mir mehr, als Sie sich vorstellen können.«

»Und Sie durften sich Ihre Trauer nicht einmal anmerken lassen.« Nun verstand er, woher Jade ihre Stärke und ihren Mut hatte. Diese Frau hatte alles für die Freundschaft mit seiner Mutter riskiert und heute riskierte sie alles für ihre Tochter.

»Mrs. Johnson, können Sie mir irgendetwas sagen, was uns helfen könnte, diese Fehde zu beenden? Ich will nichts weiter, als ganz offen mit Jade zusammen sein zu können. Ich will mir ein Leben mit ihr aufbauen, ihr alles geben. Und gestern hinter dem Stall – es tut mir leid. Wir sind wohl ein bisschen übermütig geworden.«

»Den Eindruck hatte ich auch«, grinste sie. »Sie sollten Ihren Vater fragen, was damals zwischen ihm und Earl passiert ist. Ich glaube, Ihrem Vater ging es um die Ehre Ihrer Mutter, aber das ist alles, was ich dazu sagen kann. Eins sollten Sie jedoch wissen, Rex: Wenn es herauskommt, dass Sie beide zusammen sind, dann stehe ich hinter Ihnen und Jade. Und Ihre Mutter auch.«

Dreißig

Jade war eigentlich kein eifersüchtiger Typ, doch als sie sah, wie praktisch jede Frau zwischen achtzehn und fünfundvierzig ihrem Freund schöne Augen machte, regte sich das grünäugige Monster doch. Er war so verdammt nett zu allen. Wenn er sein strahlendes Lächeln aufsetzte und sich mit der Hand durchs Haar fuhr, wurde ihr ganz warm ums Herz. Das Problem war, dass es offenbar allen anderen Frauen auch so ging.

Das Reitturnier war in vollem Gange. Aus den Lautsprechern dröhnte eine scheppernde Stimme, die die nächsten Wettbewerbe ankündigte. Der Duft von Barbecue und Popcorn mischte sich mit dem Geruch nach Heu. Die Kinder in ihren niedlichen Westernhemden, passenden Stiefeln und Hosen rannten kichernd umher, während die Mütter sie ermahnten, sich nicht schmutzig zu machen. Jade liebte die Atmosphäre bei diesem alljährlichen Ereignis. Die meisten Frauen trugen sexy Westernhosen und Cowboyhüte, strafften unwillkürlich die Schultern und wiegten sich in den Hüften. Die Männer in ihren besten Western-Outfits sahen schneidig aus. Vor allem die Hemden gefielen ihr, und die Boloties und die Halstücher sorgten für das richtige Westernflair. Besonders sexy fand sie jedoch die Lederchaps. Während Rex einem dicken Mann in einem grauen Chevy-Truck eine Eintrittskarte verkaufte, stellte sie sich vor, wie sie mit den Fingern über seinen nackten Oberkörper bis hinunter zu dieser Kuhle unmittelbar unterhalb der Hüfte fuhr, die sie so gerne berührte und die ihm jedes Mal einen Schauder durch den Körper jagte, und über das weiche, abgeschabte Leder auf seinem –

Ein lautes Hupen schreckte sie aus ihren Träumen.

»Tut mir leid«, sagte sie hastig, nahm das Geld entgegen, das die Frau ihr aus dem Autofenster reichte, und ließ sie zu Rex weiterfahren.

Zwanzig Minuten später ebbte der Besucherstrom ein wenig ab. Rex sah zu ihr hinüber und warf ihr eine Kusshand zu. Grinsend fing sie sie auf und klatschte sie sich an die Wange. Sie schlenderten aufeinander zu.

»Und wie geht es der hübschesten Frau von ganz Weston?«, fragte er.

»Keine Ahnung, wen du damit meinst. An dir sind doch jede Menge heiße Frauen vorbeigekommen.« Sie hasst sich dafür, dass sie es laut aussprach, aber sie kam einfach nicht dagegen an.

»Tatsächlich? Ist mir gar nicht aufgefallen. Da muss ich wohl besser aufpassen.«

Sie boxte ihn auf den Arm und er zog sie an sich. In Erwartung eines Kusses machte ihr Herz einen Satz, doch dann sah er sich rasch um, ließ sie wieder los und trat einen Schritt beiseite. Sofort schnellte ihr Verlangen in ungeahnte Höhen.

»Ich habe nur Augen für eine einzige Frau. Du wirst mich so schnell nicht wieder los, also gewöhnst du dich besser an mich. Die Frauen können mich beäugen so viel sie wollen – wie die Männer, die dich schon den ganzen Tag angaffen. Das macht mir alles nichts aus, ich bin nur stolz, mit dir zusammen zu sein.«

»Da hast du dich aalglatt wie immer aus der Affäre gezogen.«

»Von wegen aalglatt.« Er trat näher, verengte die dunklen Augen und sah sie an, als wollte er sie an Ort und Stelle vernaschen.

Sie spürte die Hitze, die von ihm ausging, und ihr Puls ging mit jedem Atemzug ein bisschen schneller.

»Wenn wir hier eine Lücke haben, muss ich nach Hope sehen«, sagte er. »Sie war heute früh irgendwie seltsam.«

Sie war sich nicht sicher, ob das nur ein Vorwand war, um das auflodernde Verlangen unter Kontrolle zu bekommen, oder ob mit Hope wirklich etwas nicht stimmte. Vorsichtshalber fragte sie: »Kann ich etwas für sie tun? Soll ich mal nach ihr sehen?« Sie wusste natürlich genau, dass Hal Braden niemals zulassen würde, dass eine Johnson eines seiner Pferde untersuchte. Notfalls würden sie Dr. Baker holen müssen. Trotzdem schaltete sie unwillkürlich in den Tierarztmodus und sorgte sich um Hopes Gesundheit, statt sich auszumalen, was sie alles mit Rex machen könnte.

»Dad meint, sie ist ein bisschen neben der Spur. Ich sehe sie mir mal an und lass es dich wissen, wenn es ihr besser geht.« Seine Miene wurde ernst. Er wollte nach ihrer Hand greifen, ließ aber sofort den Arm wieder sinken. »Zu Hause alles okay?«

»Ja, niemand hat etwas gesagt, falls du das meinst.« Sie hasste es, dass sie sich in der Öffentlichkeit nicht einmal anfassen durften. Rex verströmte eine unverkennbare Sexualität und scheute sich nicht, seine Liebe zu zeigen. Das war eines der Dinge, die sie besonders an ihm mochte. Jedes Mal, wenn er drauf und dran war, sie zu berühren, nur um sich dann eines Besseren zu besinnen, wuchs ihre Wut auf ihre Familien.

»Prima«, sagte er.

Er schien gereizt zu sein und Jade fragte sich, ob er ihr etwas verschwieg. Ein paar Autos fuhren vor und Jade kassierte das Eintrittsgeld, während Rex ihnen die Karten aushändigte. Sie machte sich Sorgen um Hope. Wenn es etwas Ernstes war, musste man schnell handeln, sonst konnte das Pferd beträchtlichen Schaden nehmen. Als sie die Autos abgefertigt hatten, sagte sie Rex, er solle gehen und nach ihr sehen.

Rex hastete hinüber zum Reitplatz, wo sein Vater mit Hope seine liebe Mühe hatte, während Hannah zusah.

»Hallo, Hannah, wie geht's?«, fragte Rex lächelnd. Das Mädchen hatte noch die weichen Züge eines Kindes und sah in ihrem pinkfarbenen Westernhemd mit schwarz-weißer Stickerei, der schwarzen Jeans und den blonden Locken unter dem Filzhut einfach entzückend aus.

»Mir geht es gut, aber bei Hope bin ich mir nicht sicher. Sie scharrt ständig mit den Hufen und wirkt furchtbar nervös.«

Hope warf den Kopf zurück, als suchte sie etwas, während Hal sie mit angespannter Miene beobachtete.

»Was meinst du? Hat sie eine Kolik?«, fragte Rex seinen Vater.

»Darmgeräusche hat sie reichlich, aber wir lassen besser den Tierarzt nach ihr sehen.« Sein Vater sah traurig zu Hannah hinüber. »Junge, sag Hannah Bescheid, dass wir Hope untersuchen lassen. Das arme Mädchen. Sie hat sich so auf das Turnier gefreut.«

»Ich sag's ihr und mache mich auf die Suche nach Dr. Baker.«

Hannah ahnte schon, was Rex ihr sagen wollte.

»Es geht ihr nicht gut, oder?«, fragte sie. Die Enttäuschung war ihr deutlich anzumerken.

»Wir wissen es nicht genau. Vielleicht ist sie einfach nervös. Ich hole den Tierarzt und lass sie durchchecken. Meinst du, du könntest den Richtern Bescheid sagen und sie bitten, Hope als Letzte aufzurufen?« Rex wusste nur zu gut, wie schrecklich es für ein Kind war, wenn es die ganze Zeit mit einem Pferd trainiert und sich auf ein Turnier vorbereitet hatte und dann nicht antreten konnte. Er sah ihr nach, als sie sich zum Richtertisch aufmachte, und überlegte, wie er sich verhalten würde, wenn Hannah seine Tochter wäre. Er wusste es nicht, aber bisher hatte er noch nie darüber nachgedacht, dass er vielleicht eines Tages selbst Kinder haben würde.

Mit knurrendem Magen ging er an den Imbissständen vorbei zum Haus, um Dr. Baker anzurufen. Dann fiel ihm ein, dass er ja ein Handy hatte.

Er suchte sich ein ruhiges Fleckchen abseits der Menge und rief die Telefonauskunft an. Aus den Augenwinkeln sah er Jade, die gerade ein Auto abfertigte. Als er Dr. Bakers Nummer wählte, wünschte er, er könnte sie bitten, sich um Hope zu kümmern. Die ganze leidige Geschichte mit seinem Vater war wie eine Krake, und je intensiver seine Beziehung zu Jade wurde, desto enger schienen sich die Tentakel um sie zu schließen.

Zwanzig Minuten später kam Dr. Baker und untersuchte Hope.

»Was ist mit Hope los?«, fragte Savannah. In einer Hand hielt sie eine riesige Wolke aus rosafarbener Zuckerwatte.

»Keine Ahnung. Dr. Baker versucht gerade, es herauszufinden«, meinte Rex.

Josh trat zu ihnen und fragte lächelnd: »Habt ihr gesehen, wie stolz Hannahs kleiner Bruder war, als er in seiner Leistungsklasse den ersten Preis gemacht hat? Wisst ihr noch, wie sich das angefühlt hat?«

»Ich weiß noch, dass ich mir in meinen Klamotten vorkam wie ein Mädchen«, meinte Treat und zupfte etwas Zuckerwatte ab. Savannahs hämisches Grinsen ignorierte er.

»Stimmt doch gar nicht«, widersprach sein Vater. »Du hast gebettelt und gebettelt, bis wir dir eine neue Weste und einen neuen Hut gekauft haben. Du hast dich aufgeführt wie John Wayne.«

»He, Dad, willst du meinen Ruf endgültig ruinieren?«, fragte Treat mit gespielter Entrüstung.

»Ich glaube, darum brauchst du dir keine Sorgen zu machen«, sagte Max lachend. »Es tut mir leid, dass es Hope nicht gut geht. Ich hab dich heute früh unten bei den Stallungen gehört, Hal. Du klangst ziemlich aufgeregt. Ging es ihr so schlecht?«

Rex warf Treat einen Blick zu.

»Nein, sie schien okay zu sein, hat nur nicht viel gefressen. Ich hab nur so vor mich hingeredet«, sagte er, aber seine Kinder wussten, dass er nicht die Wahrheit sagte. Hal redete nie vor sich hin.

»Also, Fieber hat sie jedenfalls nicht«, sagte Dr. Baker. »An den Darmgeräuschen kann ich auch nichts Besorgniserregendes feststellen, aber ihr Puls ist ein bisschen erhöht. Dass sie mit den Hufen scharrt und den Kopf zum Bauch wendet, könnte auf eine leichte Kolik hindeuten.« Dr. Baker war seit fünfundvierzig Jahren der Tierarzt von Weston. Er war ruhig und bedächtig und kannte die Pferde der Bradens genau. Rex vertraute dem Urteil des glatzköpfigen Mannes vollkommen. Dennoch gab es ihm einen Stich, dass Jade nicht die Möglichkeit hatte, Hope zu untersuchen.

»Sie kann heute nicht starten, Rex«, sagte sein Vater. »Wir müssen es Hannah schonend beibringen.« Hal nahm seinen Hut ab und drückte ihn an seine Brust, während er Hope streichelte.

»Ich gehe gleich zu ihr, sobald Dr. Baker fertig ist«, erwiderte Rex.

»Hal, du machst dir schon seit geraumer Zeit Sorgen um Hope. Du kennst dich doch mit Pferden aus und weißt, dass sie locker noch ein paar Jahre lange leben kann. Warum machst du dann ein Gesicht wie zehn Tage Regenwetter?« Dr. Baker redete nie um den heißen Brei herum und Rex war froh, dass er etwas aussprach, was sie alle dachten.

»Noch ein paar Jahre? Vielleicht, vielleicht auch nicht.« Sein Vater setzte den Hut auf und nickte knapp, ein eindeutiges Zeichen, dass das Thema für ihn beendet war.

»Wie geht es jetzt weiter, Doc?«, fragte Treat und lenkte die Aufmerksamkeit wieder auf Hope.

»Nun, sie neigt eigentlich nicht zu Koliken, daher würde ich sagen, dass ihr sie erst mal einfach gut im Auge behaltet.« Er kratzte sich am Kopf. »Du sagst, dass sie in der letzten Zeit nicht gut gefressen hat, daher gebe ich ihr etwas gegen mögliche Schmerzen und Unwohlsein. Am besten bringt ihr sie nach Hause und beobachtet sie. Kein Wasser, nichts fressen. Ihr kennt das ja.«

»Ja, Sir, wir geben gut auf sie acht«, sagte Rex.

Nachdem Dr. Baker sich verabschiedet hatte, machten sich Hal und Josh mit Hope auf den Heimweg. Max, Treat und Savannah wollten sich das Turnier ansehen und den Nachmittag genießen, während Rex bis vier Uhr am Tor eingeteilt war.

Mit schwerem Herzen ging Rex zu Hannah. Es tat ihm leid für sie, dass all ihre Vorbereitungen umsonst gewesen waren.

»Hannah, Hope geht es nicht gut. Wir müssen sie nach Hause bringen.« Rex sah, dass sie mit den Tränen kämpfte.

»Ist schon okay. Ich hoffe, sie erholt sich bald.« Sie versuchte zu lächeln, aber es gelang ihr nicht.

Rex sah ihr nach, als sie mit hängenden Schultern davonging, und hätte sie gerne getröstet, aber er musste zurück zum Zufahrtstor und Jade beim Verkauf der Eintrittskarten helfen.

Jade sah, wie Mr. Bradens Truck mit dem Pferdeanhänger davonfuhr, und wusste, dass mit Hope etwas nicht stimmte.

»Was ist los?«, fragte sie, als Rex zurückkkam.

»Dr. Baker meint, sie hat eine leichte Kolik. Er hat ihr Flunixin gegeben und Dad bringt sie jetzt nach Hause.«

»Flunixin wird ihr sicher helfen, aber was meint er mit ›leichter Kolik‹? Wie war ihre Temperatur? Und was ist mit ihrem Blutdruck?« Jade hatte durchaus Respekt für Dr. Bakers Methoden, aber im Gegensatz zu ihr glaubte er nicht an die Wirkung von Massagen und setzte sie folglich auch nicht ein.

Rex erzählte ihr alles, was er wusste, und Jade war beruhigt. Dr. Baker hatte richtig entschieden. Trotzdem wusste sie, wie gut es einem Pferd tun konnte, wenn man es berührte.

»Ich wünschte, ich könnte Hope massieren«, sagte Jade. »Es könnte ihr helfen.«

Rex streckte die Hand aus und strich ihr über die Wange. »Das liebe ich an dir. Du bist so fürsorglich.« Er trat einen

Schritt näher und sofort sah Jade sich um, ob sie jemand beobachtete.

»Tut mir leid.« Rex zuckte zurück. »Ich hasse das.«

»Hast du dir etwas überlegt, wie wir mit dieser Situation umgehen sollen? Jetzt, wo es Hope nicht gut geht, sollten wir uns wahrscheinlich bedeckt halten. Wenn sich dein Vater Sorgen macht, wird er nicht besonders gnädig reagieren, wenn er von uns erfährt.« Sie versuchte zu lächeln, doch der Gedanke, dieses Versteckspiel noch länger spielen zu müssen, versetzte ihr einen Stich. Eigentlich bezweifelte sie, dass sich irgendetwas ändern ließ, aber einen Versuch war es immerhin wert.

»Hallo, Süße!« Riley kam angestürmt und umarmte Jade. »Aha, Sexy Rexy«, sagte sie mit einem Blick auf Rex.

Rex zog eine Augenbraue hoch und Jade wäre am liebsten im Boden versunken.

»Tut mir leid«, sagte Jade zu Rex gewandt. »Ich dachte, du wolltest mit dem Typen aus dem Reiterladen kommen«, fragte sie Riley dann. »Wo ist er denn?«

Riley schob sich eine Strähne hinters Ohr und verdrehte die Augen. »Dieser Loser! Er wollte mich eh nur ins Bett kriegen.« Sie lächelte Rex an. »Sorry, aber so reden wir Mädels nun mal. Aber warum wollen bloß alle Männer nur das Eine?«

»Von mir aus kannst du mir alle möglichen albernen Spitznamen geben«, sagte Rex mit ernster Miene, aber Jade konnte sehen, dass seine Mundwinkel zuckten. »Und ich kann verstehen, wenn es dir nicht gefällt, wie Männer mit dir umspringen. Aber vielleicht solltest du uns nicht alle in einen Topf werfen. Es gibt auch andere Männer.«

»Tja, du bist ja nun schon vergeben.« Sie zwinkerte Jade zu.

»Also hast du ihm den Laufpass gegeben?«, fragte Jade.

»Ja, für Typen wie ihn ist mir meine Zeit zu schade. Aber

eines Tages werde ich einen netten Mann kennenlernen, der auch noch etwas anderes im Kopf hat als Sex und erkennt, was für eine tolle Frau ich bin.« Riley legte Jade den Arm um die Schulter. »Stimmt doch, oder? Sag mir bitte, dass ich eine tolle Frau bin. Auch wenn's gelogen ist.«

Jade lachte ein wenig verlegen. Es war ihr peinlich, dass Rex mitbekam, wie sie normalerweise miteinander redeten.

»Das muss ich dir doch nicht sagen, Schätzchen«, sagte Jade und gab ihrer Freundin einen Kuss auf die Wange.

»Und was machst du hier in Weston, Riley? Hast du nicht Modedesign oder so was studiert?«, fragte Rex.

Riley stöhnte. »Hast du eine Ahnung, wie schwer es ist, sich in der Modeindustrie einen Namen zu machen? Viel schwerer, als einen Mann für ein anständiges Date zu finden.«

Jade freute sich, dass Rex sich für das interessierte, was ihre Freundin machte, und sie stellte sich vor, wie schön es wäre, wenn sie gemeinsame Freunde hätten. Die Zukunft hielt so viel für sie bereit – aber sie wagte nicht, davon zu träumen.

»Und? Hast du gut abgeschnitten am College?«

»Machst du Witze? Topnoten in allen Fächern – und außerdem habe ich noch während meiner Ausbildung zwei Preise in Modedesign gewonnen«, erwiderte sie stolz.

»Die Konkurrenz ist wirklich mörderisch«, fügte Jade hinzu.

»Es kommt gar nicht unbedingt darauf an, was du kannst, sondern eher darauf, wen du kennst, welche Beziehungen zu hast. Und jemand, der aus Weston in Colorado kommt und mit Ranchern und Pferdezüchtern per Du ist, kann in der Modewelt nicht viel reißen. Also bin ich wieder hier und arbeite bei Macy's. Niedere Arbeiten für einen mageren Lohn. Wenigstens kriege ich Rabatte. Mit anderen Worten: Ich mache all die Sachen, die ich auch ohne eine Ausbildung am College hätte machen können.« Riley zuckte die Schultern. »Ich bin eben nicht für Großes geschaffen«, sagte sie.

»Sie ist wirklich gut«, meinte Jade. »Erinnerst du dich an das weiße Kleid, das ich bei unserem ersten Date anhatte?« Der Blick, mit dem Rex sie ansah, war eindeutig. Ihm gingen dieselben Bilder durch den Kopf wie ihr. »Das hat Riley gemacht. Sie hat es entworfen und genäht.«

»Das war atemberaubend«, sagte Rex mit vielsagendem Lächeln.

»Ach was«, sagte Riley mit einer wegwerfenden Handbewegung. »Das ist nicht meine beste Arbeit. Ich habe jede Menge Entwürfe, eine ganze Mappe voll, aber bisher hatte ich noch keine Zeit, sie zu umzusetzen. Für Weston sind sie vielleicht auch ein bisschen gewagt, also ...« Wieder zuckte sie die Achseln.

»Ich weiß nicht, ob es dir helfen würde, aber mein Bruder Josh ist Designer. Warum gibst du mir nicht deine Mappe und ich zeige sie ihm? Vielleicht kann er etwas einfädeln.«

Jade wäre ihm vor Dankbarkeit am liebsten um den Hals gefallen, aber sie wagte es nicht.

Riley dagegen hatte in dieser Hinsicht keinerlei Bedenken. Sie hüpfte in die Höhe und gab ihm einen Kuss auf die Wange. »Ehrlich? Selbst, wenn ihm meine Sachen nicht gefallen, kann er mir vielleicht ein paar Tipps geben, was ich besser machen sollte. Ich kenne Josh noch aus der Schule. Er war immer nett zu allen und jeder in Weston weiß, dass er der beste Designer überhaupt ist. Himmel, es ist eine halbe Ewigkeit her, seit ich ihn zuletzt gesehen habe. Ich würde gerne noch mehr lernen, aber für Zusatzkurse hat das Geld einfach nicht gereicht.«

Riley strahlte und Jade platzte fast vor Stolz. Dass Rex überlegte, wie er Riley helfen könnte, bedeutete ihr so viel.

Auch, wenn Josh die Entwürfe nicht gefielen, hatte er es zumindest versucht.

»Geht ihr heute Abend zu dem Konzert?«, fragte Riley.

Jade warf Rex einen Blick zu. Mit seinen Geschwistern auf Heimatbesuch und den Sorgen um Hope würde er vielleicht lieber daheim sein.

»Jade?«, fragte er.

Immer galt sein erster Gedanke ihr, und das war einer der Gründe, warum Jade rettungslos in ihren sexy Cowboy verliebt war.

»Ich würde gerne hingehen, aber ich weiß, dass du dich um deine Familie kümmern willst. Und außerdem könnten wir sowieso nicht zusammen gehen.« Sein Kiefer begann zu mahlen – ein sicheres Zeichen, dass er ihre Heimlichkeiten ebenso hasste wie sie.

Er trat zu Jade und sagte leise: »Ich frage zu Hause nach, was meine Geschwister vorhaben, aber ich werde auf jeden Fall da sein. Ruf mich an und sag mir, wann du hinfährst.«

Riley schüttelte den Kopf. »Ich verstehe ja, warum ihr so vorsichtig seid, aber jeder, der euch im Weg steht, muss verrückt sein. Seht euch doch nur an. Ihr seid wie füreinander geschaffen. Er sieht dich an, als seist du seine Luft zum Atmen, und sie sieht dich an, als wärst du Brad Pitt oder so. Und ihr beide seht aus, als würdet ihr am liebsten übereinander herfallen.«

»Riley!«, stieß Jade hervor.

»Das Mädel ist gar nicht dumm«, grinste Rex.

Einunddreißig

Um Viertel nach sieben klingelte Rex' Handy. Er war überrascht, wie aufgeregt er plötzlich war. Das war ihm bisher wirklich noch nicht passiert! Er drückte die Taste, die der junge Mann im Handyladen ihm gezeigt hatte, und war froh, als Jades Stimme aus dem kleinen, seltsam geformten Gerät ertönte.

»Hallo, Liebes«, sagte er.

»Hi. Wie geht es Hope?«, fragte Jade.

Ihre Stimme klang so süß und sie stellte ihre Frage so vorsichtig, dass er sich ins Gras setzte, um es zu genießen. »Sie ist nicht sie selbst, soviel steht fest. Dad wird bei ihr sein.« Die Geschwister hatten überlegt, ob einer von ihnen auf der Ranch bleiben sollte, falls ihr Vater Hilfe brauchte, doch Hal hatte abgewinkt. *Ich habe mein ganzes Leben mit Pferden zu tun gehabt. Geht nur zu eurem albernen Konzert. Amüsiert euch.*

»Steht sie oder liegt sie? Ihr solltet darauf achten, dass –«

»Jade«, sagte er lächelnd. Ihre Fürsorge rührte ihn. »Dad ist Pferdezüchter, und das seit Jahrzehnten. Er weiß, was zu tun ist.«

»Du hast recht. Tut mir leid«, sagte sie. »Kommst du heute Abend?«

Allein das Wort *kommen* von ihren Lippen zu hören, erregte

ihn. »Wenn du das Konzert meinst, ja. Wenn du etwas anderes meinst, nur mit dir.«

Sie schwieg und Rex verfluchte sich insgeheim. War er zu weit gegangen? Er hatte keine Ahnung, ob es bei Handytelefonaten bestimmte Regeln zu beachten galt, sondern war einfach seinem Gefühl gefolgt. Zerknirscht sagte er: »Tut mir leid, das war ziemlich geschmacklos.«

»Nein, es war sexy«, sagte sie leise. »Es ist nur … es verschlägt mir den Atem. Wenn ich mit dir zusammen bin, komme ich mir vor wie fünfzehn, selbst am Telefon. Als ich deine Nummer gewählt habe, schlug mit das Herz bis zum Hals. Ehrlich, Rex, es ist so seltsam.«

»Ich weiß, Babe. Mir geht es genauso. Ich habe keine Ahnung, wie ich mich heute Abend von dir fernhalten soll, aber ich möchte gerne zu dem Konzert und dich sehen.« Würde er das schaffen? Jade auf dem Konzert sehen und nicht mit ihr zusammen sein, nicht ihre Hand halten oder den Arm um sie legen? Nicht in einer schummrigen Ecke mit ihr reden, weil jemand sie sehen und ihre Väter von ihrer Beziehung erfahren könnten? Mittlerweile war er sich nicht mehr sicher, ob es ihm nicht egal war, wer davon erfuhr. Dann bahnte sich seine Loyalität einen Weg an die Oberfläche und er wusste, dass es ihm keineswegs egal war.

»Ich weiß. Vielleicht sollten wir nicht hingehen.«

»Nein, dich nicht sehen zu können, ist noch schlimmer. Außerdem tritt Max' Freundin Kaylie heute Abend auf und alle sind ganz wild darauf, sie zu hören. Wir werden einfach vorsichtig sein. Gehen deine Eltern hin? Und dein Bruder?«

Sie lachte. »Mein Bruder? Der ist schon seit Jahren nicht mehr bei einem Konzert gewesen und meine Eltern haben im Augenblick zu viel mit sich selbst zu tun. Sie werden also nicht da sein. Treffen wir uns am Eingang?«

»Okay, dann bin ich um acht Uhr da. Jade?«, fragte er. Einen Moment lang überlegte er, ob er ihr von der Begegnung mit ihrer Mutter erzählen sollte, und beschloss dann zu warten, bis sie sich sahen.

»Ja?«

»Ich vermisse dich.«

Er hörte, wie ihr kurz der Atem stockte, und wusste, dass sie dieselbe Sehnsucht verspürte wie er. »Ich vermisse dich auch«, sagte sie.

»Jade?«

»Ja?«

»Ich liebe dich«, sagte er und wartete atemlos auf ihre Antwort.

»Ich liebe dich auch, Rex.«

Dicht aneinandergekuschelt saßen Treat und Max auf dem Rücksitz des SUV, als müssten sie sich in einem Wintersturm gegenseitig wärmen. Rex spürte, wie sein Blick immer wieder zu den beiden ging. Die Art, wie Max ihrem Bruder in die Augen sah und ihm sanft über die Wange strich, als sei er der Mittelpunkt ihrer Welt, steigerte seine Sehnsucht nach Jade ins Unermessliche.

»Savannah, was ist eigentlich mit dir und Connor?«, fragte er seine Schwester, um sich von Max und Treat abzulenken.

Savannah arbeitete als Medienanwältin und war seit Jahren die Rechtsberaterin von Connor Dean, einem bekannten Schauspieler. Die beiden hatten seit ein paar Monaten eine mehr oder weniger feste Beziehung.

»Was soll da sein?«, fragte sie.

»Seid ihr noch zusammen?«, wollte Treat wissen. Seine Schwester mochte noch so erwachsen sein: Er wollte trotzdem sichergehen, dass alles in Ordnung war.

»Wir ... Es ist kompliziert.« Savannah drehte sich zu Rex und fragte: »Wie stellst du dir das heute Abend mit Jade vor? Ich meine, wie wollt ihr euch treffen, ohne dass jemand etwas merkt?«

»Keine Ahnung. Das ist Neuland für mich«, erwiderte Rex. Er zog sich den Hut in die Stirn und fragte sich, wie der Abend wohl verlaufen würde.

»Ich finde, ihr solltet einfach auf's Ganze gehen. Was kann denn schon passieren?«, sagte Savannah grinsend.

»Savannah, in ein Wespennest zu stechen ist keine gute Idee«, warnte Treat.

»Wieso? Warum sollte er nicht mit der Frau zusammen sein dürfen, die er liebt? Genauso wie du.« Sie zwinkerte Max zu.

»Sie hat recht, finde ich«, sagte Max. »Ich kann es kaum erwarten, Kaylie heute Abend singen zu hören. Sie ist wirklich gut. Rex, kannst du mit Jade tanzen oder ist das auch nicht erlaubt?«

Vom Fahrersitz erklang Joshs Lachen. »Das ist doch, als würdest du einem Alkoholiker bei einer Party ein Glas Bier in die Hand drücken und ihn bitten, darauf aufzupassen.«

Rex boxte Josh auf den Arm. »Wohl kaum«, sagte er streng. »Meinst du, ich kann mich nicht beherrschen? Wofür hältst du mich? Für ein Tier?«

»Als hätte ich nicht mitbekommen, wie du sie angestarrt hast, an dem Tag, als Max den Unfall auf unserer Zufahrt hatte«, warf Josh herausfordernd ein.

Rex kochte innerlich. Mit Jade zusammen zu sein, ohne sie

berühren zu dürfen, würde schwer genug sein. Da konnte er die Witzeleien seines Bruders nicht auch noch gebrauchen. Allerdings war es noch nie einfach gewesen, einen Braden zum Schweigen zu bringen.

»Uns fällt schon etwas ein. Etwas anderes bleibt uns ja nicht übrig. Max, wahrscheinlich sollte ich nicht mit ihr tanzen. Wer weiß, welche Lawine wir damit lostreten würden. Wenn Dad erfährt, dass wir zusammen getanzt haben … Er würde sofort Lunte riechen.« Er schüttelte den Kopf. Ihm war klar, dass es allmählich Zeit wurde, eine Entscheidung zu treffen.

Zweiunddreißig

»Du bist wirklich gemein«, sagte Riley und betrachtete Jade in ihrem kurzen Jeansrock und den sexy Rogue-Stiefeln von oben bis unten.

»Was denn?« Jade befingerte ihre Seidenbluse. Der Ausschnitt war sehr tief und der Stoff fast durchsichtig. Wenn sie sich schon nicht mit Rex in der Öffentlichkeit zeigen durfte, wollte sie wenigstens dafür sorgen, dass er nur Augen für sie hatte.

Sie standen am Eingang zu dem Gelände, auf dem das Konzert stattfinden sollte, und warteten auf Rex und seine Geschwister. Halb Weston hatte sich inzwischen dort versammelt und Jade war nervös. Wahrscheinlich konnte selbst ein Blinder sehen, was sie für Rex empfand. Sie klatschte sich ein Lächeln ins Gesicht und hoffte, dass niemand merken würde, wie es sich veränderte, sobald ihr Blick auf Rex fiel.

»Oh, da sind sie!« Riley zeigte auf die Bradens, die gerade den Parkplatz überquerten. »Wow. Das ist ja wie bei einer Filmpremiere, wenn die Darsteller auflaufen. Sie sind wirklich die heißeste Familie weit und breit.«

»Hör auf, sie anzugaffen«, sagte Jade und leckte sich die Lippen. Rex ging zwischen Josh und Treat. Er sah Jade unverwandt an und auch sie konnte den Blick nicht von ihm wenden. Savannah bückte sich, um etwas aufzuheben, während die anderen weitergingen. Max ergriff Treats Hand und Treat zog sie an sich. Rex blieb stehen und wartete auf Savannah. Er berührte sie leicht an der Schulter und sagte etwas, was Jade nicht hören konnte. Savannah lächelte, dann richtete sie sich auf und umarmte ihn. Jade spürte, wie der letzte Rest an Zurückhaltung in ihr dahinschmolz. Sie verstand, dass alles, was er tat, von Liebe durchdrungen war. Das zeigte sich, wenn er mit seinen Geschwistern zusammen war und wenn er mit ihr sprach und immer genau die richtigen Worte fand. Auch sein Wunsch, seinem Vater nicht wehzutun und ihre Beziehung vorerst geheimzuhalten, war Ausdruck seiner Liebe. Als Jade ihn so sah, wie er Savannah den Arm um die Schultern legte, wusste sie, dass es kein Zurück gab.

Dreiunddreißig

»Ich glaube wirklich, du solltest dir keine Sorgen um Dad machen und alles auf eine Karte setzen«, sagte Savannah, während sie auf den Eingang zugingen.

»Hast du deshalb diese Münze aufgehoben? Damit du mir zureden kannst, ohne dass Treat und Josh zuhören?«, fragte Rex.

Savannah hob eine Augenbraue und lächelte stumm.

»Hast du eine Ahnung, wie schwer das für mich ist? Du kennst mich, Savannah. Wann habe ich euch jemals etwas von meinen Frauenbekanntschaften erzählt? Hm?« Rex' Stimme klang barsch, aber nicht wegen Savannah. Sondern weil Jade am Tor stand und so sexy aussah in diesen Stiefeln, die sie in der Schlucht angehabt hatte, und einer Bluse, die so durchscheinend war, dass ihr bloßer Anblick sein Blut in Wallung brachte. Wie sollte es erst werden, wenn er neben ihr stand? Sie sah ihn mit einem unschuldigen Lächeln an, doch ein Blick in ihre blauen Augen reichte und er wusste, dass ihre Gedanken alles andere als unschuldig waren. Er war nur noch ein paar Schritte von ihr entfernt, und als sie das Tor erreichten, musste er sich daran festhalten, sonst konnte er keine Garantie für das übernehmen, was seine Hände mit ihr anstellen würden.

»Hi«, sagte sie und leckte sich die Lippen.

Rex unterdrückte ein Stöhnen und atmete tief ein und aus. »Du siehst hinreißend aus.«

Sie ließ ihren Blick über seinen Körper schweifen. »Du auch.«

Savannah drängte sich zwischen sie. »Jade, hi! Schön, dich zu sehen. Hi, Riley.«

»Hallo, Savannah. Nett, dich wiederzusehen«, sagte Riley.

Rex und Jade sahen sich immer noch unverwandt an, doch er wusste, dass er sich in Bewegung setzen musste, sonst würde er sie vielleicht nie vom Tor weggehen lassen.

»Riley, das ist Max, und Treat und Josh kennst du ja«, sagte er.

»Wie ich höre, bist du inzwischen Modedesignerin?«, sagte Josh, als sie zusammen durch das Tor gingen.

Angeregt plaudernd verschwanden sie in der Menge.

Rex hatte das Gefühl, als seien alle seine Sinne geschärft. Er spürte Jades Nähe neben sich und hatte nur noch den Wunsch, die Hand auszustrecken und sie zu berühren. Stattdessen ballte er die Fäuste.

»Wie geht es Hope?«, fragte sie.

»Unser Vater ist bei ihr«, antwortete Savannah. »Er wird sich melden, falls er uns braucht. Als wir losgefahren sind, war sie immer noch anders als sonst. Sie wälzt sich nicht und beißt auch nicht, aber sie ist unruhig. Ich dachte, die Arznei würde die Schmerzen lindern.«

»Das sollte sie auch«, sagte Jade besorgt.

»Seht nur!«, rief Max. Auf der improvisierten Bühne stand Kaylie Crew, die Frau ihres Chefs und gleichzeitig ihre beste Freundin, mit ihrer Band und sang. Plötzlich entdeckte Max eine hübsche Frau mit lockigen Haaren und kreischte los.

»Danica! Ich wusste gar nicht, dass du auch kommst!« Max

umarmte Danica und begrüßte auch ihren Mann Blake Carter. Er war ein Cousin von Rex.

»Hi, Cousin!«, sagte Blake zu Treat.

Treat umarmte ihn breit grinsend. »Blake! Wie schön, dich zu sehen.«

»Kaylie ist schließlich die Schwester meiner Frau. Meinst du wirklich, wir würden uns das entgehen lassen? Eine Chance, meine Cousins zu sehen und meine Schwägerin singen zu hören?«

Die Ähnlichkeit zwischen den Cousins war unverkennbar. Wie die Braden-Brüder war auch Blake groß, dunkel und attraktiv. Rex zog ihn an sich und schlug ihm liebevoll auf die Schulter. Dann legte er Jade mit besitzergreifender Geste die Hand auf den Rücken und spürte, wie sie zusammenzuckte.

»Tut mir leid, dass wir nicht zu eurer Hochzeit kommen konnten«, sagte Savannah und gab Blake einen Kuss auf die Wange. »Josh ist auch irgendwo hier. Er ist sofort verschwunden, kaum dass wir angekommen sind.«

»Blake, das ist Jade.« Lieber Himmel, wie gerne wollte er aller Welt sagen, dass sie zu ihm gehörte. *Meine Freundin.* So einfach und doch unmöglich.

»Hi, Jade«, sagte Blake. »Bist du mit Rex hier?« Sein Blick ging zwischen den beiden hin und her.

Savannah kam ihnen zu Hilfe. »Jade Johnson«, meinte sie, als wäre damit alles gesagt.

Blake riss die Augen auf. Rex nahm seine Hand von Jades Rücken. »Ah, verstehe.« Er trat einen Schritt näher zu Jade. »Verbotene Liebe, hm?«, sagte er augenzwinkernd.

Jade war selbst überrascht, als sich ihr Magen zusammenkrampfte und ein schmerzhafter Stich ihr Herz durchfuhr. Sie wollte nicht die verbotene Liebe sein. Sie wollte sich bei Rex unterhaken und allen Frauen, die die gut aussehenden Bradens beäugten, zeigen, dass sie zu ihm gehörte und er zu ihr. Stattdessen lächelte sie Rex' Cousin an.

»Ja, könnte man so sagen«, brachte sie hervor.

Rex sah sie an und bat sie wortlos um Entschuldigung, doch nicht einmal der Blick seiner warmen Augen linderte den Schmerz über das schmutzige Gefühl der heimlichen Geliebten.

Aus den Augenwinkeln nahm sie Riley wahr, die mit Josh tanzte, und Eifersucht und Ärger brandeten in ihr auf.

»Entschuldigt mich bitte. Ich hole mir etwas zu trinken«, sagte sie. Sie musste verschwinden, bevor sie etwas tat oder sagte, was sie später bereuen würde.

»Ich komme mit«, bot Rex an.

»Nein, bleib ruhig hier. Schließlich siehst du deinen Cousin ja nicht so oft. Ich bin gleich wieder da.« Sie spürte Rex sengenden Blick, der ihr folgte, als sie zum Imbissstand ging.

»Tut mir leid, Mann, ich wollte sie nicht ärgern«, sagte Blake zu Rex.

»Es ist nicht deine Schuld«, sagte Rex. »Es ist diese elende Fehde zwischen unseren Familien. Ich weiß nicht, wie man sie aus der Welt schaffen sollte, und …«

»Und du willst mit Jade zusammen sein. Verstehe. Als ich Danica kennenlernte, war sie meine Therapeutin. Eine verbotene Frucht, wie sie im Buche steht.« Blake drehte sich um und sah Danica an. »Der beste Apfel, den ich je angebissen habe.«

Rex warf einen Blick Richtung Imbissstand und sah Jade mit Jimmy Palen zusammen stehen, der eine große Autowerkstatt in der Stadt besaß. Mit einer Bierflasche in der Hand lehnte er am Imbissstand, sodass Rex seine grünen Augen nicht sehen konnte, aber er hätte wetten können, dass er Jade in den Ausschnitt starrte.

In diesem Moment warf Jade lachend den Kopf zurück und Jimmy legte ihr die Hand auf den Arm. Gleich darauf bahnten sie sich einen Weg zur Tanzfläche.

»Ein Tänzchen, großer Bruder?« Savannah wusste immer, wie sie ihn ablenken konnte. Im Gegensatz zu vielen anderen Besuchern hatte sie keine Westernsachen an, sondern eng anliegende Jeans und ein schwarzes Top mit Spaghettiträgern. Der Kontrast zu ihren kastanienbraunen Haaren war atemberaubend und ihre Augen leuchteten. Ob es ein glückliches oder ein spitzbübisches Leuchten war, konnte Rex nicht sagen.

»Nein, danke«, sagte er.

»Oh doch«, sagte sie, nahm ihn beim Arm und zog ihn auf die Tanzfläche.

Bei seiner Größe war es nicht so einfach, ihn irgendwo hinzuzerren, doch seine Füße hatten offenbar ihren eigenen Willen. Eigentlich wollte er sich nicht vom Fleck rühren, um Jade und Jimmy im Auge behalten zu können. Auf keinen Fall wollte er mit seiner Schwester tanzen, aber trotzdem fand er sich unversehens auf der Tanzfläche wieder und bewegte sich zur Musik.

Rex wandte den Blick nicht von Jade und Jimmy. Er spürte, wie er nach und nach immer wütender wurde, als er sah, wie Jade unter Jimmys hungrigen Augen die Hüften wiegte. Unverhohlen starrte er auf ihre Brüste.

»Rex, ist alles okay? Sie tanzen doch nur.« Savannah legte ihm die Hand auf den Arm. Rex war so angespannt, dass er unwillkürlich zusammenzuckte.

Durch das Rauschen des Blutes in seinen Ohren hörte er kaum, was sie als Nächstes sagte.

»Treat? Ich glaube, wir haben ein Problem.«

»Rex, wir können hier keinen Ärger gebrauchen«, sagte Treat mit leiser, aber fester Stimme.

»Oh, keine Sorge, großer Bruder. Ich mache schon keinen Ärger.« *Aber diese Frau gehört mir.*

Jade sah ihn an und dieser flüchtige Blick enthüllte einen so tiefen Schmerz, dass es ihn wie ein Schlag in die Magengrube traf. Wie konnte er nicht mitbekommen, dass sie das verletzte, was ihn in Wut versetzte? So konnte es nicht weitergehen. Treat legte ihm eine beruhigende Hand auf die Schulter, doch Rex wusste, dass er ihr nicht noch mehr Schmerz bereiten wollte. Diese verrückte Situation musste ein Ende haben.

Er sah seinem Bruder fest in die Augen. »Hätte dich irgendetwas von Max fernhalten können?«, fragte er. Er wollte es wirklich wissen, obwohl er die Antwort eigentlich schon kannte. Bevor Treat etwas sagen konnte, wandte er sich an Blake: »Hättest du zugelassen, dass etwas zwischen Danica und dich kommt?«

»Nie im Leben«, sagte Blake, zog Danica an sich und vergrub seine Finger in ihren wilden, dunklen Locken.

Nacheinander sah Rex seine Geschwister an. Er erkannte die Sorge in ihrem Blick, aber auch den Rückhalt, den sie ihm boten. Rex nickte und fühlte sich gestärkt.

»Zum Teufel mit dieser ganzen Sache. Weder Dad noch ihre Eltern sind hier, aber selbst, wenn sie hier wären, ich kann nicht länger mit dieser Lüge leben. So bin ich nicht. Dieser

Unfug muss aufhören.«

Rex trat entschlossen vor, doch Treat hielt ihn zurück.

»Du weißt, was passiert, wenn du das machst«, sagte er warnend.

Rex sah unbeirrt zu Jade hinüber.

»Rex, sieh mich an.«

Widerwillig wandte er den Blick ab.

»Ich stehe hinter dir – wir alle stehen hinter dir. Aber bist du dir ganz sicher, dass sie die richtige Frau für dich ist? Denn wenn sie nicht die Richtige ist, dann gräbst du dir eine Grube, aus der du so leicht nicht wieder herauskommst, für nichts und wieder nichts.«

Der Zorn flammte so schnell auf, dass Rex ihn nicht eindämmen konnte. »Sie ist die Richtige, und mir ist es egal, ob ich ihretwegen in der Grube lande. Solange sie bei mir ist.« Er riss sich los und trat entschlossen zu Jade und Jimmy. Er wollte keine Szene machen. Er hatte im Grunde nichts gegen Jimmy, außer dass er gerade die falsche Frau begaffte.

»Rex.« Jades Stimme erdete ihn und nahm seiner Wut die schlimmste Schärfe.

»Hi, Babe«, sagte er. »Jimmy? Darf ich?« Er legte Jade den Arm um die Schulter.

»Eine Johnson und ein Braden?« Jimmy hob erstaunt die Augenbrauen. »Das meinst du doch wohl nicht ernst.« Er lachte leise.

»Jimmy, ich habe meinen Partner eingebüßt. Tanzt du mit mir?« Savannah zog den überraschten Jimmy mit sich, jedoch nicht, ohne Rex noch einmal zuzuzwinkern.

Die Band stimmte einen langsamen Song an und Jade legte die Arme um Rex. Er hob ihr Kinn an, sodass er ihr in die Augen sehen konnte.

»Es tut mir leid. Ich wollte dich Blake als meine Freundin vorstellen, aber ich hatte Angst, dass es jemand mitbekommt.«

Ihr Blick war grau vor Sorge.

»Was ist?«, fragte Rex.

»Es wird bestimmt jede Menge Staub aufwirbeln, wenn man uns zusammen tanzen sieht.«

Sein Herz schwoll an vor Liebe. Alles an Jade nährte ihn auf gewisse Weise. Ihre Sinnlichkeit nährte sein Verlangen, ihre Umsicht und Fürsorglichkeit nährten sein Herz, ihre Sorge um Tiere und ihre Zuneigung zu Riley und zu ihrer Familie nährten seine eigene Loyalität. Der Gedanke, dass er nichts von dem zurückgegeben, sondern ihr Schmerzen bereitet hatte, war unerträglich.

Er senkte seine Lippen auf ihre in einem gierigen, besitzergreifenden Kuss. Ihr süßer Duft war ihm schon so vertraut, er spürte die sanfte Wölbung ihrer Brüste und Begehren durchströmte ihn. Er zog sie noch enger an sich und ließ den Kuss noch tiefer werden, bis sich ihre Lippen trennten und sie beide nach Atem rangen.

Jade zitterte. Ihr Blick huschte über die Menschen auf der Tanzfläche und sie wurde rot. Rex drückte sie an sich. »Ich werde dir nie wieder wehtun«, flüsterte er. »Ich werde es meinem Vater heute Abend sagen und ich begleite dich zu deiner Familie, wenn du so weit bist.«

Sie sah ihn an. Der Schmerz in ihren Augen war verschwunden und nun war ihr Blick voller Liebe. »Ich bin so weit«, sagte sie.

Rex Welt hatte sich noch nie so richtig angefühlt. Ihm stand der Kampf seines Lebens bevor, mit dem Mann, der ihm das Leben gegeben hatte – für die Frau, die diesem Leben einen Sinn gab.

Vierunddreißig

Rex nahm Jade bei der Hand und zusammen bahnten sie sich einen Weg durch die Menge – einen Weg in ihre Zukunft. Sein Herz pochte wie wild, doch es war nicht mehr schwer von Ärger und Sehnsucht, sondern übervoll von der Gewissheit, dass dieser Abend alles verändern würde. An diesem Abend würden alle erfahren, dass Jade und er zusammengehörten. Sie würden sich nicht mehr verstecken müssen. Und er würde nicht mehr von der Erinnerung an den Morgen zehren müssen, an dem sie Arm in Arm aufgewacht waren. Von nun an würden sie jeden Morgen so aufwachen.

Seine Brüder, Savannah, Max und Riley folgten ihnen. Sie hatten Mühe, mit ihnen Schritt zu halten, so entschlossen steuerten die beiden auf das Eingangstor zu.

»Wo wollt ihr hin?«, fragte Savannah atemlos.

»Wir sagen es Jades Eltern, bevor ihr Vater es von jemand anderem hört«, rief Rex über die Schulter zurück.

»Ihren Eltern?«, sagte Savannah. »Treat?« Ihr Handy klingelte. Sie blieb stehen, während die anderen weiterhasteten.

»Hier bin ich.« Treat schloss mit Rex auf. »Ich komme mit«, sagte er. Er fragte Max, was sie machen wollte, und sie sagte, sie würde bei Riley, Blake und Danica bleiben.

Am Tor blieb Rex stehen. Schwer atmend standen Josh und Treat neben ihm.

»Ich schaffe das alleine«, sagte er.

»Kommt nicht infrage. Diese Fehde ist größer als du, Rex. Ich weiß, was du für Jade empfindest, und, Jade, ich weiß, wie sehr du meinen Bruder liebst. Aber ich weiß auch, wie schnell die Situation eskalieren kann. Wir kommen mit.« Treats Stimme duldete keinen Widerspruch.

Rex zog Jade mit sich. »Okay.«

»Wartet!«, rief Savannah und winkte wie wild mit der Hand. »Das war Dad. Hope dreht durch. Sie wirft sich hin und her und versucht, sich in den Bauch zu beißen. Und er kann Dr. Baker nicht erreichen.«

Treat und Rex tauschten einen Blick, der Bände sprach.

»Josh, du begleitest Rex. Ich fahre nach Hause und kümmere mich um Dad und Hope«, sagte Treat.

»Sie braucht einen Tierarzt, Treat, nicht uns«, wandte Savannah ein.

»Ich könnte mitkommen«, sagte Jade, ohne zu zögern.

»Was ist mit deinen Eltern?«, meinte Rex. »Irgendjemand könnte plaudern. Es sollte mich nicht wundern, wenn Jimmy ein bisschen Unruhe stiften wollte.«

»Oh, keine Sorge, Jimmy hält die Klappe«, grinste Savannah.

»Dein Vater hätte nicht angerufen, wenn es Hope nicht schlechter ginge, stimmt's?«, fragte Jade.

Sie hatte recht, aber sein Vater würde es niemals zulassen, dass sie auch nur in Hopes Nähe kam.

»Jade ...«

»Du meine Güte, muss ich eigentlich alles allein austüfteln?« Savannah verdrehte genervt die Augen. »Wir fahren alle zu Dad.

Josh und ich lenken ihn ab und sehen zu, dass wir ihn im Haus festhalten. Rex und Treat, ihr übernehmt seinen Posten bei Hope. Und wenn Dad aus dem Weg geschafft ist, kommt Jade dazu.« Sie scheuchte die anderen vorwärts. »Nun kommt schon, Beeilung.«

Rex legte Jade die Hände auf die Schultern. »Bist du sicher, dass du nicht erst zu deinen Eltern willst? Wir können bestimmt irgendwo einen anderen Tierarzt auftreiben.«

»So schnell findest du keinen, Rex. Wir haben keine Zeit zu verlieren. Wenn ihr Magen verdreht ist, kann sie sterben. Ich will erst zu Hope.« Sie legte ihm die Hände auf die Arme. »Und all das macht mir keine Angst mehr. Die Liebe besiegt alles, so heißt es doch, oder?« Sie zog den silbernen Anhänger unter ihrer Bluse hervor.

Er berührte seinen Anhänger. Gott, er liebte sie so sehr. »Stimmt«, sagte er. »Die Liebe besiegt alles.« Er dachte an all die Zeichen, die ihnen in den letzten Tagen den Weg gewiesen hatten, von der Kette seiner Mutter bis hin zu dem Gespräch mit Jades Mutter. Was konnte schon passieren? Nun blieb nur zu hoffen, dass die Liebe auch das größte Hemmnis von allen überwinden würde. Seinen Vater.

Als sie ankamen, warf Hope ihren Körper gegen die Stallwand und schlug mit geblähten Nüstern immer wieder ruckartig mit dem Kopf. Sie hörten Hals Stimme, bevor sie ihn sahen. Kopfschüttelnd und mit sorgenvoller Miene stand er vor der Box.

Treat und Rex traten zu ihm. »Was ist passiert?«, fragte Rex.

»Dad, Treat und Rex können auf Hope aufpassen. Lass uns

ins Haus gehen und nach einem anderen Tierarzt suchen.« Savannah nahm ihren Vater beim Arm und versuchte, ihn mitzuziehen, doch er rührte sich nicht vom Fleck.

»Dad.« Josh sah ihn mit aufgerissenen Augen an. Sein Blick ging zwischen Rex und seinem Vater hin und her, und ohne zu überlegen, platzte er heraus: »Jade Johnson ist Tierärztin.«

Treat und Rex funkelten ihn böse an.

»Kein Johnson wird das Pferd deiner Mutter jemals anrühren«, sagte Hal Braden mit eisiger Stimme.

»Möglicherweise ist sie Hopes einzige Rettung, wenn sie wirklich eine Kolik hat. Hast du ihre Temperatur gemessen?«

»Seit wann verstehst du etwas von Pferden?«, fragte sein Vater. »Sie zeigt keine weiteren Symptome: Sie wälzt sich, reckte den Hals und schnappt. Ich bin kein Tierarzt, aber ich vermute, dass irgendein Magenproblem dahintersteckt.«

Mit einem zornigen Blick auf Josh sagte Rex: »Dad, du machst schon den ganzen Tag nichts anderes als auf Hope aufzupassen. Geh mit Savannah und Josh. Treat und ich bleiben hier und versuchen, sie zu beruhigen.«

»Ja, mach das, Dad. Wir schaffen das schon«, drängte Treat.

Widerstrebend ließ sich ihr Vater von Savannah zum Haus ziehen.

Rex packte Josh am Arm. »Was zum Teufel sollte das?«

»Ich dachte, vielleicht nimmt er Vernunft an und lässt Jade helfen.« Josh zuckte die Achseln.

»Mann, ich könnte dich … Jetzt geh hinterher und passt bloß auf, dass er im Haus bleibt.« Rex hörte, wie Jade ihren Wagen hinter den Bäumen am Wegesrand parkte. Er zog sein Handy hervor und rief sie an.

»Er ist im Haus«, sagte er.

Gleich darauf trat sie mit ihrem Arztkoffer in der Hand

durch die rückwärtige Stalltür.

Jades Nerven waren zum Zerreißen gespannt. Immer wieder wanderte ihr Blick zur Stalltür, als würde Hal Braden jeden Moment hereinstürmen und sie hinauswerfen.

»Können wir irgendetwas tun?«, fragte Rex.

»Mit Hope komme ich alleine zurecht, aber euer Dad macht mich wirklich nervös. Könnt ihr mir einfach Platz machen, damit ich arbeiten kann, und die Augen nach eurem Vater offenhalten?«, fragte sie.

Rex gab ihr einen flüchtigen Kuss. »Danke. Ich weiß, dass das alles nicht einfach ist für dich.«

»Für ein Tier würde ich alles tun.« Als die beiden Brüder an der Stalltür Aufstellung genommen hatten, konnte sie sich auf das konzentrieren, was sie am liebsten tat – außer mit Rex zusammen zu sein.

Jade schloss die Augen und atmete tief ein und aus. Sie sog den Duft von feuchtem Heu, Leder und Pferd ein. Als sie die Augen öffnete, sah Hope sie geradewegs an.

»Hallo, Süße.« Sanft strich sie ihr über den Hals. »Dir geht es nicht so gut, wie?« Hope warf sich nicht mehr von einer Seite zur anderen, sondern stupste Jade in den Bauch. »So ist gut«, sagte sie.

Jade schob den Riegel beiseite und öffnete das Gatter.

»Jade, sei –«

Wortlos hob sie die Hand, als Hope aus der Box kam. Jade versuchte, Rex' wachsamen Blick zu ignorieren, und konzentrierte sich darauf, das Pferd in den breiten Mittelgang im hinteren Teil des Stalls zu führen, wo sie es anband. Sie trat langsam und vorsichtig an Hopes Seite und redete mit ruhiger Stimme auf sie ein.

»Ich werde dich kurz untersuchen, Hope.« Sie lehnte ihr Ohr an Hopes Bauch und war erleichtert, als sie die vertrauten Geräusche hörte. Sie maß die Temperatur und den Puls und stellte sich dann vor sie, um sich die Maulschleimhaut anzusehen. Dabei fiel ihr auf, wie traurig Hope sie betrachtete. Sanft strich sie ihr übers Maul.

»Alles wird gut, Süße. Ich mache jetzt dein Maul auf, okay?«

Hope wieherte leise und stupste sie wieder in die Brust. Die meisten Frauen hätten es unangenehm gefunden, die Nässe auf der Haut zu spüren und die Flecken auf der Bluse zu sehen, aber Jade empfand es als einen Segen, dass das Pferd den Kontakt zu ihr suchte. Es zeigte ihr, dass es sich mit ihr wohlfühlte – und das war die halbe Miete, wenn man ein Pferd untersuchen wollte.

Als sie fertig war, sagte sie: »Ich kann nichts Besorgniserregendes feststellen, Hope. Was geht in deinem hübschen Kopf vor, hm?« Sie streichelte sie sanft, prüfte, ob mit den Augen alles stimmte und ob Anzeichen von Austrocknung festzustellen waren.

Jade warf Rex einen raschen Blick zu. Sie wollte ihn gerne beruhigen und ihm mitteilen, dass bis jetzt alles in Ordnung war, doch sie fürchtete, dass Hope sich erschrecken würde, wenn sie laut rief.

»Okay, Süße, ich werde dich jetzt ein bisschen massieren. Das hilft dir, falls es deinem Magen nicht so gut geht.« Sie legte die flachen Hände auf Hopes Körper, bis sie ihren Rhythmus gefunden hatte. Dann knetete sie am Magenmeridian entlang.

Sie hörte Treat und Rex, bevor sie sie sah. Schweigend sahen die Brüder zu, wie sie Hopes Körper massierte und dabei auf

Anzeichen dafür abtastete, dass etwas nicht stimmte. Hope ließ es still über sich ergehen. Jade nahm sich besonders viel Zeit für den Punkt, der auch Berle und vielen anderen Pferden mit Magenbeschwerden schon geholfen hatte.

Voller Bewunderung sah Rex zu, wie Jade all ihre Liebe und Energie in das Pferd fließen ließ. Er war fasziniert von der Sorgfalt und Konzentration, mit der sie vorging, und lauschte wie verzaubert ihrer sanften, ruhigen Stimme, mit der sie Hope zuredete, als redete sie mit einem Kind. Unwillkürlich stellte er sich Jade mit einem Kind vor. Mit seinem Kind.

»Es ist alles okay«, sagte Jade kurze Zeit später. »Ich glaube nicht, dass sie eine Kolik hat. Dafür ist sie zu stabil. Außer dem, was euer Vater an Verhaltensauffälligkeiten bemerkt hat, gibt es keine Anzeichen für eine Kolik. Möglicherweise hat sie einfach leichte Magenbeschwerden. Es könnte gut sein, dass das Turnier sie gestresst hat. Das reicht schon, um den Magen durcheinanderzubringen.«

»Was zum Teufel macht sie hier?«

Alle wirbelten herum und starrten auf Hal Braden, der groß und mächtig im Eingang stand.

»Dad«, sagte Rex. Sein Blick ging von der Frau, die er liebte, zu dem Mann, den er ebenfalls liebte, und sein Herz war voller Sehnsucht.

»Komm mir nicht mit deinem ›Dad‹, Rex Braden«, sagte er im Näherkommen. Seine Augen waren fast schwarz vor Zorn. »Finger weg von Hope«, sagte er zu Jade.

»Dad, Hope geht es gut«, sagte Rex.

Sein Vater hörte nicht zu. Er starrte auf den silbernen

Anhänger um Jades Hals. Schwer atmend ging er Schritt für Schritt auf sie zu.

Rex wollte sich schützend vor Jade stellen, als Treat neben ihm auftauchte.

»Hope brauchte einen Tierarzt. Und Jade ist eine verdammt gute Tierärztin«, sagte er.

»Geh mir aus dem Weg, Junge«, befahl Hal mit tiefer, eiskalter Stimme.

Rex verschränkte die Arme. »Ich werde nicht weggehen, bevor ich weiß, dass du dich höflich und vernünftig benimmst.«

Sein Vater fegte ihn mit einer einzigen Bewegung beiseite. Bevor Rex sich zur Wehr setzen konnte, hatte Treat ihn am Arm gepackt und hielt ihn zurück.

»Was soll das?«, fragte Rex wütend.

»Wo haben Sie das her?«, fragte sein Vater Jade.

Ihre zitternden Finger umschlossen den Anhänger.

»Ich habe Sie etwas gefragt, Jade Johnson.«

In diesem Moment kamen Savannah und Josh in den Stall gelaufen.

»Verdammt«, sagte Josh. »Er hat gesagt, er würde sich hinlegen. Ich hab mir nichts dabei gedacht, bis ich nach ihm sehen wollte und seine Tür offen und das Zimmer leer fand.«

»Ist schon okay«, sagte Treat.

»Dad«, sagte Savannah, »Jade ist hier, um Hope zu helfen.«

Ein einziger Blick ihres Vaters ließ sie verstummen.

Rex riss sich von Treat los und trat zu seinem Vater. »Dad, wenn du auf jemanden losgehen willst, dann auf mich.«

»Das kommt schon noch, keine Bange«, sagte sein Vater, ohne Jade aus den Augen zu lassen. »Sobald sie meine Frage beantwortet hat.«

»Ich … wir …«, stotterte Jade.

Rex würde Jade nicht dem Zorn seines Vaters ausliefern. Er liebte sie und hatte keine Lust mehr, seine Liebe zu verstecken. Es war seine Pflicht, sie zu beschützen und ihr beizustehen.

Er trat zwischen Jade und seinen Vater, der sich zu seiner vollen Größe aufrichtete. Rex war groß, aber sein Vater war noch größer. Fast hätte seine Loyalität die Oberhand gewonnen, fast hätte er den Blick gesenkt und wäre der Konfrontation ausgewichen, doch für den Bruchteil einer Sekunde spürte er Jades Fingerspitzen an seinem Rücken. Es war nur der Hauch einer Berührung, doch sie gab ihm den Mut, seinem Vater in die Augen zu sehen.

»Wenn du mit Jade reden willst, dann bitte höflich und respektvoll.« Seine Hände zitterten und er verschränkte die Arme. »Ich habe ihr diese Kette gegeben. Hast du ein Problem damit? Dann lass es an mir aus, nicht an ihr.«

Die Spannung zwischen Vater und Sohn war mit Händen zu greifen. Seine Geschwister beobachteten sie stumm, doch Rex nahm sie kaum wahr. Außer seinem Vater und Jade, die seines Schutzes bedurfte, schien es nichts mehr zu geben. Das leidige Versteckspiel und die Gewissensqualen der letzten Tage stürzten auf ihn ein, dicht gefolgt von dem, was er in den vergangenen fünfzehn Jahren durchlebt hatte.

»Geh beiseite, Junge«, sagte sein Vater.

»Ich bleibe, wo ich bin, Dad.« Er griff unter sein Hemd und zog seinen Anhänger hervor.

Seinem Vater stockte der Atem. »Ich habe diese Frage einmal gestellt und erwarte eine Antwort. Woher habt ihr diese Ketten?«

»Ich sage dir alles, was du wissen willst. Ich habe nichts zu verbergen und es gibt nichts, wofür ich mich schämen muss – außer, dass ich meine Beziehung zu Jade geheim gehalten habe.«

Er wandte sich zu Jade und zog sie in die Geborgenheit seiner Arme.

Sein Vater sah Treat an. »Bist du eingeweiht?«

Treat sah seinen Vater geradewegs in die Augen. »Ja, Sir.«

»Ich auch«, sagte Josh und trat vor.

»Und ich auch«, fügte Savannah hinzu.

Ihr Vater blickte schwer atmend in die Runde. Sein Gesicht wurde von Sekunde zu Sekunde röter. Fast tat er Rex leid.

»Ich hätte nie gedacht, dass eine Johnson meine eigenen Kinder gegen mich aufbringt.«

»Mr. Braden, ich bringe niemanden —«

Er unterbrach sie barsch. »Ich will nur eins wissen.« Er sah Rex an. »Woher hast du diese Ketten?«

»Das sage ich dir, wenn du dich bei Jade entschuldigst.« Rex wusste, dass er mit dem Feuer spielte. Niemand forderte Hal Braden heraus, am wenigsten seine eigenen Kinder.

Sein Vater verschränkte die Arme. Rex tat es ihm nach.

Plötzlich wieherte Hope und warf sich von einer Seite zur anderen. Rasch zog Rex Jade weg.

»Sie machen sie unruhig!« Mit funkelnden Augen riss sich Jade von Rex los. »Er hat die verdammte Kette in einem Laden bekommen. *Juwelen der Vergangenheit* heißt er. Die Frau dort sagte, dass sie Adriana von der Highschool kannte. Und sie sagte, dass die Kette für uns bestimmt sei.«

Rex' Vater spannte den Kiefer an.

Hope wurde immer aufgeregter. Ihr Hals flog ruckartig von einer Seite zur anderen.

»Was wollen Sie sonst noch wissen?«, fragte Jade aufgebracht. »Wir sollten diesen Unfug zu einer anderen Zeit und an einem anderen Ort besprechen, denn dieses Pferd hier ist in Not, und je mehr ihr euch aufführt wie Kampfhähne, desto unruhiger wird es.«

»Sie hat eine Kolik«, beharrte Hal Braden.

»Nein, hat sie nicht. Sie zeigt lediglich Verhaltensänderungen, aber sonst sind keine Anzeichen von Koliken festzustellen. Außerdem hat sie auf eine Massage des Magenmeridians angesprochen. Wahrscheinlich hat ihr all der Stress hier zugesetzt und das Turnier hat ihr den Rest gegeben.«

Als sein Vater auf das Pferd zuging, stellte sich Rex zwischen ihn und Hope. »Lass Jade sich um Hope kümmern, Dad. Sie hat es vorhin auch geschafft.«

»Kein Johnson fasst mein Pferd an.«

»Zu spät«, sagte Savannah und deutete auf Jade, die die Stirn an die weiche Stelle zwischen Hopes Nüstern lehnte.

Treat trat zwischen Rex und seinen Vater. »Das Wichtigste ist jetzt, dass Hope sich erholt. Komm, Dad, wir lassen Jade ihre Arbeit machen. Wir können draußen weiterreden.« Er zog seinen widerstrebenden Vater aus dem Stall, während Rex bei Jade blieb und eine unsichtbare Mauer zwischen sich und seinem Vater aufrichtete.

Fünfunddreißig

»Es tut mir leid, ich hätte einfach den Mund halten sollen. Aber als Hope so aufgeregt wurde, konnte ich nicht an mich halten. Dafür bin ich zu sehr Tierärztin. Es tut mir so leid. Ich will nicht, dass alles noch schlimmer wird zwischen deinem Vater und dir«, sagte Jade mit Tränen in den Augen.

Rex nahm sie in die Arme.

Sie spürte, wie heftig sein Herz pochte, und wusste genau, was sie da losgetreten hatten. Warum hatte sie nicht den Mund gehalten? So würde Hal sie sicher nie in seiner Familie aufnehmen. Rex' Brüder und seine Schwester hatten sie mit offenen Armen empfangen und sie mochte sie. Sie mochte sie wirklich, aber wie sollten sie jemals die Hürde überwinden, die Hals Hass auf ihre Familie aufgebaut hatte?

»So hatte ich es ihm eigentlich nicht sagen wollen«, meinte Rex. »Aber wenn wir ehrlich sind, wissen wir, dass es keinen einfachen Weg gibt, es ihm zu sagen, also macht es keinen Unterschied. Ist mit dir alles okay? Es tut mir leid, dass er dich so schäbig behandelt hat.«

»Mir geht es gut. Ich hatte es mir schlimmer vorgestellt. Die Ketten mit den Anhängern machen ihm wirklich zu schaffen. Es tut mir leid für ihn, vor allem, wenn sie wirklich deiner Mutter gehört haben.«

»Haben sie, da bin ich mir ganz sicher. Ich muss mit ihm reden. Brauchst du Hilfe mit Hope?«

Hope hatte sich schon wieder beruhigt.

»Nein, alles okay.« Am liebsten hätte sie Rex an sich gezogen und ihn geküsst, um ihm Mut zu machen. Oder sollte sie ihm sagen, dass er seinen Vater jetzt besser in Ruhe ließ? Sie wusste nicht, was richtig und was falsch war. Sie hatte noch nie zwischen Vater und Sohn gestanden, und so ließ sie ihn gehen. Als sie ihm nachsah, hatte sie das Gefühl, als läge ihr Schicksal in seinen Händen.

Rex trat aus dem Stall und wollte gerade zu seinen Geschwistern gehen, als Josh ihn beiseitenahm.

»Bei dem Konzert habe ich Riley meine Nummer gegeben und sie hat mir gerade eine SMS geschickt. Offenbar hat jemand den Johnsons gesteckt, dass ihr miteinander getanzt habt. Earl Johnson ist wie ein blindwütiger Bulle auf dem Konzertgelände aufgetaucht.«

Josh war der stillste der Braden-Brüder. Normalerweise machte er einen großem Bogen um alles, was nach Streit aussah. Umso mehr wusste Rex es zu schätzen, dass er ihn in dieser ganzen verworrenen Geschichte nach Kräften unterstützte.

»Na prima. Danke, Josh.« Kaum hatte er die Worte ausgesprochen, da hielt ein Wagen mit quietschenden Bremsen in der Einfahrt.

Ein massiger Mann stieg aus und brüllte: »Hal Braden.«

Seine Frau hastete hinter ihm her. »Earl, bitte. Earl, tu es nicht, bitte.«

Rex, Treat und Josh traten ihnen entgegen, dicht gefolgt von Hal und Savannah.

»Ich glaube, Sie wollen mit mir sprechen«, sagte Rex und baute sich breitbeinig mit verschränkten Armen vor ihm auf. Treat und Josh stellten sich rechts und links neben ihn, selbstbewusst und wehrhaft.

»Dad?«, rief Jade aus dem Stall.

Die Männer blieben, wo sie waren, und starrten sich an.

»Wie ich höre, haben Sie mit meiner Tochter getanzt«, sagte Earl zu Rex.

»Ja, Sir, das stimmt.« Rex Stimme klang fest und entschlossen. Er hatte die Nase voll von diesen Spielchen. Wenn sie Weston den Rücken kehren mussten, dann war es eben so. Auf keinen Fall würde er zulassen, dass die Streitigkeiten anderer Leute sein Leben beeinflussten. »Ich liebe Ihre Tochter, Sir, und ich werde immer wieder mit ihr tanzen.« Rex nickte Jane zu. »Guten Abend, Mrs. Johnson.«

»Hi, Rex«, sagte sie leise.

»Daddy? Was machst du hier?«, fragte Jade mit eisiger Stimme. Sie ging weder auf ihren Vater noch auf Rex zu, sondern blieb zwischen den beiden Familien stehen.

»Maggie Strong hat mich angerufen. Sie machte sich Sorgen, was da zwischen dir und Rex Braden läuft«, sagte er.

»Was zwischen uns läuft?«, zischte Jade. »Ach ja? Hast du vielleicht vergessen, dass ich einunddreißig Jahre alt bin? Was ist los mit dir?«

»Jade«, sagte Earl in dem gebieterischen Ton. Jade ignorierte ihn einfach.

»Nein. Es reicht mir jetzt. Dieser Unfug zwischen dir und Hal Braden ist verrückt. Mein ganzes Leben lang habe ich diese Familie gemieden wie der Teufel das Weihwasser, während mein Herz sich nach Rex Braden gesehnt hat, bis es fast zersprungen ist.« Wie die zornigen Männer verschränkte auch sie die Arme, doch dann ließ sie sinken und trat zu ihrem Vater.

Sie legte ihm die Hände auf die Arme und sagte bittend: »Dad, ich liebe ihn. Wenn du willst, dass ich glücklich bin, dann freu dich für mich. Rex ist ein guter Mann.«

»Rex ist ein Braden.«

Hal Braden schob sich zwischen seine Söhne. Er legte Rex eine Hand auf die Schulter und Rex fuhr herum. Er wusste nicht, wie sie nach der Szene im Stall zueinander standen.

»Diese Jungs sind die Besten in ganz Weston. Deine Tochter kann keine bessere Wahl treffen und das weißt du.« Er sah Jane an. »Jane weiß es auch. Nicht wahr, Jane?«

Rex hatte endgültig genug von all den Schaukämpfen und den albernen Spielchen. Er wollte Ehrlichkeit, er brauchte Klarheit.

»Was zum Teufel geht hier vor sich?«, fragte er. »Eben hast du mir noch gedroht und jetzt bist du auf meiner Seite?«

»Ich erfülle den Wunsch deiner Mutter, Junge.« Hal trat zu Jade und wies mit dem Kopf auf ihre Kette. »Zeigen Sie das Ihrer Mutter.«

Stirnrunzelnd und mit zitternden Fingern zog Jade ihren Anhänger hervor.

Ihre Mutter schlug sich die Hand vor den Mund. »W-wo hast du das her?«

»Eine Frau in Allure hat gesagt, dass Rex' Mom ihr den Anhänger gegeben hat, als sie beide auf der Highschool waren«, sagte Jade.

Jane stiegen Tränen in die Augen. »Es ist ihr Anhänger«, flüsterte sie. »Sie hat immer über den Tanz der Liebenden gesprochen.« Sie sah Hal an. »Weißt du noch?«

Hal nickte. Auch seine Augen waren feucht.

Jane fuhr fort: »Alles in ihrem Leben war darauf ausgerichtet, sie voneinander zu trennen, doch gegen alle Widerstände fanden sie schließlich zueinander.« Sie sah Rex an. »Ihr Vater hat diese Kette machen lassen und sie Ihrer Mutter zum fünfzehnten Geburtstag geschenkt. Sie hat sie jeden Tag getragen, so wichtig war sie ihr. Eines Tages hatte sie sie nicht um, und als ich fragte, warum, meinte sie, sie habe sie an einem sicheren Ort aufbewahrt. Dort würde sie auf jemanden warten, der sie nötiger haben würde als sie und Ihr Vater.«

Hal senkte den Blick.

»Dad?« Rex sah, wie sein Vater die Augen schloss und sie mit Daumen und Zeigefinger rieb. Er sah so viel von seinen eigenen Angewohnheiten in ihm, dass es ihm warm ums Herz wurde und der Zorn, der eben noch leise vor sich hingebrodelt hatte, wie ausgelöscht war.

»Adrianas Vater wollte auch nicht, dass wir zusammen waren«, sagte Hal.

»Ich verstehe das alles nicht, aber ich möchte gerne wissen, was wir tun müssen, um endlich diese Familienfehde aus der Welt zu schaffen«, sagte Jade.

Rex trat zu Jade und nahm ihre Hand. »Wenn wir diese Sache nicht lösen können, müssen Jade und ich uns ein Leben ohne euch aufbauen. Die Entscheidung liegt bei euch.« Sie drückte seine Hand und schmiegte sich an ihn. Rex legte den Arm um sie. »Ich liebe Ihre Tochter. Lassen Sie mich Ihre Tochter lieben.«

Earl Johnson baute sich vor Hal auf und sah ihm direkt ins Gesicht. »Du weißt, dass mir dieser ganze Unfug mit irgendwelchen Ketten und Anhängern völlig egal ist. Wenn du also unsere Kinder wiedergutmachen lassen willst, was zwischen uns schiefgelaufen ist, dann bist du schief gewickelt.«

Hal warf einen langen Blick auf Rex und Jade, deren Liebe fast sichtbar war, wie sie so umschlungen dastanden, dann wandte er sich wieder Earl Johnson zu.

»Du hast Adriana in eine verdammt schwierige Lage gebracht. Du hast jegliche Loyalität aus dem Fenster geworfen und Adriana und mich hinterher«, sagte Hal.

»Ich hatte keine Wahl. Ich weiß, dass wir vereinbart hatten, mit diesem Mistkerl keine Geschäfte zu machen, aber ich hatte keine Wahl. Ich hätte alles verloren.« Earls zornige Stimme hallte durch die Nacht.

»Blödsinn. Ich hätte dir genug Geld geben können, um dich ein paar Monate über Wasser zu halten. Aber nein, du musstest hingehen und dich mit dem Teufel einlassen«, sagte Hal bitter.

»Verdammt, Hal. Du bist der schlimmste Dickschädel, den ich kenne«, fauchte Earl.

Treat und Josh traten wortlos zu ihrem Vater.

»Nein, Earl, das stimmt nicht. Hast du mal in den Spiegel gesehen? Du bist ein ebenso schlimmer Dickschädel. Ja, du brauchtest das Geld, aber du wusstest, dass es nicht richtig war, diesem Mann Pferde zu verkaufen. Du hast es gewusst und trotzdem hast du es getan«, sagte Jane.

»Ich war dabei, ein Leben mit dir zusammen aufzubauen. Ohne das Geld hätten wir die Ranch ganz verkaufen müssen.« Earl sah von Hal zu Jane und dann zu Jade.

Jade und ihre Mutter betrachteten Earl mit ernstem, fast kaltem Blick. Rex tat er leid. »Ich habe keine Ahnung, wovon ihr redet, aber ich vermute, dass Sie ein altes Versprechen meinem Vater gegenüber gebrochen haben, und mein Vater, Ehrenmann, der er nun mal ist, hat Sie dafür fallen lassen.« Er warf seinem Vater einen grimmigen Blick zu. »Ich sehe nur eine

Lösung für euer Chaos. Entweder ihr vergebt und vergesst die ganze Sache oder ihr treibt uns aus der Stadt. Die Entscheidung liegt bei euch.«

Er nahm Jade bei der Hand und zog sie zu der Zufahrt. Dann drehte er sich noch einmal um. »Und wenn ihr beide es schafft, euch wie erwachsene Männer zu benehmen, kaufe ich das Stück Land zwischen euren Höfen und baue ein Haus für Jade und mich darauf. Ich bezahle bar, ganz unkompliziert – aber nur, wenn ihr euch versöhnt. Ich will nämlich nicht, dass meine Kinder zwischen Großeltern aufwachsen, die nicht miteinander reden.«

»Kinder?«, fragte Jade, als sie zu ihrem Auto gingen.

»Junge!« Die Stimme seines Vaters ließ ihn erstarren. Jeder Muskel in seinem Körper war angespannt. Das war's. Niemand forderte Hal Braden heraus. Er drehte sich um und sah seinen Vater an.

»Ja, Sir?«

»Weißt du eigentlich, was du da von mir verlangst? Seit Generationen lebt diese Familie nach drei unverrückbaren Überzeugungen: eine solide Arbeitsmoral, Loyalität der Familie gegenüber und Ehrlichkeit. Wenn du nicht an die Familienehre glaubst, dann bist du nicht der Mann, für den ich dich gehalten habe.« Hal starrte Rex unverwandt an.

Treat trat zu seinem Vater und sagte: »Und was ist mit ›Familie kennt keine Grenzen‹?«

Hal wirbelte herum und bedachte Treat mit einem eisigen Blick. »Du hältst dich da heraus, Junge.«

»Lass gut sein, Treat. Ich verstehe, was er meint.« Rex würde seinen Vater nicht um Entschuldigung bitten, weil er sich in eine wundervolle, intelligente, schöne Frau verliebt hatte. Er drehte sich um und ging weiter zu Jades Auto. Jeder Schritt, den er sich von seinem Vater entfernte, war wie ein Messerstich mitten ins Herz.

»Junge, ich rede mit dir, und wenn ich mit dir rede, siehst du mich gefälligst an.« Die Stimme seines Vaters dröhnte durch die Dunkelheit.

Rex holte tief Luft und drehte sich um. Er verschränkte die Arme vor der Brust. Er hatte gewusst, dass es nicht leicht sein würde, sich seinem Vater widersetzen, doch mit diesem quälenden Schmerz hatte er nicht gerechnet. Am liebsten wollte er davonlaufen, so weit wie möglich fliehen und vergessen, dass der Mann, der immer der Mittelpunkt seines Lebens gewesen war, ihn hatte fallen lassen, als sei er ein Bündel Lumpen. Er wollte Jade in die Arme schließen und sie mit seiner Liebe nähren, damit er sich sicher sein konnte, das Richtige getan zu haben. Er wollte seinem Vater nicht in die zornschwarzen Augen sehen und sich von ihm verabschieden, aber für Jade würde er genau das tun.

Sein Vater kam näher, bis sie kaum eine Handbreit voneinander entfernt standen. Rex konnte jede Falte, jede Bartstoppel in seinem Gesicht sehen.

»Das hast du nicht gut angepackt«, sagte sein Vater.

Stimmt. Ich hätte es dir vor fünfzehn Jahren schon sagen sollen.
»Ja, Sir.«

»Aber ich habe es noch viel schlimmer gemacht. Diese verdammte Fehde hat alles überschattet, und als deine Mama starb, hat mich dieser Streit ganz verrückt gemacht. Ich hatte so viel Wut in mir, Junge. Ich brauchte ein Ventil.«

Rex hatte einen Kloß im Hals. Jade ließ ihre Hand in seine gleiten und ihre Wärme gab ihm Kraft.

»Ich musste sechs Kinder großziehen und konnte es nicht an euch auslassen, aber ich brauchte etwas, gegen das ich meine

Wut richten konnte. Und diese Fehde bot sich geradezu an. Ich dachte nicht, dass es jemandem schaden würde, und was er getan hatte, war nicht richtig. Er hat Pferde an einen Mann verkauft, der eurer Mutter sehr viel Kummer bereitet hat, als sie jung war.« Hal senkte den Blick, dann sah er Jade an und schüttelte den Kopf. »Rex, du hast dich verhalten, wie sich ein Mann verhalten sollte. Du warst loyal, viel mehr, als ich es jemals verdient hätte. Ich wusste, was du für Jade empfunden hast, als du noch jünger warst, und ich hätte dich damals schon loslassen sollen, aber ich konnte nicht. Immer, wenn ich an deine Mutter dachte und daran, was dieser alte Nachbar, Joe Richter, ihr angetan hat, wie er versuchte, sich zwischen uns zu stellen, wie er mit ihr umgesprungen ist, dann sah ich rot. Deine Loyalität hat vierunddreißig Jahre überstanden, mein Sohn, und nun tut sie das, was sie tun muss. Sie geht auf die Frau über, die du liebst. Sie geht auf deine Familie über.«

Rex sah Jade an und wischte mit den Daumen die Träne ab, die ihr langsam über die Wange rann. Dann wandte er sich seinem Vater zu, doch die Worte blieben ihm im Hals stecken. Er ging auf den Mann zu, der ihn gelehrt hatte, ein Mann zu sein, und umarmte ihn.

»Es tut mir leid, mein Junge. Wir tun das, was wir tun können in dieser Welt, und manchmal ist es einfach nicht genug.«

»Doch, Dad, das ist es. Danke für deine Unterstützung.« Sein Vater löste sich aus der Umarmung und Rex spürte, wie ihm die Tränen in die Augen stiegen, als er sah, wie er auf Jade zuging.

»Jade, du bist stark und schön und du hast es nicht verdient, dass dir unsere Familie so lange den Rücken zugekehrt hat. Ich hoffe, du nimmst meine Entschuldigung an. Es tut mir aufrichtig leid.«

»Natürlich nehme ich sie an«, sagte sie, als er sie in seine starken Arme nahm und an sich drückte.

Rex ahnte mehr, als dass er hörte, was sein Vater ihr ins Ohr flüsterte.

»Mein Sohn hatte immer nur Augen für dich, und ich will verdammt sein, wenn seine Mutter nicht wusste, dass ihr füreinander bestimmt seid. Sogar Hope wusste es.« Er sah Rex kopfschüttelnd an. »Eins solltest du wissen, Junge. Wir geben es ja nur ungern zu, aber Frauen haben tatsächlich meistens recht.« Und zu Jade gewandt sagte er: »Nicht, dass dir das zu Kopf steigt.« Mit einem Augenzwinkern setzte er hinzu: »Und noch etwas: Tu ihm bloß nicht weh.«

Jade lächelte ihn strahlend an. »Ganz bestimmt nicht.«

Sein Vater ließ Jade los und sagte: »So, und nun wollen wir uns mal diesen Dickschädel Earl Johnson vornehmen.«

Sechsunddreißig

Irgendetwas an ihrer Mutter hatte sich verändert. Zehn hitzige Minuten hatten gereicht, um die unterwürfige Nachgiebigkeit aus ihrem Blick zu vertreiben. Stattdessen strahlte sie eine ungewohnte Durchsetzungskraft aus und legte tatsächlich einen rebellischen Zug an den Tag. Als Jade nun vor ihr stand, fragte sie sich, ob sich ihre Mutter für sie und Rex einsetzen würde, oder ob sie beide Eltern gegen sich hatten.

Im Mondlicht standen die Bradens auf einer Seite der Zufahrt, während Jane und Earl Johnson auf der anderen standen. Nur Rex und Jade standen genau zwischen ihnen.

Savannah und Josh sahen einander an und gingen ohne ein Wort zu Jade. Als Savannah ihr die Hand auf die Schulter legte, spürte sie, wie eine tiefe Dankbarkeit sie durchströmte. Alle Sorgen, dass die Bradens sie nicht akzeptieren würden, fielen von ihr ab. Ihr Vater beobachtete die stumme Geste mit wütend gerunzelter Stirn und zusammengepressten Lippen.

»Jade Johnson«, brach es schließlich aus ihm hervor. »Das tust du mir an, nach all den Jahren voller Liebe, die ich dir geschenkt habe?« Seine Stimme zitterte.

Jade straffte die Schultern, doch bevor sie etwas erwidern konnte, sagte ihre Mutter scharf: »Wie kannst du es wagen, Jade diese Misere anzulasten? Jade tut dir überhaupt nichts an. Sie hat sich verliebt, Earl. Erinnerst du dich, wie sich das anfühlt? Weißt du noch, wie du mich abends angerufen hast und überhaupt nicht mehr auflegen wolltest? Oder wie wir im Mondschein spazieren gegangen sind? Hast du denn ganz vergessen, wie du bei unseren ersten Dates meine Hand gehalten und gesagt hast, dass das alles so neu für dich ist? Wie schrecklich du es fandest, wenn wir uns verabschieden mussten?«

Jade konnte sich nicht vorstellen, dass ihr Vater all das jemals getan oder gesagt haben sollte. Ihre Mutter sah ihn fragend an. Savannahs Hand auf ihrer Schulter fühlte sich tröstlich an, und ohne zu überlegen, legte sie ihre Hand darauf. Treat trat zu ihnen und bedeckte ihre beiden Hände mit seiner. Rex' Familie war ebenso liebevoll und herzlich wie er. Sie fühlte sich geborgen in ihrer Mitte, während sie zusah, wie ihre Mutter versuchte, den stoischen Blick ihres Vaters zu erweichen.

»Earl, so geht es nicht weiter. Jade und Rex müssen in die nächste Stadt fahren, wenn sie sich sehen und Zeit zusammen verbringen wollen. Sie muss ihren eigenen Vater anlügen, um den Mann zu treffen, den sie liebt.«

Mist! Wie hatte sie das bloß herausgefunden? Rex drückte ihre Hand und Jade wappnete sich gegen die harsche Reaktion ihres Vaters und die Möglichkeit, ihn zu verlieren.

»Earl.« Janes Ton wurde weicher. »Deine Tochter darf den Mann ihres Lebens nicht lieben, weil du nicht zugeben kannst, dass du einen Fehler gemacht hast. Ich habe meine beste Freundin verloren und durfte nicht um sie trauern oder ihre Kinder in den Arm nehmen, als sie unglücklich waren. Ich konnte ihnen niemals sagen, wie sehr sie sie geliebt hatte. Ich konnte Hal nicht mit all den traurigen kleinen Kindern helfen, weil du dich so albern aufführst. Diese Jahre lassen sich nicht zurückdrehen. Wenn ich an all das denke, was ich Adriana versprochen habe und nicht einlösen konnte! Die Zeit ist verloren, Earl. Verloren!«

»Mom«, sagte Jade und streckte die Hand nach ihr aus.

Ihre Mutter ließ ihren Vater nicht aus den Augen. »Nein, Jade. Das ist eine Sache zwischen deinem Vater und mir. Verdammt, Earl. Ich liebe Adrianas Familie so sehr wie unsere eigene. Ich stehe hinter Jade. Wenn du willst, dass wir zusammenbleiben, musst du dich entschuldigen – bei allen – und nach vorne schauen. Hal hat seinen Teil beigetragen. Er hat Jade in seiner Familie willkommen geheißen. Bitte. Rex ist ein guter Mann.« Mit Tränen in den Augen sah sie Rex an. »Er ist ein wunderbarer Mann und er liebt unsere Tochter sehr.«

»Verdammt, Jane. Ich habe versucht, unsere Ranch zu retten und uns eine Zukunft zu ermöglichen. Was hatten wir denn außer der Ranch? Nichts, keine Ersparnisse. Wir hatten kein Geld, um eine Pferdezucht aufzuziehen, und deshalb habe ich von einem anderen Mann gekauft und nicht von dem, den Hal mir empfohlen hatte. Aber es war zu schön, um wahr zu sein. Ich wollte etwas aus unserer Ranch machen, für dich. Ich wollte Erfolg haben, damit du stolz auf mich sein konntest.« Er wandte sich ab und schwieg, dann sah er seine Frau an und sagte mit leiser Stimme: »Aus der Pferdezucht ist nichts geworden, weil ich versucht habe, die Pferde billiger zu bekommen als normal. Ich wusste nicht, dass es keine reinrassigen Tiere waren.«

Jane sog scharf die Luft ein. »Oh nein.«

»Das ist keine Ausrede, Jane. Es ist die Wahrheit. Ich bin übers Ohr gehauen worden und das war unser finanzieller Ruin. Kannst du dir vorstellen, wie sich das anfühlte? Die Niederlage einzuräumen? Kannst du dir vorstellen, wie es sich anfühlte, so zu versagen? Keine Wahl zu haben, als all die schönen Pferde zu verkaufen und bei dieser verdammten Firma anheuern? So hatten wir uns das nicht ausgemalt.« Er sah Hal an. »Weißt du noch, Hal? Wir wollten Rancher sein, Pferdezüchter. Nun, meine verdammten Pferde wollte keiner haben, weil es keine Rassepferde waren.«

Hal hörte mit unbewegter Miene zu.

Earl fuhr fort: »Ich bin nicht stolz auf das, was ich gemacht habe, aber was hätte ich tun sollen? Entweder musste ich zugeben, dass man mich über den Tisch gezogen hatte – was du als Beweis nehmen würdest, dass ich sowieso keine Ahnung hatte –, oder selbst betrügen, nachdem mir klar wurde, dass man mich ausgetrickst hatte. Und du weißt, dass ich das nie tun würde. Die einzige andere Möglichkeit war, das zu tun, was ich getan habe: Ich habe die Tiere an diesen Mistkerl Richter verkauft. Er war der Einzige, der sie kaufen wollte. Eine andere Chance, die Ranch zu behalten, hatte ich nicht. Hal, es stimmt, ich wusste, was er Adriana angetan hat, und ich bin nicht stolz auf meinen Entschluss. Aber ich hätte dir nicht in die Augen sehen und zugeben können, was passiert war. Und dir erst recht nicht, Jane. Du hattest immer so viel Vertrauen in mich. Lieber Gott, wie hätte ich das enttäuschen können? Ich wollte euch nicht beide verlieren, also habe ich mich für die Frau entschieden, die ich liebte. Hal, ich wusste nicht, wie ich sonst meine Ehe hätte retten sollen.«

»Earl«, sagte Jane, »materielle Dinge waren mir nie wichtig. Wir hätten in der Stadt leben können oder in einer Wohnung, es wäre mir egal gewesen. Und jetzt haben wir wieder finanzielle Probleme. Was soll's? Dann verkaufen wir eben.«

Schweigend nahm Earl ihre Hand. Nach einer Weile sagte

er: »Wir haben keine finanziellen Probleme, Jane. Das habe ich dir nur erzählt, weil ich wusste, dass du dich nie auf meinen Plan einlassen würdest. Ich will so viel Land verkaufen, dass du im Haus wohnen bleiben kannst, falls mir etwas zustoßen sollte. Dann musst du dich um nichts kümmern, höchstens jemanden einstellen, der den Garten besorgt. Ich bin müde, Jane. Ich will Zeit mit dir. Ich will mir keine Gedanken mehr um Pferde und Land machen und meine Zeit mit dir genießen.« Er breitete resigniert die Arme aus und zuckte mit den Schultern. »Sieh mich doch an. Ich werde nicht ewig leben.«

»Oh, Earl.« Jane wischte sich eine Träne aus dem Auge. »Du hast die besten Gründe, aber du triffst die schlechtesten Entscheidungen.« Sie zog ihn an sich.

Staunend beobachtete Jade, wie sich ihre Eltern plötzlich veränderten. Aus ihrem starken, selbstsicheren Vater, den sie immer geliebt, aber auch gefürchtet hatte, war ein müder Mann geworden, der gleichwohl erleichtert aussah.

»Schatz, ich glaube, ich habe mich mal wieder verkalkuliert. Das passiert mir öfter, als ich wahrhaben will. Und es ist mir entsetzlich peinlich, dass mein kleines Mädchen mich so sehen muss.«

»Daddy –«

»Warte, ich bin noch nicht fertig. Lass mich weiterreden, bevor mich der Mut verlässt. Ich habe versucht, alles richtig zu machen. Doch nun ist die Katze aus dem Sack. Dein Daddy ist nicht der Mann, für den du ihn gehalten hast, aber meine Liebe zu dir und Steven und deiner Mutter ist echt und für immer. Wenn du Rex Braden liebst, tja, dann werde ich Rex Braden ebenfalls lieben. Wenn dein Herz bricht, bricht meins auch.« Er sah Hal an. »Stimmt's, Hal?«

Hal nickte.

»Familie kennt keine Grenzen«, sagte Earl.

»Familie kennt keine Grenzen«, wiederholte Hal.

»Hal, es tut mir leid, dass ich Adriana verletzt habe, als ich mich auf den Handel mit diesem Halunken eingelassen habe, aber wenn ich mit dir mithalten und die Ranch zu einem Erfolg machen wollte, hatte ich keine andere Wahl – aber mittlerweile sehe ich ein, dass es besser gewesen wäre, überhaupt keine Ranch zu haben.«

»Ich hätte dir das Geld vorstrecken können. Verdammt, Earl, du brauchtest doch gar keine Pferde zu züchten«, sagte Hal.

»Wir hatten einen Plan und ich wollte, dass er funktionierte. Und dann kam eins zum anderen und plötzlich hatte ich alle Hände damit zu tun, meine Familie vor dem Ruin zu retten. Treat, Rex, Savannah, Josh, eure Mutter hat euch über alles geliebt, und es tut mir leid, dass euer Vater und ich zwischen meiner Frau und euch gestanden haben.« Als er Jade ansah, wurden seine Augen feucht. »Schätzchen …«

Jade schlang ihm die Arme um den Hals. »Ist schon okay, Daddy. Ich liebe dich.« Ihr war gar nicht klargewesen, wie wütend die Fehde sie gemacht hatte, doch plötzlich wurde ihr so wunderbar leicht ums Herz, trotz der Tränen, die ihr über die Wangen liefen.

Siebenunddreißig

Am späten Sonntagnachmittag, als das Turnier vorbei war, versammelten sich die Bradens zu ihrem üblichen Barbecue. Josh machte sich am Grill zu schaffen, während Treat Arm in Arm mit Max daneben stand und ihn mit Ratschlägen überschüttete, wie er was würzen sollte. Als Treat Max an sich zog und ihr einen langen, genüsslichen Kuss gab, verspürte Rex nicht mehr den eifersüchtigen Stich wie in den Tagen zuvor. Er nahm Jade in den Arm und senkte seine Lippen auf ihren köstlichen Mund. Sie schmiegte sich an ihn und er schob die Hand unter ihr langes, dunkles Haar und küsste sie, als wollte er sie nie wieder loslassen. Was ja tatsächlich seinem Plan entsprach.

Savannah kam aus dem Haus und schüttelte mit gespielter Empörung den Kopf. »Also wirklich, Leute. In aller Öffentlichkeit!« Als ihr Handy klingelte und sie die Nummer auf dem Display sah, ging sie ins Haus zurück.

Rex lächelte. Er liebte den rosigen Schimmer, den seine Küsse auf Jades Wangen zauberten. »Ich liebe dich«, sagte er.

Sie berührte seine Wange. »Das sagst du doch nur, um mich ins Bett zu kriegen«, grinste sie.

Ihre Familien bemühten sich unterdessen um eine vorsichtige Annäherung. Es würde Zeit brauchen, aber sie hatten einen Anfang gemacht.

Seit der Versöhnung der beiden Familien hatte sich Hope auf wundersame Weise erholt. Allerdings wollte Josh diesen Zusammenhang nicht gelten lassen. Für ihn war es allein Jades Massage, die Hope geheilt hatte.

Rex sah seinen Vater am Zaun stehen und spürte eine tiefe Dankbarkeit, dass die leidige Fehde endlich aus der Welt geschafft war.

»Ich will ein bisschen mit meinem Dad reden.« Rex gab Jade einen Kuss und schlenderte zu seinem Vater.

»Hey, Dad.« Er lehnte sich neben ihm an den Zaun und stützte die Unterarme auf.

»Na, mein Sohn?«

»Es tut mir leid, dass ich dich angelogen habe. Ich wollte dich nicht verletzen.« Er tastete nach dem Anhänger, den er nun über dem T-Shirt trug.

»Das weiß ich, Junge.« Sein Vater ließ den Blick über die Wiesen schweifen. Nach einer Weile sagte er: »Du weißt, dass deine Mutter wollte, dass ich dir etwas ausrichte, nicht wahr?«

»Ja.«

Sein Vater nickte und legte ihm den Arm um die Schultern. »Sie meinte, dass du das Richtige tust.«

Rex sah ihm in die Augen. »Ich weiß nicht, ob du dir das alles einbildest, Dad, aber ich würde gerne glauben, dass du völlig klar im Kopf bist.«

Sein Vater lachte. Gemeinsam gingen sie zur Zufahrt, wo gerade Earl und Jane Johnson aus ihrem Wagen stiegen.

»Danke, Dad. Ich weiß, es fällt dir nicht leicht, die Johnsons wieder in dein Leben zu lassen. Ich weiß nicht, was dieser Typ, dieser Richter, Mom angetan hat, aber ich respektiere deinen

Wunsch, sie zu beschützen. Es tut mir leid, dass Jade und ich dir nicht schonender beibringen konnten, dass wir zusammen sind.«

»Weißt du, ich werde Jade genauso lieben wie dich. Sie hat Hope wunderbar geholfen und ich weiß es sehr zu schätzen, dass du sie hergebracht hast. Hope war dir so wichtig, dass du dafür unsere Beziehung aufs Spiel gesetzt hast.« Schweigend gingen sie nebeneinander her, bis Hal stehen blieb und seinen Sohn ansah. »Mein Junge, du hast immer zu mir gestanden und ich wünschte, ich könnte dasselbe von mir behaupten. Aber das kann ich leider nicht. Fünfzehn Jahre sind eine lange Zeit, wenn man auf die Frau wartet, die man liebt. Es tut mir leid.«

Savannah kam mit einem Koffer die Zufahrt hochgelaufen, gefolgt von Treat, Max und Josh. »Ich muss früher wieder weg als geplant.«

»Ach du lieber Himmel, sag bloß nicht, dass du zu diesem Connor Dean zurückläufst«, sagte ihr Vater, als er sie zum Abschied umarmte.

»Nein, Dad. Das war ein Anruf aus dem Büro. Sie haben einen neuen Klienten und wir müssen uns morgen Nachmittag zu einer ersten Besprechung treffen«, versicherte Savannah ihm.

»Bevor du gehst, Vanny, wollten Max und ich euch noch etwas sagen.« Treat und Max strahlten übers ganze Gesicht.

»Ist sie schwanger?«, fragte Savannah.

Max' Hand fuhr unwillkürlich zu ihrem Bauch. »Nein. Also, das ist mir jetzt richtig peinlich.«

Treat und Rex lachten. Sie winkten Earl zu sich. »Wir haben etwas ausgetüftelt, was allen Beteiligten passen dürfte. Earl ist bereit, Max und mir den Teil der Ranch zu verkaufen, den er loswerden will, und räumt uns ein Vorkaufsrecht auf alle weiteren Teile ein, falls er sie zum Verkauf anbietet.«

»Und gestern Abend haben Dad, Earl und Jane und Jade und ich vereinbart, dass das unbebaute Stück Land nicht länger unbebaut bleibt. Wenn Treat und Max bauen, bauen Jade und ich auch.« Rex gab Jade einen Kuss.

Savannah hüpfte begeistert auf und ab. »Also habe ich gleich zwei Schwestern direkt neben Dad wohnen, die ich besuchen kann? Das wird ja immer besser.«

»Und jetzt das Wichtigste, Treat«, drängte Josh.

»Geheimnisse für dich zu behalten ist wirklich nicht deine Stärke«, witzelte Treat.

»Was? Ich hab doch gar nichts gesagt.«

Treat boxte Josh auf den Arm. »Ich liebe dich, Brüderchen.«

Max seufzte. »Also, ich sag's ihnen.« Sie strahlte. »Wir heiraten! Wir haben uns auf einen Termin im nächsten Frühjahr geeinigt.«

»Hurra!«, rief Savannah und umarmte sie.

»Und Josh entwirft mein Hochzeitskleid. Etwas ganz Schlichtes«, sagte Max.

»Klar«, sagte Josh augenzwinkernd.

»Oh, Max, das freut mich so für dich.« Jade umarmte Max.

Den ganzen Nachmittag lang hatte Rex beobachtet, wie seine Brüder, seine Schwester und auch sein Vater und Max versuchten, Jade besser kennenzulernen. Ihr glückliches Lächeln zeigte ihm, dass sie sich freute, ein Teil seiner Familie zu sein.

Hal legte ihr beiläufig den Arm um die Schultern. »Dann bin ich gespannt, wann Rex um deine Hand anhält.«

Rex strahlte. »Du bist der Zweite, der es erfährt, wenn es so weit ist.« Er warf Jade einen Luftkuss zu.

Rileys roter Camry bog in die Zufahrt ein. Fröhlich lächelnd stieg sie aus. »Oh, tut mir leid. Ich wusste nicht, dass ihr ein Familientreffen habt. Josh meinte, ich sollte meine

Mappe mit den Entwürfen vorbeibringen.«

Rex warf Josh einen fragenden Blick zu.

Josh beugte sich zu ihm und flüsterte: »Ich habe aus deinen Fehlern gelernt.« Etwas lauter sagte er: »Riley, willkommen in unserem Haus. Komm mit in den Garten.«

Rex und Jade lachten. »Was haben wir da bloß angerichtet?«, fragte er.

Danksagung

Es gibt so viele Freunde und Freundinnen, denen ich dafür danken möchte, dass sie die ersten Entwürfe von *Für die Liebe bestimmt* gelesen und mir geholfen haben, die Ungereimtheiten zu beseitigen und das Manuskript für die Veröffentlichung vorzubereiten. Ein besonders herzlicher Dank geht an Shanyn Silinski, deren unerschöpfliches Wissen über Ranches und Pferde ungeheuer hilfreich war. Shanyn, auch wenn vieles von dem, was du mir erzählt hast, nicht auf diesen Seiten erscheint, konnte ich mir nach unseren Gesprächen genau vorstellen, wie die Welt von Rex und Jade aussehen soll.

Ein herzliches Dankeschön auch an die großzügigen Blogger, Autorenkollegen, Freunde und Fans in den sozialen Medien und an meine Leserinnen, die nicht müde werden, mich zu unterstützen. Und: Danke an das Team von *Paying-it-forward* fürs unermüdliche Mutmachen! Ihr seid umwerfend!

Hinter jeder starken Frau steht eine Gruppe von Freundinnen, die immer Wein und Schokolade bereithalten. Einigen von ihnen möchte ich hiermit ausdrücklich danken: Amy, Stacy, Emerald, Bonnie, Christine, Gerria, Kathie, Wendy, Clare und Tasha – meine Schwestern im Herzen! Ich liebe euch alle und danke euch!

Ein riesengroßer Dank geht an mein Lektoratsteam, das meiner Arbeit den letzten Schliff verleiht: Kristen Weber und Penina Lopez, Jenna Bagnini, Juliette Hill und Marlene Engel. Was wäre ich ohne euch?

Und natürlich möchte ich auch meinem Mann und meiner Familie für ihr Verständnis, ihre ständigen Ermutigungen und ihre Unterstützung danken. Ihr überrascht mich immer wieder aufs Neue und ich liebe euch.

Abonnieren Sie Melissas Newsletter, um über Neuerscheinungen informiert zu werden:

melissafoster.com/Newsletter_German

Lesen Sie hier einen Auszug aus dem nächsten Band!

Freundschaft in Flammen

DIE BRADENS

LOVE IN BLOOM – HERZEN IM AUFBRUCH

Eins

Riley Banks hastete die 37. Straße hinunter. Es war die Woche nach Thanksgiving und in Manhattan herrschte bereits die fieberhafte Hektik der bevorstehenden Weihnachtsfeiertage. Atemlos verlangsamte sie ihren Schritt. *Morgen fasse ich mir ein Herz und fahre mit der U-Bahn. Vielleicht.* Sie schauderte in der frostigen Luft und zog ihren Mantel enger um sich. Hoffentlich fiel niemandem auf, dass sie sich nicht nur den Mantel, sondern auch das rote Catherine-Malandrino-Kleid und die Kalbfell-Pumps im Leopardenlook von Giuseppe Zanotte bei TheOutnet.com bestellt hatte, einem Onlineshop für herabgesetzte Designerklamotten. Es kam ihr vor, als würde sie mit falschen Karten spielen. An ihrem ersten Arbeitstag als

Assistentin des weltberühmten Designers Josh Braden hatte sie Sachen an, die sie zum Schnäppchenpreis erstanden hatte. Bei dem Gedanken drehte sich ihr fast der Magen um. Allerdings hätte sie sich in Jeans und Cowboystiefeln, wie sie sie normalerweise zu Hause in Weston in Colorado trug, noch viel weniger wohlgefühlt. Sie hatte die vergangenen Wochen damit zugebracht, sich Designerkleider zu besorgen und sich ein paar sprachliche Eigenarten abzugewöhnen, die in Colorado gang und gäbe waren.

Schließlich stand sie vor der massiven Glastür, die zu den Räumen von JBD – Josh Braden Designs – führte. *Okay, los geht's.* Einen Moment lang schloss sie die Augen und sagte sich die Worte vor, die sie seit Wochen wie ein Mantra unablässig wiederholt hatte: *Ich bin gut ausgebildet, sachkundig und bereit, hart zu arbeiten. Ich schaffe das.*

Eine warme Hand legte sich auf ihren Rücken und riss sie aus ihren Gedanken.

»Hast du gut hergefunden?« Freundlich lächelnd stand Josh Braden neben ihr. Sein dichtes, dunkles Haar war perfekt geschnitten. Der schwarze Armani-Anzug saß wie angegossen und betonte seinen schlanken, muskulösen Körper. Vor ein paar Jahren hatte man ihn zu einem von Amerikas begehrtesten Junggesellen gekürt. Damals hatte sie dem Zeitschriftencover keine weitere Beachtung geschenkt. Er war in New York und sie war in Colorado, und die Entfernung war so groß, dass er für sie immer noch der Josh Braden aus Weston war, in den sie schon länger verknallt war, als sie denken konnte. Als sie nun in den Straßen von New York neben dem Mann stand, dessen Name in einem Atemzug mit Vera Wang genannt wurde, wurde ihr richtig schwindelig.

Beim Klang seiner tiefen Stimme durchfuhr sie ein

Schauder. Als Josh vor ein paar Monaten seine Familie in Weston besucht hatte, hatte sie ihn zum ersten Mal seit Jahren wiedergesehen. Während seines Besuchs hatten sie die Gelegenheit gehabt, sich besser kennenzulernen, und Riley war sich nicht sicher, ob sie es sich nur einbildete oder ob da tatsächlich etwas zwischen ihnen aufkeimte. Jedenfalls hatte es sich mit jedem Tag ein wenig vertrauter und selbstverständlicher angefühlt, Zeit mit ihm zu verbringen. Und obwohl sie immer darauf achteten, Distanz zu halten, kam es ihr vor, als seien sie nur einen Hauch davon entfernt, sich in die Arme zu fallen.

»Äh … ja … nein.« *Lieber Gott, lass mich auf der Stelle im Erdboden versinken.*

Wenn Josh lächelte, breitete sich das Lächeln bis zu seinen Augen aus. »Nervös?«

Mit ihren eins dreiundsiebzig war sie ein gutes Stück kleiner als er. Sie fragte sich, wie es sich wohl anfühlen würde, wenn sie sich auf die Zehenspitzen stellte und ihn auf die vollen Lippen küsste. *Hör auf!* Bei der Art, wie er ihren Blick gefangen hielt, bekam sie eine Gänsehaut. *Höraufhöraufhörauf!* Sie erinnerte sich, wie er als Siebzehnjähriger ausgesehen hatte: ein großer, schlanker, muskulöser Bursche, dem das Testosteron nur so aus allen Poren strömte.

Sie hatte ihn schon damals angehimmelt, aber diese Träumereien eines Schulmädchens waren kein Vergleich zu dem Verlangen, das sie jetzt erfüllte. Sie wandte den Blick ab, atmete tief ein und versuchte, ihr heftig pochendes Herz unter Kontrolle zu bekommen. Sie hatte nicht vor, zu den Frauen zu gehören, die beim Anblick ihres Chefs in Ohnmacht fielen. Sie wollte sich hier eine berufliche Perspektive aufbauen, nicht ihren Ruf ruinieren.

»Ein bisschen«, antwortete sie aufrichtig.

Er hielt ihr die schwere Tür auf, und als sie nebeneinander durch die weitläufige Lobby gingen, legte er ihr wieder die Hand in den Rücken und brachte seinen Mund dicht an ihr Ohr. »Stell dir einfach vor, dass du zu Hause in Weston im Kaufhaus von Macy's bist«, sagte er leise. Dann setzte er mit normaler Stimme hinzu: »Hier ist der Empfang.« Er wies mit dem Kopf auf den eleganten Tresen aus Mahagoniholz und Granit.

Riley kam das Klappern ihrer Absätze auf den Marmorfliesen ungeheuer laut vor, als sie daran vorbeigingen.

»Guten Morgen, Chantal«, begrüßte Josh die Blondine hinter dem Tresen, die aussah, als käme sie geradewegs aus einem teuren Frisiersalon. Ihr Haar glänzte und der Lidschatten über ihren grünen Augen passte hervorragend zu ihrer smaragdgrünen Bluse.

Unwillkürlich fuhr Rileys Hand zu ihrem eigenen schulterlangen, braunen Haar und das bisschen Selbstbewusstsein, das sie sich mühsam zusammengekratzt hatte, schmolz dahin wie Eis in der Sonne. Wenn die Dame am Empfang schon aussah, als sei sie einer Modezeitschrift entsprungen, wie sahen dann erst die anderen Angestellten aus?

»Guten Morgen, Mr. Braden«, sagte Chantal mit geübtem Lächeln. »Guten Morgen, Riley.«

Woher weiß sie, wie ich heiße? Riley schob ihre Nervosität beiseite, so gut es ging, und rang sich ein freundliches Lächeln ab. »Guten Morgen … Chantal.« Sie straffte die Schultern, in dem verzweifelten Bemühen, ein wenig von ihrem Selbstvertrauen wiederzugewinnen. *Sie weiß, wie ich heiße!*

»Chantal ist eine der Assistentinnen im Atelier und springt gelegentlich für unsere Rezeptionistin ein. Du wirst sie nachher oben wiedersehen«, erklärte Josh.

Riley kam sich vor wie in einem Traum, als sie Seite an Seite mit Josh durch die elegant eingerichteten Räume ging. Jahrelang hatte sie sich ausgemalt, wie es wohl wäre, in New York zu arbeiten – und dann auch noch in einem Modeatelier. Nachdem sie ihre Ausbildung zur Modedesignerin mit Bestnoten abgeschlossen hatte, hatte sie sich auf die Suche nach einer Stelle als Designerin gemacht. Monatelang hatte sie Bewerbungen geschrieben und so viele Absagen bekommen, dass sie damit ihre Wände hätte tapezieren können, bis sie schließlich aufgab und sich damit abfand, dass sie ihr Leben in Weston, Colorado, fristen würde. Tagsüber arbeitete sie bei Macy's im Kaufhaus und abends entwarf und schneiderte sie Kleider, die niemand je zu Gesicht bekommen würde. Um eine Stelle in der Modebranche zu bekommen, brauchte man offenbar eher Beziehungen als Talent. Den Traum von einer Karriere als Modedesignerin hatte sie längst begraben, als ihre Freundin Jade mit Rex anbandelte, einem älteren Bruder von Josh. Bei ihrem ersten Date hatte sie eines von Rileys Kleidern getragen. Eine Empfehlung von Rex hatte gereicht und Josh hatte sich mit großem Interesse ihre Mappe mit Entwürfen angesehen. Ein paar Tage später war Riley zum Mittagessen auf der Ranch seines Vaters, und ehe sie sich's versah, hatte sie ein Angebot für eine Stelle in New York in der Tasche. Ob Josh ebenso oft wie sie an die Zeit dachte, die sie zusammen verbracht hatten?

Sie gelangten zu einem großen Saal und Riley schnappte nach Luft. An den Wänden reihte sich ein Kleiderständer an den anderen, allesamt vollgehängt mit Designermode. Auf langen Zeichentischen lagen Stoffproben wild durcheinander und eine ganze Wand war gespickt mit Entwurfsskizzen.

Mehrere Männer und Frauen befühlten die Stoffstücke und unterhielten sich dabei leise. Eine Frau in Jeans mit pechschwarzem, kurzem Haar schob einen Rollcontainer voller Kleider durch den Raum. Ein Mann mit einem Notizbuch in der Hand hastete an ihr vorbei, während er in ein Headset sprach.

Ohne nachzudenken, packte Riley Josh am Arm – als sei sie zu Hause in Weston bei einem spannenden Reitturnier und neben ihr stünde nicht Josh, sondern ihre Freundin Jade. »Du meine Güte! Das ist umwerfend!«, rief sie.

Er lachte und mehrere Leute sahen erstaunt zu ihnen hinüber.

Riley wand sich innerlich vor Verlegenheit. Wahrscheinlich sah sie aus wie ein aufgeregtes kleines Mädchen, das zum ersten Mal den Weihnachtsmann sieht.

»Tut mir leid«, stotterte sie und versuchte verzweifelt, Joshs zerdrückten Ärmel glattzustreichen. »Es ist nur … Es tut mir leid.« *Lieber Himmel, wie idiotisch ist das denn!*

»Genau die Reaktion, die ich mir erhofft hatte«, sagte er.

Sie seufzte erleichtert. In diesem Moment trat eine große Frau mit kastanienbraunem Haar auf sie zu. Mit ihren grünen Augen sah sie Riley unverwandt an, dann schweifte ihr Blick über ihren Mantel und das Kleid, das darunter hervorblitzte, über ihre wohlgerundete Figur bis hinunter zu ihren Hochhackigen.

»Und Sie sind wohl Riley Banks?« Sie streckte Riley einen bleistiftdünnen Arm entgegen. »Claudia Raven. Ich bin die leitende Assistentin.«

Claudias gezwungenes Lächeln und drohender Blick erinnerten Riley an Cruella De Vil. Die Art, wie sie sich an Josh drückte, ließ keinen Zweifel aufkommen. Riley war sich nicht sicher, aber sie hatte das Gefühl, dass er zusammenzuckte, doch er wandte den Blick nicht von ihr, sein Lächeln verblasste nicht eine Sekunde und sie erkannte, dass sie wahrscheinlich ihre eigenen körperlichen Reaktionen auf ihn projiziert hatte. Eine Stimme in Rileys Kopf rief: *Lauf! Lauf, so schnell du kannst!* Sie wollte vor der schrecklichen Frau flüchten, die sie nach dem Blick ihrer boshaften Augen zu schließen bereits bis aufs Blut hasste. Die Frau, die wortlos Anspruch auf Josh erhob. Riley setzte sich ein Lächeln auf, ergriff ihre Hand und schüttelte sie fest.

»Es ist mir eine Ehre, mit Ihnen zu arbeiten«, sagte sie und schob alle Gedanken an Josh beiseite. Sie brauchte einen Job, keine komplizierte Liebesbeziehung.

Josh musste sich zusammenreißen, um nicht wegzuzucken, als sich Claudia an ihn lehnte. Sie zeigte offen, dass sie gedachte, sich ganz nach oben zu schlafen. Anfangs hatte er ihre Annäherungsversuche amüsant gefunden, doch inzwischen widerten sie ihn an. Aber sie war unbestreitbar tüchtig. Seit fünf Jahren arbeitete sie für JBD, die letzten beiden als leitende Assistentin. Allerdings hatte sie sich diese Position nicht »erschlafen«. Josh hatte seine Prinzipien, auch wenn es von außen so scheinen mochte, als sei Claudia die passende Art Frau für ihn. Er konnte nicht leugnen, dass sie attraktiv und intelligent war und sich in der Welt der Mode bestens auskannte. Josh hatte jedoch auch die andere Seite von Claudia kennengelernt – die berechnende, ehrgeizige Claudia, die um jeden Preis vorankommen wollte. Nichts davon passte zu dem, was sich Josh von einer Partnerin wünschte. Sie war die Nichte eines seiner ältesten Geldgeber und so fühlte sich Josh gezwungen, sie weiter zu beschäftigen.

Er fand Rileys professionell wirkende Zurückhaltung beeindruckend. Vermutlich merkte er als Einziger, dass ihr Lächeln nicht echt war. Die anderen konnten nicht wissen, dass die zusammengepressten Mundwinkel meilenweit von dem lässigen, natürlichen Lächeln entfernt waren, das Rileys Miene normalerweise aufleuchten ließ. Und sie sahen wohl kaum das leise Unbehagen in ihren braunen Augen. Josh dagegen entging es nicht und er wünschte, er könnte dafür sorgen, dass es verschwand.

Irgendwie schien seine Hand auf ihrem Rücken wie festgewachsen zu sein. Ihre Rundungen zu spüren war erfrischend. Die Frauen, mit denen er bisher zusammen gewesen war, waren meist spindeldürr. Mit ihnen in ein Restaurant zu gehen war, als würde man einem Skelett dabei zusehen, wie es an einem Salatblatt knabberte. Dabei umspielte ein gekünsteltes Lächeln ihre aufgespritzten Lippen, während die Dollarzeichen in ihren Augen blinkten. Allerdings waren es für gewöhnlich Dates gewesen, die Geschäftsfreunde für ihn arrangiert hatten, weil sie der Meinung waren, dass er eine Frau brauchte, die seinem sozialen Status entsprach. Seit ein, zwei Jahren kamen ihm diese Begegnungen schal und mühsam vor und mittlerweile versuchte er eher, sie zu umgehen, doch darüber würde er ein andermal nachdenken.

»Ich kann jetzt übernehmen«, sagte Claudia und schob sich zwischen sie.

Widerstrebend nahm er seine Hand weg und sah Riley noch einmal in die Augen. Wie immer dachte er daran, wie er sich schon als Teenager zu ihr hingezogen gefühlt hatte. Ihre Augen waren wie ein Spiegel ihrer Gefühle. Selbst damals hatte er schon sehen können, ob sie glücklich oder traurig, wütend oder gelangweilt war. Am liebsten hätte er den Arm um sie gelegt und ihr die Sorge genommen, die nun in ihrem Blick lag.

Hinter der Sorge sah er jedoch auch die wachsende Erregung und wusste, dass sie sich schon durchschlagen würde. Jedenfalls hoffte er es.

»Riley, ich bin froh, dass du hier bist.« Josh ignorierte das wütende Blitzen in Claudias Augen und die eisige Kälte, die sie zu verströmen schien. »Wenn du etwas brauchst, wende dich an Claudia. Sie wird sich gut um dich kümmern. Nicht wahr, Claudia?« Es bereitete ihm ein diebisches Vergnügen, Claudia aus ihrer Boshaftigkeit zu rütteln.

»Danke, Josh. Ich weiß das alles sehr zu schätzen. Ich werde dich nicht enttäuschen«, sagte Riley.

»Sollen wir?« Claudia packte sie am Arm und zog sie mit sich.

Auf dem Weg zu seinem Büro dachte Josh über Riley nach. Ihre Entwürfe waren verdammt gut – frisch und elegant und ganz anders als die typische New Yorker Mode. Am liebsten hätte er sie gleich als Designerin eingestellt, doch wahrscheinlich war es besser, wenn sie das Geschäft von der Pike auf lernte. Claudias Entwürfe ließen einiges zu wünschen übrig, ebenso wie ihr Umgang mit Menschen. Als leitende Assistentin war sie jedoch unschlagbar. Sie war gewissenhaft, tüchtig und loyal. Ihr entging kein Termin und sie hielt die Mitarbeiter in der Spur, auch wenn sie dabei nicht gerade freundlich vorging. Hoffentlich konnte sie ihre Krallen lange genug einfahren, um Riley alles beizubringen, was sie wissen musste.

Wenn nicht, dachte er, *muss ich es selbst machen.*

Ende des Auszugs

Wenn Ihnen die Vorschau gefallen hat, können Sie
Freundschaft in Flammen bei Ihrem Online-Buchhändler
erwerben und gleich weiterlesen!!

The Remingtons

Game of Love
Strokes of Love
Flames of Love
Slope of Love
Read, Write, Love

Seaside Summers

Seaside Dreams
Seaside Hearts
Seaside Sunsets
Seaside Secrets
Seaside Nights
Seaside Embrace
Seaside Lovers
Seaside Whispers

The Bradens (Peaceful Harbor)

Healed by Love
Surrender my Love
River of Love
Crushing on Love
Whisper of Love
Thrill of Love

Entdecken Sie Melissa Fosters Bücher auch auf:

melissafoster.com/herzen-im-aufbruch